Recolhendo cacos

Carolyn Wall

Recolhendo cacos

Tradução de
ALICE FRANÇA

EDITORA RECORD
RIO DE JANEIRO • SÃO PAULO
2013

CIP-BRASIL. CATALOGAÇÃO NA FONTE
SINDICATO NACIONAL DOS EDITORES DE LIVROS, RJ

Wall, Carolyn D.
W179v Recolhendo cacos / Carolyn D. Wall; tradução de Alice França. – Rio de Janeiro: Record, 2013.

Tradução de: Sweeping Up Glass
ISBN 978-85-01-08803-1

1. Ficção americana. I. França, Alice. II. Título.

CDD: 813
11-7022 CDU: 821.111(73)-3

TÍTULO ORIGINAL EM INGLÊS:
Sweeping Up Glass

Publicado mediante acordo com a autora, por intermédio de Baror International, Inc., Armonk, Nova York, EUA.

Texto revisado segundo o novo Acordo Ortográfico da Língua Portuguesa.

Impresso no Brasil

ISBN 978-85-01-08803-1

Este livro é para o meu pai,
que me ouvia como se as minhas palavras
fossem soberanas e a minha voz
pudesse salvar uma nação

Minha eterna gratidão vai para a Dead Writers Society,
por suas sugestões e por me ouvirem declamar.
Agradeço a Rafael por sua edição perfeita e agradeço
a todas as pessoas da Poisoned Pen Press. Acima de tudo,
meu amor infinito e minha consideração vão para
meus filhos, todos eles, e para Gary,
por ser o melhor marido que uma
escritora poderia ter.

Capítulo 1

O longo uivo de um lobo me aflige com a intensidade de uma dor de dente. Na montanha, tiros enchem o ar de ecos que se prolongam até deixarem de ser ouvidos e ficarem gravados na memória.

Não há ninguém nessa faixa da colina agora além de mim, Ida e meu neto Willem. Embora eu ame o menino mais do que qualquer coisa, com Ida a história é diferente. Ela mora no barraco forrado de papel de piche, nos fundos da nossa casa. E, apesar de este ser o inverno mais frio já registrado em Kentucky, ela está do lado de fora enrolada em uma manta, citando trechos da Bíblia e praguejando como um lenhador. Seu cabelo branco, totalmente desgrenhado, lembra o de um selvagem.

Eu sou filha de Ida. Isso faz dela a minha mãe; e meu pai era Tate Harker. Gostaria que ele estivesse aqui agora, em vez de enterrado ao lado da casinha.

Quem quer que esteja atirando nos lobos está invadindo minha propriedade.

— Vou sair com o menino durante algum tempo — digo a Ida.

Eu trouxe para ela um ovo cozido, pão e manteiga, uma fatia de maçã enrolada em um pano e uma caneca de chá quente. Ela me segue para o lado de dentro e senta na cama. O rosto de Ida é amarelado pelos anos de fumo; seus lábios tornaram-se finos, e seu pescoço parece a papada de um peru. Embora haja uma camisola limpa e dobrada sobre um caixote ao lado da sua cama, ela está usando a mesma há quase três semanas.

Uma vez, meu pai me disse que, quando conheceu Ida, ela era bonita e tinha o ardor da juventude. Ela costumava andar para cima e para baixo, montada em seu burro, pregando estradas de ouro, em vez do caminho curto para o inferno. Ela ainda clama diariamente ao Senhor para livrá-la de bêbados, ladrões e pessoas como eu. No verão passado, encomendou Bíblias em sete línguas, pelo correio, e nunca abriu as caixas. O barraco de Ida é escuro e impregnado de linimento e cheiro de coisa velha. Talvez sejam as caixas de papelão, caindo aos pedaços e ainda fechadas, embora o meu Saul a tenha instalado aqui há mais de dez anos. Depois disso, ele também morreu.

— Não consigo comer a maçã com esta dentadura — queixa-se ela.

— Willem a guardou para você.

— Isso te deixa feliz, não é? Ver-me metida nessa pocilga, enquanto você e o garoto vivem como realeza.

A *realeza* a qual ela se refere é uma cozinha sem água quente, atrás do armazém. Willem dorme em um aposento ao lado do fogão à lenha. Eu uso o quarto. Tentei melhorar a vida de Ida, trouxe uma mesa, vou colocar uma cortina, mas ela rejeita tudo dizendo que logo vai fazer a passagem.

— Vou sair com o menino — digo a ela.

— Vou pedir a Deus para perdoar seus pecados, Olivia.

Ida não é o único problema que me atormenta. Também me preocupa o fato de algumas pessoas virem ao armazém para fazer compras, fiado. Na maioria das vezes, elas levam o que precisam. Willem e eu anotamos tudo, e elas pagam como podem: às vezes com inhames ou cebolas, ou com uma galinha choca quando a dívida se torna alta demais.

Se papai estivesse aqui, me tranquilizaria dizendo que tudo acabaria bem.

— Acho melhor você se apressar se quiser ir comigo — digo a Willem.

Maldita missão. Eu visto a enorme capa de lã e as luvas. Pego o rifle de Saul.

Willem traz o trenó do celeiro. Ele está usando um par de botas velhas e tantas camisas que está parecendo uma pilha de lavanderia. Mal consigo ver seus olhos castanhos pelos buracos no gorro de lã. Sei o que ele está pensando, exatamente como papai: algum bicho ferido deve estar precisando de cuidados.

Vou fazer 42 anos em breve. Estou com as pernas cansadas e velha demais para subir a montanha na neve, o que faz meus quadris doerem. Eu deveria estar em casa, na cozinha, aquecendo o feijão do jantar de ontem. Atrás de mim, Willem puxa o trenó pela corda. Não fomos muito longe e meus dedos já estão congelados, meu pé, dormente, e percebo que me enganei ao achar que o dia estaria claro. Onde a neve está lisa e limpa, nós paramos para respirar. É mais escuro aqui entre os amieiros e pinheiros. Eu pouso o lampião no trenó, risco um fósforo e acendo o pavio.

Abaixo, à esquerda, as luzes se acendem em Aurora, e um carro ou outro pisca ao longo da neve derretida.

— Outro tiro! — diz Willem. — *Vó?*

Detesto quando ele me olha desse jeito, como se eu tivesse a capacidade de resolver tudo em Pope County.

— Willem, neste inverno eles morrerão de fome de qualquer maneira.

Mas não é isso em que acredito, e ele sabe muito bem. Logo, os caçadores irão para as suas casas, onde beberão uísque e comerão comida quentinha. Além da fileira de amieiros, os últimos lobos prateados estão fraquejando, famintos. Eles são os únicos lobos de que se tem notícia em Kentucky, e esta noite mais alguns estão mortos.

Em uma clareira, nós achamos os dois machos. Willem olha estarrecido os buracos nas costelas dos animais. A orelha direita de cada um foi arrancada. Uma pequena fêmea cinza rasteja para fora do arbusto e fica parada, mostrando os dentes. Ela foi atingida também, e sua orelha fora cortada. O sangue escorre da ferida, cobrindo seu olho e embaraçando seu pelo. Não há sinal das orelhas dos bichos.

Esta não é uma espécie de lobo qualquer. Os lobos prateados vivem pacificamente em Big Foley há 65 anos. Então, há uma semana, um macho levou um tiro e sua orelha foi cortada. Willem e eu o achamos, e acabamos com seu sofrimento. Hoje, o caçador estava de volta; e trouxe outros consigo.

— Droga! — resmungo. — Esta tinha filhotes.

— Não atire nela — pede ele.

— Ela está com uma bala na perna e vai morrer de hemorragia.

— Vamos levá-la para casa.

O que realmente estou pensando é: *Eu sei quem fez isso.*

— Afaste-se dela, garoto. — Ponho a arma no ombro. — No meio do caminho de volta, teríamos um lobo morto nas mãos.

Willem retruca:

— Mas ela não está morta *ainda.*

Como me surpreende essa criança! O frio faz meus ossos doerem. A neve deve aumentar e, quando isso acontecer, as trilhas e as encostas íngremes das montanhas ficarão cobertas. Seria correto dar um tiro certeiro entre os olhos do animal. Mas há também entre os seus olhos uma bela faixa prateada.

Pergunto-me se Willem se sente igual aos filhotes. Está chegando a hora em que terei de falar-lhe a respeito de Pauline, embora ele nunca tenha perguntado. Ele ainda não aprendeu que todas as criaturas de Deus precisam se defender sozinhas. É cada um por si e Deus por todos.

— Bem, dê-me seu cachecol, rapaz. Vamos amordaçá-la bem e prendê-la no trenó.

— Posso sentar-me com ela? — pede, sorrindo.

— Não. Você vai andando atrás e de olhos bem abertos. Agora me obedeça ou a deixaremos aqui.

— Sim, senhora.

— E não há a menor chance de ela dorm.r na cama de quatro colunas, nem debaixo. E, se pela manhã ela nao estiver melhor, irei sacrificá-la.

A tarefa de carregá-la fica difícil sem uma corda. Eu puxo o trenó e Willem tenta equilibrá-lo. O animal escorrega algumas vezes e nós precisamos parar para ajeitar tudo, e trocar de lugar. Deus meu, eu me entendo cada vez menos. Estou tão cansada que o lobo, o menino e Ida ocupam a minha mente até eu não identificar quem é quem, ou qual deles precisa mais de mim.

Capítulo 2

Deitamos o lobo sobre uma manta, no canto da cozinha. Não seria uma boa ideia colocar um animal doente no celeiro, onde ele poderia ser achado por um lince faminto; ou descoberto por Ida, caso ela saísse do barraco. A respiração do lobo está irregular, e seus olhos estão fechados. O cachecol de Willem ainda envolve suavemente o seu focinho, como a focinheira frouxa que eu via papai fazer. O sangue pinga no lugar onde, antes, ficava sua orelha.

Eu faço uma pequena pilha de gravetos no fogão e acendo a chama. Tira um prato de feijão branco do guarda-louça e coloco os grãos em uma panela. Com uma colher de chá, deslizo uma porção na língua do animal, mas ele revira os olhos.

— Temos algumas tarefas pela frente — digo, levantando-me.

Willem está no meio da cozinha. Uma lâmpada amarela balança acima da mesa.

— Mas se não dermos alguns pontos no ferimento, ela irá morrer.

— Às vezes é assim que as coisas são.

— Como aconteceu com a esposa de Wing Harris?

Eu me viro e digo em tom rude:

— Não fale comigo sobre a esposa de Wing.

— Todo mundo sabe que ela está cada vez mais doente.

Eu não dou atenção.

— Vá lá fora e traga a madeira, enquanto ainda está de casaco.

Há algumas cascas de batata na pia. Eu as recolho e coloco no bolso. Chuto a neve que se amontoou e virou lama debaixo da porta dos fundos, na varanda. Pego os baldes que estão pendurados nos pregos e bato o gelo que se formou embaixo. Willem vem atrás de mim e desce os degraus. Gostaria que ele não tivesse mencionado o nome de Wing.

Quando éramos jovens, Wing e eu não tínhamos segredo. Mas nos últimos 20 anos, atravessamos a rua para evitarmos um ao outro. Agora não compartilhamos nada além de um "olá" no Ruse's Café.

Em resumo: tenho uma mãe louca que possui cem Bíblias empoeiradas, um neto de pernas compridas e um coração extremamente generoso, e nenhum homem para dividir a cama comigo. E uma loba morrendo no chão da cozinha.

Lá fora, no escuro, Willem corta um tronco com o machado.

— Você acha que poderíamos pelo menos dar uns pontos na orelha dela?

Diacho. Há alguns anos, Ida enterrou papai ao lado da casinha, o banheiro fechado com tábuas, que fica do lado de fora da casa. Desde então, tenho passado por cima dele umas dez vezes por dia. Aliás, estou fazendo isso agora, a caminho do depósito. Papai era um veterinário autodidata e um homem realmente amado, mas não há nada além de um pedaço de pau marcando sua sepultura. Qualquer dia, vou transferir seu caixão para a encosta, perto de Saul, e colocar uma placa de verdade.

Por quase 13 anos, fui casada com Saul. Quando ele morreu, paguei a Junk Hanley 1 dólar para pôr uma pedra achatada na sua sepultura, onde se lia: Saul Cross foi um pai e marido querido. Não que eu o amasse tanto assim.

As minhas botas abrem caminho na crosta escura de neve, e pedaços de gelo grudam na minha saia. Eu abro a porta, ponho o lampião no chão, coloco alimentos em um balde, encho o outro de batatas. Corto uma réstia de cebolas. De manhã, vou fazer contagem de estoque nas caixas e prateleiras do armazém, arrumar as últimas latas de feijão-verde e fermento. Se as pessoas não começarem a pagar as contas, não conseguirei fazer novas encomendas.

Eu entro no cercado das cabras, jogo as cascas de batata para elas e quebro o gelo na tina de água com o cabo da enxada. Está tão escuro aqui fora que só consigo perceber o contorno baixo do barraco de Ida e o burro, amarrado do lado de fora. Apesar de Ida reclamar do jantar, tenho certeza de que ela o comeu e adormeceu com o cachimbo aceso. Qualquer dia destes, ela vai pôr fogo na casa e, quando isso acontecer, espero que leve o burro consigo. Do outro lado do quintal, Willem corta gravetos.

Eu também pico gelo nas bacias, mas a meia dúzia de galinhas prefere morrer de sede a se afastar dos seus ninhos.

Willem me acompanha para dentro de casa, joga o casaco e senta, deixando a neve derreter nas botas. Eu coloco o balde de batatas sob a pia.

Droga! Talvez eu tenha trazido o lobo para casa para agradar Willem; ou por causa de papai, cuja velha clínica ainda existe, bem debaixo desta cozinha. Não vou lá embaixo há muitos anos nem pretendo ir agora. Mas pego o lampião na varanda. Willem arregala os olhos quando eu retiro as chaves do gancho e abro a porta do porão.

As minhas botas fazem um barulho oco na escada, mas, na base, o chão é de terra batida. Não há eletricidade, e, como Saul diria, aqui embaixo tem mais mofo que no inferno. Não é de admirar que Saul nunca entrasse nesse lugar, cheio de mofo e cercado de teias de aranha e poeira. Saul dizia que papai precisava de um exame mental, praticamente vivendo aqui embaixo com seus bichos, e o resto do tempo administrando o alambique no paiol.

É a primeira vez, em muitos anos, que este cômodo vê alguma luz. O cheiro é horrível, como se houvesse algo morto e podre, embora papai quase nunca perdesse um paciente. A podridão está no túnel que ele construiu do porão ao paiol. Isso o poupava de arrastar-se por mais de 1 metro de neve apenas para chegar ao alambique. Agora, as duas saídas estão fechadas.

Olho ao redor: camas de palha velha, a mesa que se estende por toda a parede, as jaulas de arame enferrujado, caixas para transporte de animais com alças tortas, baldes, um forcado, pás, caixotes e um par de lampiões quebrados. Ver os enormes cercados e as cumbucas de água me causa um profundo mal-estar por alguns minutos. Não é a memória do meu pai que me faz evitar o subsolo dessa casa.

— A umidade aqui embaixo poderia matar uma pessoa. — De uma prateleira, retiro uma garrafa marrom e empoeirada, uma tesoura comprida e um pacote de agulhas curvas. Depois, subimos os degraus. Tranco a porta e ponho as chaves de volta no gancho.

Do meu cesto de costura, retiro linha branca, rasgo alguns pedaços de tecido de algodão limpo para as ataduras, e tiras compridas para os curativos. O clorofórmio perdeu a eficácia, mas é tudo que temos. Pingo três gotas em um pedaço de pano. Lavamos as mãos com água quente e sabão e nos sentamos no chão. Quando a loba está anestesiada, eu corto o pelo emaranhado da perna dela. Ela faz um movimento involuntário, se contrai e revira os olhos, enquanto eu raspo uma parte do pelo e começo a futucar a ferida com as mãos. Meu rosto está terrivelmente tenso e meus olhos estão lacrimejando.

— Quem você acha que fez isso? — pergunta Willem.

Eu retiro a mão da cavidade, de onde puxo a bala. Coloco água oxigenada no ferimento e observo as borbulhas. Enrolo um pedaço de linha no dedo, corto com os dentes e seguro a agulha sob a luz. Reclamo baixinho que não enxergo mais como antigamente. Mostro a Willem como juntar as bordas do ferimento e, enquanto ele segura a pele do animal entre os dedos, eu dou meia dúzia de pontos. Fazemos o mesmo com a orelha, limpando o sangue do olho, o máximo possível. A loba estremece e chora. Sob as calças curtas masculinas que estou usando — mais o vestido de algodão, casaco de lã e ceroulas —, estou molhada de suor.

Willem sugere fazer uma oração por ela.

— Faça — concordo. — E reze também pelos caçadores. Eu farei com que eles se arrependam de ter nascido.

Capítulo 3

Não tenho nada para dar à loba que alivie sua dor. Não adiantaria nada esmagar uma pílula para o fígado do Dr. Carter ou de Lydia Pinkham e não me atreveria a usar clorofórmio mais uma vez. Perguntarei a Dooby, o farmacêutico, o que poderia curá-la, se pela manhã ela não tiver destruído a cozinha e comido todos nós enquanto dormimos. Sua respiração está fraca e cansada e seus olhos, quando ela os abre, estão amarelados e reviram de medo.

Deus queira que ela não morra durante a noite por culpa minha. Afinal de contas, um bom samaritano nem sempre é algo benéfico. Todos os dias pessoas morrem em nome do amor.

Pendurei uma cortina entre a cozinha e o armazém. O único quarto fica na parte da frente da casa, separado do armazém por uma porta. Temo por Willem, que dorme em seu aposento na cozinha, com nada além de 2,5 metros e outro lençol pendurado entre ele e a loba, portanto pegamos o jantar e nos sentamos na minha cama. Eu adoro este cômodo de teto alto com a cama de colchão de pena, um guarda-roupa velho e uma cadeira de balanço. O que era antigamente uma despensa, agora tem um banheiro, um espelho quebrado e uma lâmpada. Não importa termos que passar pelo armazém e pelo quarto para chegar até ele.

Eu conto a Willem como papai era capaz de acalmar uma lebre com a perna tão quebrada a ponto de ter o osso exposto. Vestidos com roupa de dormir, Willem e eu molhamos pedaços de pão na sopa de feijão e conversamos sobre Ida, a loba, e o que faremos de manhã.

— Vó? — diz Willem. — Os filhotes irão morrer sem ela, não é?

— Se é que já não morreram.

— Será que podemos subir a montanha de manhã e procurar por eles?

— Você tem que ir à escola, e, mesmo se achássemos algum vivo, ela está fraca demais para cuidar deles.

— Poderíamos arranjar um jeito de alimentá-los.

— Não, não poderíamos.

A luz do dia nos dirá se a loba irá viver ou morrer. E que Deus nos ajude se Ida levantar da cama e ficar vagando de manhã, procurando pelo seu chá e aveia.

Aconchego o menino junto de mim. Ficamos deitados na escuridão olhando um para o outro. Pouco antes do amanhecer, adormeço até algo me despertar completamente. Enfio os pés nas botas e enrolo uma túnica de flanela em volta do corpo. Vou até o armazém e, pela cortina da cozinha, dou uma olhada ao redor. Pedaços de corda roída e tiras de lençol ensanguentadas estão espalhados pelo chão. Há marcas de sangue no linóleo e no peitoril da janela. O vidro está quebrado. A loba desapareceu.

— Deus do céu!

Abro a porta dos fundos, atravesso a varanda e desço os degraus, com cuidado para não cair no chão coberto de gelo. O céu está escuro e carregado. Os rastros de sangue levam em direção ao paiol, para além da caminhonete coberta de gelo, até o celeiro. E lá está a loba! Com a perna esticada, deitada de lado. Sob a barriga do animal, um círculo de sangue se espalha na neve. A uns 6 metros de distância, está Ida, de camisola, com o velho Winchester de papai no ombro, e a cabeça ainda jogada para trás, pelo impacto do tiro disparado.

Capítulo 4

A minha vontade é de matar Ida. Não é a primeira vez que sinto isso.

Quando tinha 13 anos, Dooby me contou algo a respeito dela que eu gostaria de nunca ter ouvido.

Quando fui concebida, foi o pai de Dooby, o dono da farmácia, que vendeu a ela o pó com o qual ela tentou esvaziar o ventre. O primeiro filho ela expeliu como um caqui verde, mas o segundo era eu, e ela não conseguiu realizar o seu plano. Eu me agarrei às trevas de suas entranhas, até sua barriga crescer e ela ficar doente a maior parte do tempo, por causa da cerveja alemã amarga que o médico receitou para ela ganhar peso. Mais tarde, as pessoas me contaram que eu nasci berrando e faminta.

Nos meses que se seguiram, enquanto papai administrava o armazém e cuidava de cães e gatos, mamãe vivia passando mal de uma coisa ou de outra. Seus nervos, ela dizia, estavam em frangalhos, como fósforos usados. Embora eu chorasse o tempo todo, ela não me pegava no colo, não trocava minha fralda nem me alimentava. Quando chegava do trabalho, papai me tirava do berço. Ele me banhava, vestia e me dava todo o jantar que eu aguentasse, e mesmo me embalando à noite, ele não conseguia me fazer parar de chorar.

A choradeira era demais para ela, e, quando papai tentava me aninhar nos braços dela, ela não me segurava, preferia ficar sentada embalando uma manta vazia. Em pouco tempo, ela acabou mergulhando em um abismo do qual ninguém conseguiu resgatá-la. Andava por toda a casa, torcia as mãos e gritava, fazendo com que os últimos dos nossos clientes falassem em voz baixa. Eles só não deixaram de vir ao armazém porque adoravam papai.

Às vezes, ela vomitava em um balde na cozinha. Na maior parte do tempo, permanecia na enorme cama de quatro colunas, enquanto uma sucessão de senhoras de Aurora chegava trazendo pratos de comida. Papai trazia-lhe a comadre e trocava os lençóis, já que ela não ficava de pé e nem erguia a cabeça. O Dr. Pritchett aplicava-lhe polvilho, lavagens intestinais, receitava tônico para o fígado e enxofre com açúcar e melaço, mas de nada adiantava. Ela não engolia nem sopa, e estava magra como um varapau. Por fim, papai mandou buscar um médico de Buelton. Ele chegou em um sábado à tarde, aplicou uma variedade de cataplasmas na barriga e no peito dela, e finalmente lixívia nas palmas das suas mãos. Nada ajudou.

Logo depois disso, papai desistiu de tentar e amarrou o cavalo do vizinho na carroça, pois nossa égua estava velha e precisava ser sacrificada. Ele enrolou mamãe em uma manta e, com toda a delicadeza, ajudou-a a sentar na parte de trás, além de colocar travesseiros em volta dela para que não rolasse. Dizem que eu fiquei parada na porta do armazém, com as pernas cambaleantes, olhando eles se afastarem. Ninguém lembra se chorei ou não.

O que aconteceu depois, eu me lembro muito bem.

Algumas pessoas vinham até o armazém. Eles compravam pacotes de levedura e fatias de queijo, ruibarbo, batatas-doces e latas de vagem amarela. Só havia papai para atendê-los, correndo de cima para baixo pelas escadas, comigo debaixo do braço. O tempo foi passando; um dia se misturava com o seguinte, como parafina de vela.

Pessoas conhecidas ou não vinham ao armazém para uma visita, me acariciavam na cabeça, e lembravam-se, repentinamente, de que também precisavam de meio quilo de linguiça de porco ou dois pernis. Papai rasgava pedaços de papel de embrulho e escrevia cartazes para a vitrine, onde se lia: "Três repolhos por 1 níquel, meia dúzia de ovos por 10 centavos." O dinheiro entrava. Eu recolhia os ovos no galinheiro, e toda manhã ordenhava as cabras. Papai trouxe para casa mais três cabras e, duas vezes por semana, ele enviava leite quente para a Sra. Nailhow, que fazia queijo e guardava uma porção para ela. Vendíamos o queijo por ultrajantes 16 centavos o quilo. Antes de começar a frequentar a escola, conhecia o funcionamento do armazém de cor e salteado.

Além do armazém, éramos também os agentes não oficiais do correio. Eu vendia selos que eram guardados em uma pequena caixa de metal. Um homem de macacão e gorro azul vinha às segundas, quartas, e sextas de manhã entregar cartas que eu separava em pacotes, já que havia aprendido a ler os nomes: Sampson, Ruse, French, Andrews, Phelps. E Harker, que éramos nós. Eu sabia quais eram contas a pagar ao leiteiro. Aos 6 anos, eu sabia colocar o dinheiro em um envelope, endereçá-lo, pegar uma moeda da caixa registradora e colocá-la na caixa de metal, em troca de um selo. Em todo esse tempo, jamais houve um cartão-postal da minha mãe, e isso não me chateava.

O século virou. Papai iniciou-me no mundo da medicina caseira, nos mistérios da sarna em cães e doenças parasitárias, e os danos que um carro pode causar a um cão de caça não muito veloz.

Por fim, a nossa velha égua tropeçou e quebrou o tornozelo. Papai atirou nela, de um ângulo que a fizesse cair diretamente no buraco que ele havia cavado. Depois, fez uma fogueira com folhas e gravetos, e impregnou o ar com o cheiro do corpo do animal ao ser incinerado. Então, cobriu seus ossos com marga e, por vários anos, pés de milho ali plantados cresciam 3 metros de altura. Papai comprou um jumento teimoso de nome Sanderson, e, reclamando, nós o puxamos até a carroça. À noite, fazíamos entrega de mercadorias, apanhávamos canjica na fazenda Daymens e melancia e abóboras nos Sylvesters. De manhã, puxávamos fardos de feno de um campo ao outro. Papai tinha uma boa mão para o comércio.

Eu costumava acompanhá-lo à noite, quando ele transportava garrafões às fazendas distantes, e eu ficava de guarda, vigiando na estrada, enquanto os homens vinham para negociar. Ganhávamos dinheiro com pernas de coelho, verduras, maçãs e tomates frescos. Colocávamos tudo em tinas de madeira e comíamos como reis.

Depois da escola, eu cuidava do armazém. Os negros vinham às quartas-feiras; os brancos, às terças-feiras, compravam em grandes quantidades, como se fosse demorar um mês para chegar a quinta-feira.

A Srta. Dovey era uma das nossas freguesas de quarta-feira. Ela era preta como a noite e tão ossuda que dava para se esfregar roupa em qualquer parte do seu corpo. Ela mantinha o cabelo preso sob um pedaço de pano e, debaixo do seu vestido longo, andava descalça, como a maioria das pessoas da sua família. Ela chegou um dia de manhã, enquanto eu estava sentada no chão, e tentava juntar dois lenços com uma costura. Eu acabara de proferir um palavrão que papai tinha proibido que eu falasse, quando ela olhou por cima do balcão.

— Que diabo cê tá fazendo aí embaixo, Srta. *Livvy*? — perguntou. Seus óculos eram grossos e verdes, como fundos de garrafa.

— Estou tentando costurar um vestido para a minha boneca, Srta. Dovey — respondi. — Mas a linha não fica no lugar.

Ela tomou o meu trabalho nas mãos.

— Dê-me a agulha e eu vou mostrar como se dá um nó na linha.

E nós duas ficamos sentadas, de pernas cruzadas, naquele chão de madeira; ela me ensinou a fazer bainha, alinhar bordas e pregar botões. Toda hora eu tinha que pôr de lado a agulha para encaixotar mercadorias e dar o troco. Os negros começaram a observar meu trabalho. Eu me lembrava dos bons modos e me levantava, dizendo:

— Fiquem aqui. Eu vou buscar refrescos.

Eles ficavam num beco sem saída, enquanto a filha do médico de cavalos, que eles adoravam quase como Deus, ia à cozinha. Eu passava uma generosa camada de manteiga no pão, enquanto do lado de fora, no armazém, eles contavam trocados para pagar sal e arroz, dos quais não precisavam. Eu cortava os sanduíches em quadrados bem pequenos para fazê-los durar, e eles, agradecidos, acenavam com a cabeça e elogiavam meu trabalho.

Quando os outros iam para casa, a Srta. Dovey se despedia. Na porta, ela parava para passar a mão na minha cabeça. Os negros tinham esse costume. Uma vez, perguntei ao papai por que eles faziam isso, e ele disse que era uma forma de dar a bênção.

Nos meses que se seguiram, costurei bonecas de pano, fiz bainha em vestidos de bebê e aventais. As senhoras brancas admiravam a costura bem-feita. Enquanto eu tomava conta da loja e exibia o meu trabalho manual, papai ia para o andar de baixo cuidar dos seus pacientes. Toda vez que eu passava pela porta do porão, ele estava assoviando, e não sei qual de nós estava mais feliz.

Mas então ocorreram os funerais: enterros solenes e silenciosos nas manhãs de domingo que, estranhamente, antecediam a cerimônia religiosa dos negros. Acho que a hora era conveniente, com as pessoas já paramentadas e planejando preparar um frango para o jantar. Primeiro, foi o filho de Lacy Settle, depois foi a vez do seu sobrinho mais velho, e quando demos conta, dois amigos que viviam em barracos, ao longo do rio. Os caixões eram simples; os elogios, pesarosos, e aqueles jovens iam para o céu sem uma canção. Esperando na fila para jogar um torrão de terra no buraco, perguntei ao meu pai, em voz alta, se eles tinham pegado alguma doença contagiosa, e por que não gritávamos a nossa habitual "aleluia". Foi a única vez que lembro de papai tampando a minha boca.

De domingo a domingo, papai também mantinha um alambique e aprendi o valor do garrafão de vidro marrom. Ele nunca me permitiu uma gota de bebida. Nem ele mesmo bebia muito. Às vezes, quando alguns homens se reuniam no quintal, sentados em engradados e compartilhando uma garrafa, eles me incluíam na conversa até papai me mandar direto para a cama. Mesmo quando ele se embebedava, cantando e tremulando os braços ao contar histórias, eu lhe perdoava por qualquer pecado que pudesse estar cometendo. Ele me amava e não fazia nada de errado.

Papai e eu nos alternávamos com a limpeza. A velha Sra. Prince, que morava perto de Buelton, trouxera meia tina de tomates como pagamento pelo parto que papai tinha feito dos seis filhotes

Sua cadela marrom, Bessie, estava velha demais para dar cria, e o parto foi extremamente difícil, com o pobre animal arquejando, e a Sra. Prince exaltada. Depois, papai e eu descascamos tomates durante dois dias e fizemos molho de pimenta com cebolas, que colocávamos em tudo.

Na maioria das vezes, eu era responsável pela cozinha, fritando pimentão e cozinhando verduras, ou fazendo molho com farinha e banha de porco. Embora meus bolos de milho ficassem achatados, e meus biscoitos saíssem como pedaços de carvão, papai os comia com um sorriso que me deixava orgulhosa. Ele era bonito como um astro de cinema e tinha encanto para dar e vender. Não sei como as mulheres não caíam aos seus pés enquanto minha mãe estava ausente; ou possivelmente isso acontecia, mas ele tinha a delicadeza de me poupar desses detalhes.

Capítulo 5

Até onde me lembro, Junk Hanley levava sua mãe ao armazém às quartas-feiras. Um dia, ele disse:

— Sr. Harker, nós deve um favor ao senhor e seria uma honra limpar as escadas da sua casa.

Até eu fui capaz de entender o que aquilo significava: o quanto éramos todos muito pobres. Afinal, havia realmente muitos degraus.

— Seria ótimo — respondeu papai. — Na realidade, eu estava à procura de uma pessoa para fazer esse serviço algumas vezes por semana. — Então, ele torceu os lábios, como se estivesse pensando em algo mais. — É preciso cortar lenha na colina, também, fazer transportes para a venda, e outras coisas, como plantar batatas na primavera.

Por tudo isto e um pouco mais, papai lhe pagaria 25 centavos de dólar por semana. Junk abriu um sorriso de orelha a orelha.

Eu conhecia as histórias sobre Junk e as adorava.

A tia Pinny Albert contava que, quando Junk era bebê, sua mãe o deixou cair, o que explicava o formato achatado na parte de trás de sua cabeça, e o fazia andar todo desajeitado. A cabeça dele era totalmente raspada, e seus olhos eram enormes bolas de mármore branco que, pela maior parte do tempo, ele mantinha fechados. Suas orelhas eram de abano, seu nariz torto, e cada botão na sua camisa tinha uma cor diferente. Ele vinha da única família em Pope County que sabia ler e escrever.

O pai de Junk era catador de sucata e trapos velhos, mas seu avô havia sido repórter durante a guerra civil e, mais tarde, no município de Glover, por mais 20 anos. Ida dizia que o trabalho de repórter era emprego de branco, e era um pecado ele receber pagamento. Eu gosto de imaginar negros e brancos sentados nas suas varandas, lendo o jornal que ele escrevia. Aposto que eles acenavam com a cabeça e diziam:

— Aquele tal de Hanley, com certeza, sabe como usar as palavras.

Quando era jovem, nosso Junk foi para o Exército. Ele foi enviado para o norte para Three Mile Flats, onde aprendeu a marchar, saudar e esfregar alpendres com uma escova de dentes. Logo depois, o Exército mandou Junk para o norte em Euclid, Montana. Lá, ele encontrou negros de todas as partes do país. Eles montavam em selas e praticavam tiro. Pouco tempo depois, eles foram para o sul, no deserto, onde travaram combate em uma das últimas batalhas apache no front ocidental.

Apenas alguns homens no batalhão de Junk sabiam ler e escrever. Na sua única carta para a família, Junk escreveu que se sentia mal por matar índios. Um dia, Junk recebeu uma carta destinada à outra pessoa. Era um triste adeus de uma tal de Srta. Jackson de Falsette, Dakota do Norte. Ela assinara "Love Alice" e Junk achou que "Love" fazia parte do nome dela.

Educadamente, ele escreveu de volta. Acabou que Alice era negra também. Eles ficaram completa e imediatamente apaixonados. Quando a luta acabou, no oeste, Love Alice viajou de carona desde Falsette. Ela encontrou-se com Junk em Omaha, onde se casaram em uma cerimônia realizada por um reverendo itinerante, nos fundos de um salão de bilhar. A lua de mel foi no depósito. Em troca de uma cama, eles lavavam o chão e os pratos — tarefas nas quais Junk tornara-se habilidoso —, enceravam o bar e passavam giz nos tacos. Comiam bolachas e sardinhas no café da manhã, no almoço e no jantar, e enviavam cartões-postais, nos quais assinavam: Junk e Love Alice Hanley.

Viajaram e trabalharam por cinco estados, chegaram a Aurora e instalaram-se na casa da mãe de Junk e um bando de parentes, inclusive a tia Pinny Albert e seus dois filhos de pernas arqueadas, em uma casa de três cômodos na Rowe Street. Eles eram tranquilos e respeitosos, e iam regularmente à igreja.

Love Alice era bem franzina, de pele mais clara do que a do marido, e um nariz sardento que se alongava no rosto. Quando veio morar na nossa cidade, ela era uma mulher casada, de 13 anos, e eu gostei dela imediatamente.

Como outras na Rowe Street, a madeira na casa dos Hanleys estava apodrecendo. No inverno, as janelas eram fechadas por tábuas e, na primavera, as tábuas eram arrancadas para deixar entrar a brisa. As varandas da frente e dos fundos estavam vergando com o peso de coisas inúteis ali depositadas e, no verão, as crianças perseguiam cães magricelos em volta do quintal de terra, correndo de bunda de fora, da forma que vieram ao mundo. Sempre que eu passava, a criança mais velha dava um peteleco no ouvido das crianças menores. Acho que isso servia para que elas prestassem atenção ou se comportassem, mas elas se limitavam a me olhar, com o dedo na boca e seus pintinhos balançando. Depois, sorriam com seus dentes brancos como leite.

Em sua maioria, as mães e os pais trabalhavam como empregadas ou zeladores. Mas empregos eram escassos, e, conforme o tempo passava, um número cada vez maior de jovens negros deixava a cidade. Os filhos de pernas arcadas da tia Pinny Albert trabalhavam em uma lavanderia, e suas três irmãs cozinhavam e limpavam para famílias em Buelton. Os outros trabalhavam em fazendas mais distantes.

Finalmente, o irmão de Junk, Longfeet Abram, ganhou um ônibus velho e enferrujado em um jogo de pôquer. Em dias bons, Longfeet transportava seus vizinhos e parentes na ida e na volta do trabalho, e eles contribuíam com a gasolina. Mas o veículo era uma lata velha, sempre soltava muita fumaça e tiros pelo escapamento. Longfeet o deixava na sombra, na casa do sogro, o reverendo Timothy Culpepper. Diariamente, ele abria o capô para consertar alguma coisa.

Como a maioria das pessoas por aqui, as irmãs Albert e Hanley plantavam milho e tomates nos fundos das suas casas. Elas compravam farinha, toucinho defumado e café no nosso armazém. Uma vez por mês, o caminhão de mantimentos parava no acostamento da estrada, e as pessoas faziam fila para pegar feijão, manteiga, arroz, tíquetes para um litro de leite da fábrica de laticínios e pacotes de semente de milho. Quando ficavam doentes, eles se automedicavam. Se pegassem tuberculose ou *influenza*, eram levados ao Dr. Pritchett, onde ficavam do lado de fora, ao lado do canal, aguardando sua vez de ser atendidos.

Fora naquele canal que Love Alice perdeu seu bebê; sua vida escorrendo por suas pernas de forma que, antes que pudesse gritar, viu-se agachada sobre uma poça do próprio sangue escuro. Às vezes, me pergunto se meu pai poderia ter salvo o bebê, mas, quando eu disse isso, Love Alice chorou ainda mais.

Uma casa velha, no fim da rua, era o lugar de adoração de todos eles; a Igreja Episcopal Metodista Africana da Rowe Street, onde se reuniam não só aos domingos, mas em outras noites também, comendo e louvando a Deus de corpo e alma. Nas noites de verão, seu canto chegava até nós. Eles rezavam por Longfeet Abram, que estava na cadeia, pela alma do bebê de Love Alice, e tenho certeza de que rezavam por nós, também.

Enquanto isso, era bom ter Junk por perto. Ele vinha à tarde e cortava madeira ou ajudava no armazém. Pendurava cebolas e enchia os barris com feijão-mulatinho ou feijão-branco. Na maior parte do tempo, papai ficava no andar de baixo cuidando de algum animal doente, e eu ia para a cozinha passar geleia em duas fatias de pão. Junk adorava caquis, que a Sra. Leona Abernathy mandara como agradecimento pelo tratamento dos problemas de estômago dos seus gatos. Junk e eu sentávamos no balcão do armazém — nessa época, tínhamos uma enorme caixa registradora cor de bronze, que tilintava quando eu apertava os botões — e comíamos pão. E falávamos sobre tudo.

Às vezes, a tia Pinny Albert enviava pastéis e tortas como agradecimento pelas ervilhas que tínhamos de sobra, e um novelo de algodão para bordado, que eu guardava na caixa. Eu teria distribuído tudo o que tínhamos e, de vez em quando, papai explicava o custo dos médicos e a conta do hospital de minha mãe.

Um dia, a mãe de Junk mandou um recado: eu poderia acompanhá-los à reunião de quarta-feira na igreja, se papai concordasse. Soltei as tranças. Papai passou uma escova nos meus cachos e prendeu meu cabelo com um laço. Ele disse que eu era a menina mais bonita em dez comarcas. Ele era a única pessoa que dizia isso. Quando Junk veio me buscar, eu dei a mão a ele e o acompanhei morro acima, com um macacão bem passado, blusa de ilhós e um grande arco branco na cabeça.

A Sra. Hanley estava esperando na varanda. Seu vestido azul-marinho esgarçava nas costuras, e seu rosto estava tão tenso que parecia que suas bochechas precisavam se alargar. Seu cabelo era curto e bem crespo e as suas luvas estavam furadas na maioria dos dedos. Ela carregava uma bolsa. Disse que tinha enviado Love Alice na frente com os pratos de comida, porque nós havíamos demorado muito. Então, ela olhou para Junk e ele se apressou e eu tratei de apertar o passo para poder acompanhá-los.

— Seu pai concordou, Srta. Livvy? — perguntou a Sra. Hanley, ofegante.

— Sim, senhora.

— Ele é um homem muito, muito bondoso. — Ela pôs a mão nas minhas costas. — Nunca permita que ninguém fale mal dele.

— Sim, senhora.

Ela me olhou de soslaio.

— Você alguma vez pisou numa igreja?

Eu nunca tinha ido a uma igreja. No início do casamento, meu pai não aguentava mais o modo como minha mãe pregava, montada no burro e, por conta disso, ele nunca quis saber de religião.

— Bem, tudo o que você precisa fazer é ficar atenta e se comportar como a dama que o seu pai a educou para ser.

Eu olhei para Junk, mas, aparentemente, ele estava tentando se concentrar e, de qualquer maneira, tínhamos chegado aos degraus da grande casa branca que eles chamavam de igreja. Na varanda, senhoras bonitas e cavalheiros com o chapéu nas mãos cumprimentavam-se e todos sorriam para mim e me tocavam como se eu fosse de vidro. Nós entramos. Junk abaixou a cabeça para não bater na porta e ficamos na parte lateral, enquanto as senhoras apressavam-se para arrumar cadeiras e dispor garfos sobre a mesa. Tábuas tinham sido postas em cavaletes de madeira, e havia várias travessas de comida.

O reverendo Culpepper, um homem baixo com cabelo branco e crespo e uma voz imponente, erguia as mãos e baixava a cabeça e eu prendia a respiração, enquanto ele pedia que Deus entregasse esta generosidade às nossas barrigas da mesma forma que ele enviara Jonas à barriga da baleia. Ele pedia que encontrássemos a fé a cada abocanhada de repolho e pedaço de carne de porco. Amém.

Teve início a comilança. Embora papai e eu nunca tivéssemos passado fome, isto era mais comida do que eu já tinha visto na vida. A Sra. Hanley pegou um prato e perguntou-me se eu queria tripa de porco e batata cozida, e se eu gostaria de uma costeleta ou uma fatia de bagre, uma coxa de frango ou um pernil de porco. Fiz um gesto afirmativo com a cabeça, e também aceitei verduras cozidas com vinagre, melancia em conserva e ervilhas com carne de porco. Comi pudim de milho, a torta de batata-doce de Love Alice, e cogumelos selvagens cremosos. A Srta. Dovey, que administrava uma escola na própria casa, me serviu uma fatia de bolo de chocolate, que eu engoli equilibrando uma cumbuca de sorvete de amora no colo.

Então, o jantar acabou, e as senhoras começaram a retirar os pratos. Os homens se retiraram para enrolar cigarros e bebericar de garrafas dentro de sacos de papel, que eles haviam escondido sob os arbustos. Junk sentou-se com outros homens e, pouco depois, Love Alice apareceu. Minha barriga começou a doer e, quando eu contei, ela abriu um sorriso grande como o Kentucky, e disse que isto aqui era tudo família.

— A sua família verdadeira é de Dakota do Norte, Love Alice?

— Sim, até todos morrerem — respondeu.

A minha barriga produziu um estrondo e eu a apertei.

— Você não tem *ninguém*?

— Não sei da minha mãe. Quantos anos cê tem, Olivvy?

Arrotei.

— Dez.

— Muito bem, então, vou te falar sobre o meu pai. Ele trabalhava no armazém, abrindo caixote. Um dia, ele tava consertando a varanda. Aí, uma senhora branca se aproximou, levantou a saia para subir nela. Ele desviou olhar rápido, mas era tarde demais. Ela gritou e disse que meu pai olhou debaixo do seu vestido. Afirmou que ele iria estuprá-la. Papai disse que jamais faria tal coisa, mas o dono do armazém saiu junto com outros homens. Eles ficaram empurrando meu pai, decidindo o que iam fazer com ele.

Outro arroto.

— Ah, Love Alice...

— Quando ele não chegou pro jantar, mamãe disse: Alice Lee, vá descobrir o que aconteceu. Você quer ouvir o resto, Olivvy?

— Sim.

— Bem. Eles foram para trás do estábulo, amarraram as mão do meu pai. Atiraram uma corda sobre uma árvore. Foi preciso três homem para levantá-lo.

Eu podia sentir minha boca aberta de espanto.

— Então eles o deixaram lá. Ele se sacudiu e se contorceu.

— O que é que você fez?

— Voltei para casa e contei a minha mãe. Ela me pediu para pegar sua bolsa. E saiu. Nunca mais a vi.

Eu queria dizer-lhe o quanto eu sentia, mas não conseguia encontrar palavras. Então, botei a mão na minha barriga inchada.

— Vamos agora — disse ela. — Já vai começar.

Nós entramos e sentamos perto da família dela. Pensei em como seria ver meu pai assassinado. Eu tinha ouvido em algum lugar que, quando a pessoa é enforcada, os olhos saltam e ficam pendurados. Permaneci calada até que, de repente, comecei a sentir cólicas e, no minuto seguinte, tudo que eu tinha comido voltou e caiu bem no vestido e no sapato da mãe de Junk; e nas meias remendadas de várias senhoras que estavam próximas a ela. Junk me tomou nos braços e me carregou para o lado de fora onde, atrás da fileira de cerca viva, eu gemi e chorei de vergonha.

Posteriormente, na grande sala onde celebravam o culto, sentei apoiada na mãe de Junk que me abraçava. Seu vestido estava úmido após a tentativa de limpá-lo. Ela cheirava a sabão e água de lavanda e seus peitos pareciam enormes travesseiros, macios. Eu me perguntei se as outras mães eram assim, ou só as negras. Deixei as minhas pálpebras fecharem, enquanto o tio de Junk, o reverendo Timothy Culpepper, rezava sem parar. Ele dizia que Deus estava entre nós, amém, Senhor, *amém, Senhor.* Que éramos todos seus filhos, que ele pronunciava "fios", e ordenou: "Que comece a alegria!" Então a música começou, preenchendo cada fenda no soalho, até o lugar inteiro pulsar como um dedo machucado, e eu sabia que isto era o que ouvíamos ao longo do rio. Eu estava completamente emocionada. As pessoas dançavam e batiam palmas, sorriam e gritavam "aleluia" por todo lado. Mesmo depois que eu cresci, nunca consegui imaginar a palavra êxtase como algo diferente disto.

Depois, apesar das minhas pernas compridas, Junk me carregou para casa, enquanto eu dormia com o rosto apoiado no seu ombro. Era tarde, mas papai estava à minha espera, na varanda dos fundos, levantando a lâmpada para que Junk pudesse passar pela entrada e me colocar na cama. Queria que Junk não dissesse nada sobre a vergonhosa situação que eu havia passado. Mas havia algo diferente na expressão de papai, então, eu tratei de acordar e ficar de pé.

— Olivia, querida — disse ele. — Chegou um telegrama do hospital em Buelton. Sua mãe vai voltar para casa no final do verão!

Eu apenas balancei a cabeça, em sinal de descontentamento.

— Precisamos nos preparar para recebê-la.

Não era possível. Aquela mulher que se autointitulava esposa de papai deveria ficar em Buelton, onde ela não poderia nos atingir. Bem, enquanto eu vivesse, não a amaria nem a chamaria de mãe. Papai havia me traído.

Eu me virei e desci correndo os degraus até o jardim, onde me atirei no chão. Com a cara na terra molhada, rezei para que a mãe de Junk me adotasse antes que minha mãe voltasse. Eu implorei a Deus para deixar-me comer miúdos sem vomitar; para achatar o meu nariz e encrespar meu cabelo. Eu pedi isso em nome da horta de batatas, com suas plantações retorcidas e seus talos emborrachados. Pedi em nome dos tomates, dos pepinos verdes e fatiados, da abobrinha e da melancia em conserva. Em nome do reverendo Timothy Culpepper, rezei para ser negra. *Amém, Senhor.* Amém.

Capítulo 6

Love Alice era esposa de Junk, primeira e única. Eu me perguntava o que a Sra. Hanley achava do seu filho ter trazido para casa uma noiva criança.

Sempre que podia, Love Alice encontrava-me na cidade. Uma das coisas que mais gostávamos de fazer era pressionar o nariz na vitrine da botica de Dooby, na loja de ferragens de French e em outros lugares ao longo da Main Street. Estávamos fazendo isso em um dia nublado, quando ela soltou um suspiro e sentou na calçada. Sentei-me também.

— Algum problema? — perguntei, cuspindo na bota e esfregando com o dedo.

Love Alice estava descalça, as solas dos seus pés tinham uma cor marrom mais clara do que o resto do seu corpo, quase cor-de-rosa, assim como suas mãos. Seu calcanhar era áspero e amarelo com calos, iguais às mãos do papai, de tanto tampar garrafão de uísque.

— Tô um trapo, Olivvy — disse ela.

— A Sra. Hanley obriga você a fazer todo o trabalho?

— Ah, não é isso — respondeu, dando uma risada. — É o Junk. Mas eu num devia falá cum você sobre essas coisa; o que o homem faz com uma mulher.

Então me ocorreu que Love Alice conhecia segredos que só pessoas casadas sabiam.

— Meu pai me explicou tudo — falei.

— Tudo?

— Eu vi cachorro fazendo — disse em tom arrogante.

Ela chegou tão perto que pude ver cada pinta do seu rosto.

— Bem, quando um homem sobe em cima duma mulher, isso tem um nome.

— Que nome?

Ela abaixou a voz ainda mais.

— Trepá.

— Trepar? — repeti.

— Sim, senhora. Quando o homem faz aquilo com a mulher.

Eu nunca entendi por que isto acontecia. E também, pelo menos até agora, não sabia como era chamado.

— Por que é que o homem tem que fazer isso?

— Se ele num fizer — disse ela —, ele incha que nem um sapo...

— Love Alice Hanley, você está inventando isto.

— Num tô não — retrucou. — Você já viu aqueles veios que ficam sentados em frente da loja do Sr. French? Gordos como porcos? Bem, pode apostar o quanto quiser que eles num trepam.

— Junk disse isso?

— Eu mesma cheguei a essa conclusão. Você qué ouvir?

Eu quis.

— Bem, aquilo cresce todo dia, mas o homem tem que esconder. Não dá prá eles andá com as carça estufada. Eu perguntei ao Junk o que um homem faz se num tiver uma mulher.

Eu não tinha certeza se queria mesmo saber. Meu pai não tinha mulher, mas talvez eu nunca tivesse outra chance de saber a resposta.

— O que ele disse?

Love Alice deu uma risadinha.

— Ele disse que o homem vai prá floresta e faz *sozinho*.

Aquilo era algo que eu não conseguia imaginar. O velho French era solteiro e magro como cabo de enxada.

— Como?

— Eu perguntei a mesma coisa. Junk mostrou a mão, uniu os dedos. Eu disse: "Sim, sinhô, isso fica igualzinho."

Eu queria saber por que ninguém tinha revelado isso aos sujeitos esquisitos que ficavam na Main Street, sentados de modo desajeitado, com a cadeira inclinada para trás. Assim, eles não teriam de deixar as calças desabotoadas, ou ter barrigas iguais a melancias maduras.

— Enfim — disse Love Alice com um suspiro —, o Junk pensa em mim, lá no campo. Ah, mas ele espera. Algumas noite nós mal termina o jantar e ele me leva pro quarto dos fundo, deixando a mãe na mesa, a ponto de ter um troço.

— Por que ela fica aborrecida? Ela fazia isso também, ou ela não teria tido o Junk.

— Bem — disse Love Alice —, talvez seja difícil para ela imaginá seu menino já um homem crescido.

Eu fiquei imaginando como um homem do tamanho de Junk Hanley podia fazer *qualquer coisa* com essa menina que parecia um palito.

Mordi o lábio.

— Como é, Love Alice?

Ela torceu a boca, tentando achar as palavras certas.

Junk tinha comido pão e geleia comigo. Preferia não estar falando sobre ele.

Ela franziu os lábios.

— Na primeira vez, eu trinquei os dente, assim, porque doeu muito. Mas quando Junk viu o sangue, ele quase chorou e disse que nunca ia fazer aquilo novamente.

Uma dúzia de trancinhas balançou.

— Mas eu disse, *êh-êh, marido, você vai subir em mim novamente.* E claro, na noite seguinte...

— Ah, coitada.

— Olivvy, às vezes ele fica grosso que nem um vidro de xarope! — Ela deu de ombros. — Mas já me acostumei. É impressionante o que um homem pode fazer, e depois...

Eu permaneci quieta, prestando atenção.

— Depois — repetiu ela, sorrindo. — É como comê muita torta de noz-pecã.

— É mesmo?

Love Alice riu.

— Ih, lá vem o velho Sr. French.

Ela levantou-se num ímpeto e se encostou à vitrine da botica, com os olhos na calçada.

Eu tinha visto Love Alice fazer isso centenas de vezes. Quando contei ao papai o quanto odiava isso, ele disse para eu deixar pra lá.

— Love Alice, depois que você perdeu aquele bebê, por que você nunca teve outro?

Ela suspirou.

— Eu devia ter uns 7 ou 8 anos. Estava pegando um atalho pra casa. Um homem branco, que eu nunca tinha visto antes, surgiu do mato e me jogou no chão. Eu era tão pequena que cabia num sulco de terra. Depois, eu fiquei toda inchada, roxa e sangrando. Minha mãe disse que preferia que eu tivesse morrido. O doutô disse que o estrago era grande. Não posso mais ter filho.

Fiquei zangada com o mundo inteiro por fazer Love Alice deitar-se em um sulco de terra. Nesse momento, olhei pela janela e vi o balcão de sorvete da botica de Dooby, com os bancos giratórios.

— Love Alice, vamos entrar e tomar um sorvete.

Ela sacudiu a cabeça, negativamente.

— Você não gosta de sorvete?

Ela pôs as mãos nas costas.

— É por minha conta. Meu pai paga depois.

— Você sabe que o Sr. Dooby num permite.

— Isto é uma regra estúpida.

— Não importa. — Ela balançou a cabeça e as trancinhas sacudiram novamente.

— Bem, então eu tenho uma coisa para dizer ao Sr. Dooby.

— Ah não, Olivvy!

Mas eu já tinha entrado na loja, com o queixo erguido e o traseiro empinado, e fui direto até o lugar onde Dooby desempacotava caixas, no corredor.

— Sr. Dooby — falei. — Por que você não deixa entrar negros aqui?

Ele tirou latas de rapé da caixa e as arrumou em uma prateleira.

— Eles podem entrar, Olivia. Desde que seja pela porta dos fundos. Então, se não tiver brancos fazendo compras...

— Sr. Dooby, isto não é muito cristão.

— Você e seu pai fazem a mesma coisa. Os negros têm um dia na semana para fazer compras no armazém. Eles não deixam de ser atendidos. Hoje de manhã, por exemplo, eu arranjei remédio para a Sra. Dovey, para tratar sua dor nas costas e para o problema de gota da irmã dela.

Fiquei envergonhada por também seguir essa regra e ainda querer arrumar confusão.

— Bem, eu quero um sorvete de casquinha para Love Alice e um para mim, por favor, e pode colocar na conta do papai. — Eu nunca tinha feito uma coisa assim antes, e papai ia acabar comigo.

— Não posso fazer isto, Olivia — disse ele. — Não servimos sorvete da máquina para negros. Você sabe disso.

— Então eu quero dois sorvetes para mim, Sr. Dooby. Um de chocolate e um de morango.

— Olivia...

— Você não vai me dar duas casquinhas se eu der uma para Love Alice — falei.

— Sim, senhora, é isso mesmo.

Eu baixei a cabeça e olhei para ele por baixo das pálpebras.

— Então acho que vou querer só uma.

— Muito bem, então. — Ele suspirou, como fazem os adultos quando uma criança os importuna.

— Chocolate, não é?

Subi no banco e fiquei olhando ele abrir a caixa e enfiar a massa congelada no cone. Tentei não pensar na conta de papai no fim do mês.

— Aqui está, Olivia — disse ele, entregando-me o sorvete com um guardanapo de papel.

— Obrigado, Sr. Dooby.

Desci do banco, saí pela porta dianteira e dei o sorvete para Love Alice, olhando pelo vidro, para assegurar-me de que Dooby estava vendo.

Love Alice levantou-se e ficou olhando para o sorvete, até ele começar a derreter e escorrer pela sua mão. Eu lancei-lhe um sorriso, me virei e fui embora. No final da rua, olhei para trás. Ela permanecia no mesmo lugar. Então, ela deu alguns passos, deixou o sorvete cair e, com o pé descalço, o esmagou contra a grade de ferro. Fiquei boquiaberta. Foi então que me ocorreu que, se havia uma coisa chamada honra, Love Alice a possuía em um nível maior do que eu jamais teria.

Eu quis voltar, abraçá-la e pedir desculpas. Quis entrar na botica e bater em Dooby. Mas tudo o que eu consegui fazer foi esconder-me na esquina, apoiar o rosto contra os tijolos fuliginosos e lamentar ter nascido.

Capítulo 7

Em todo mês de julho, o reverendo Culpepper levava seu grupo de fiéis até Captain's Creek para comer frango frito, bolo de milho amanteigado e para uma renovação espiritual. O riacho que dá nome ao lugar surgira acidentalmente.

Há muito tempo, a nossa cidade foi descoberta por Frank e Aurora Solomon, que desciam o rio Capulet, provavelmente com a intenção de pegar um peixe para o jantar. Eles construíram uma doca para poderem amarrar o barco, e uma cabana para se protegerem do mau tempo, e logo outras pessoas vieram depois deles, construindo casas e abrindo lojas. Uma noite, sob a luz do luar, Aurora arrumou as coisas e eles se foram à procura de algum outro lugar onde não houvesse ninguém.

Durante os anos que se passaram, o Capulet se estendeu. Agora, os habitantes de Aurora fazem piqueniques nas proximidades dos córregos. Crianças brincam na parte rasa, e algumas pegam peixinhos. O reverendo Culpepper usava o Captain's Creek para batismo. Era um evento que eu nunca havia presenciado, mas tinha ouvido falar que era mais comum as pessoas se afogarem do que emergirem, salvas. Em primeiro lugar, eu não sabia muito bem o que era salvação, exceto, que envolvia o Senhor Jesus. Talvez Ele saísse das nuvens e falasse ao reverendo, com uma voz que o resto de nós não conseguia ouvir.

Uma vez, eu vi a foto de um tribunal em um livro, com o juiz sentado na frente, em uma posição mais alta, e o culpado diante dele, acorrentado e suplicando por clemência. Eu me perguntava se o batismo era parecido com aquilo, e se cada homem ficava diante do Senhor, ou do reverendo, para expor sua situação. Eu também me perguntava se, nesta vida, o batismo era a única possibilidade de se fazer isso. Pedi ao meu pai que ele me deixasse ir ao córrego para assistir à cerimônia. Ele recomendou que eu me comportasse e tentasse não atrapalhar.

Em um bosque de ulmeiros, me agachei atrás de uma árvore, não porque eu não fosse bem-vinda, mas porque o risco de ser vista e de ser jogada no rio me deixava em pânico. Eu não sabia nadar muito bem, e não estava disposta a morrer. Eu também ficava imaginando se era difícil erguer as pessoas gordas da água. E, caso elas se afogassem, será que flutuavam rio abaixo e emergiam, santificadas, no piquenique de alguém?

Enquanto eu pensava a respeito disso, as senhoras estendiam mantas, onde colocavam os bebês balbuciando, seminus. Como uma tarde de domingo normal, eles se serviam de fatias de melão e coxinhas de galinha. Os velhos sentavam-se em cadeiras dobráveis sob as árvores, cuspindo sementes e dando gargalhadas. Eles bebiam limonada em copos de papel, fumavam charutos e batiam nos joelhos de tanto rir. Eu vi crianças jogarem taco e quis me juntar a elas.

A Sra. Hanley me viu.

— Livvy, querida, é você? — chamou de onde estava, sentada em uma manta, rodeada de netos, vasilhas de salada de batata com molho de mostarda e potes de picles doces.

Fui ensinada a nunca dar as costas e correr, então saí de trás da árvore.

— Sim, senhora. Sou eu mesma, Olivia Harker.

— Bem, venha até aqui.

— Sim, senhora.

— Junk — disse ela —, traga um prato para essa jovem. Está com fome, querida?

— Sim, senhora — falei, embora não devesse comer, já que meu estômago dava voltas e eu estava mais assustada do que já estivera na vida. Mas essas pessoas me amavam, Junk e principalmente Love Alice, que brincava de pique com as crianças fazendo-as dar gritinhos. Eles não deixariam nada de ruim me acontecer. Entretanto, me sentiria melhor se soubesse nadar.

Sentei-me ao lado da mãe de Junk, e dois bebês engatinharam até o meu colo. Eu acariciei seus cabelos crespos e suas costas. A pele deles era lisa e macia, da cor de chocolate derretido na panela. Embora eu pudesse ficar acariciando aquelas crianças o dia todo, Junk os retirou e colocou um prato de papel nos meus joelhos.

— Cê estava passando por aqui, Srta. Livvy? — perguntou. Ele era mais alto que papai, e forte como um touro.

Suas mãos eram do tamanho de presuntos de Páscoa, que ficavam pendurados no açougue de Buelton.

— Eu...

— Não importa se você tava ou não — disse ele com voz lenta e gentil, e um enorme sorriso. Junk me conhecia melhor do que eu me conhecia.

Ninguém disse que era hora de começar, mas um homem sentado à sombra começou a cantarolar. Logo, outro o acompanhou, e a harmonia deslizou entre árvores, aumentando e diminuindo. Alguns fecharam os olhos e ergueram as mãos, como se estivesse chovendo, só que não estava. O som era como água quente derramando pelo meu corpo, o que me fez lembrar o rio e me deixou nervosa novamente. Eu pousei o prato no chão.

O reverendo levantou a cabeça e rezou com sua voz alta e potente.

Uma vez, quando papai e eu entregávamos um animal a um pregador metodista em Buelton, encontramos as portas escancaradas e o pregador conduzindo sua congregação em oração. Papai, com o cão nos braços, tirou o chapéu e me cutucou para fazer o mesmo. Ficamos nos degraus até o pregador terminar a oração, que era tão suave que flutuou até nós como um sussurro. Ninguém sequer disse "amém". Então, sentamos na varanda e ficamos acariciando as orelhas do cão, até a pregação acabar.

O reverendo Culpepper não era nada parecido com aquele Metodista. Ele gritava para Deus, em nome daqueles à margem do rio, e para mim. Eu estava tão extasiada com as diferentes nuances da sua voz que não prestei atenção às palavras. Eu intercalava a oração com meus próprios "améns".

Então, as pessoas começaram a se amontoar no rio, alguns com bebês nos braços, e um homem se aproximou para ajudar o reverendo, enquanto o restante continuou cantando, *Vamos nos reunir no rio...* Os pecadores cruzavam os braços. O reverendo apertava os seus narizes e os mergulhava, de costas, na água. Quando eles emergiam, estavam radiantes, como o sol quando surge de trás de uma nuvem; como se tivessem recebido um garfo e uma torta de morango.

Eu fiquei perambulando pelo córrego arenoso. Os bebês que tinham ficado no meu colo estavam sendo submersos, pessoas gritavam "Louvor a Deus" e "Obrigado, Jesus", os bebês emergiam com cara de assustados. Quando um deles começou a chorar, eles o passaram de mão em mão para que recebesse beijos molhados e pudesse chupar o dedo de alguém.

— Junk — falei, passando entre as pessoas com dificuldade —, por que estes pequeninos são batizados se eles não têm idade o bastante para ter cometido algum pecado?

— Isso os prepara pra vida, Srta. Livvy.

— Como?

— Não sei dizer, porque isso num dá dinheiro — disse ele, rindo da própria piada e sacudindo a barriga.

— Você foi batizado, Junk?

— Muitas vezes.

Eu notei que eles não afundavam demais as pessoas, somente o bastante para que pudessem dizer que foram molhados no rio. Eu podia ver seus rostos sob a superfície. Um deles emergiu cuspindo, e os irmãos e as irmãs riram, bateram nas costas dele, enrolaram-no em uma toalha e serviram-no café de uma garrafa térmica.

— Como se sabe quando é hora de ser batizado? — perguntei.

— Ah, quando as coisa fica muito difícil.

— Bem — falei —, se você tem uma preocupação grande como o mundo, essa é a hora certa?

— Acho que sim. Licença, Srta. Livvy, agora é minha vez de ajudar.

O canto diminuiu. As pessoas andavam de um lado para o outro, recolhendo pratos.

— Reverendo Culpepper — chamei, com água até a cintura. — Quero ser batizada.

— Por quê, Olivia Harker? — perguntou ele. — Você tem a permissão do seu pai?

— Tenho — menti. Outra coisa sobre a qual devo pedir perdão, enquanto estiver submersa.

— Muito bem — disse ele. — Então pediremos que Jesus tire todas as suas preocupações.

Eu assenti com um gesto de cabeça.

Um homem que eu não conhecia pôs a mão nas minhas costas.

— Cruze os braços — ordenou o reverendo. — Inspire e prenda a respiração.

Mas, enquanto me sentia sendo submersa, eu tinha mais pensamentos do que tempo para ordená-los. E se eles me soltassem, e eu fosse parar no Capulet e depois no mar? E se eu nunca mais visse papai? Eles me deitaram e eu senti a água, espessa devido às ervas daninhas e fluidos dos corpos, entrar pelo meu nariz e pela minha boca. Engoli, comecei a vomitar e tentei abrir os olhos, mas eles estavam embaçados e ardendo. Eu chutei, me debati e dei um soco no reverendo, que jogou seus óculos longe. Se ele me abençoou, eu nunca ouvi, mas senti as mãos de Junk me tirarem da água.

Eu emergi esfregando os olhos e o cabelo, com o rosto contorcido, prestes a chorar, e morrendo de frio. Estava extremamente envergonhada pelo meu comportamento, por espioná-los e por estar aqui, no rio deles, e quando pus os pés no chão, me soltei e saí da água, correndo em direção às árvores. Mas havia algumas raízes protuberantes e eu acabei tropeçando e caindo de cara; fiquei deitada no chão, humilhada. Graças a Deus, ninguém veio me ajudar. Eu não chorei. Permaneci lá, com os punhos cerrados firmemente, torcendo para que todos fossem para casa.

— Srta. Olivia?

— Vá embora, reverendo.

Ele sentou-se ao meu lado, resmungando, enquanto seus joelhos estalavam.

— Srta. Olivia, você está bem?

— Estou sim, senhor.

— Vejo que você está com o ouvido colado no chão.

— Sim, senhor.

— Você ouve o que ele diz, não é?

O que ele disse me surpreendeu, já que realmente ouvi algo, que eu sempre ouvia: raízes se deslocando, troncos se desenrolando, sementes estourando, como algo que está nascendo. Só quando o vento soprou ligeiramente por cima do meu corpo molhado que eu me lembrei onde estava.

— Eu consigo ouvir — falei.

— Bem, então, aí está a sua prova.

— Prova de quê?

Eu não queria olhar para ele. Eu tinha dado um soco forte, e nem sabia se ele tinha encontrado seus óculos, ou se ele teria de andar apertando os olhos pelo resto da vida.

— Algumas pessoas nascem da água — disse ele. — Olivia Harker nasceu dessa terra.

— Você não pode me fazer sentir melhor, reverendo. Fiz papel de boba, e todo mundo viu.

Escondi o rosto com o braço. Havia um ponto sensível na minha bochecha, e meu joelho começava a doer.

— Não, senhora. Eles não viram — disse ele, soltando um punhado de terra sobre a minha cabeça.

— Em nome dessa terra, eu te batizo Olivia Harker, renovada pelo amor do Pai, pelo sangue de Seu Filho e pelo Espírito Santo.

Esperei para ver se eu sentiria algo diferente.

— Seus pecados foram perdoados, Srta. Olivia.

Virei a cabeça.

— Reverendo?

— Sim, senhora.

— O que é o Espírito Santo?

— Ora, Srta. Olivia, quando você encosta o ouvido no chão, ele é o que você escuta.

O reverendo trouxe a carroça da Srta. Dovey, com todas as crianças no interior e eu, entre eles, abraçando o encosto. Atrás de nós, as pessoas andavam de braço dado, carregando cadeiras dobráveis e cestos vazios. Elas pareciam cansadas e felizes; e plenas de um sentimento que eu não tinha adquirido.

Eles me deixaram no cruzamento, e eu andei o resto do caminho. Papai estava trabalhando no porão, com a luz iluminando as escadas e o chão da cozinha. Havia um prato coberto no fogão, o que me fez lembrar o prato de frango frito que eu tinha deixado na manta da Sra. Hanley.

— É você, Olivia? — gritou papai.

— Sim, senhor.

— Acenda uma lamparina. Eu já vou aí.

Entrei na alcova e puxei a cortina, desafivelando o macacão molhado e desamarrando os cadarços. Eu não tinha nem pensado em tirar os sapatos antes de entrar no córrego, e torcia para que eles não encolhessem ao secar. Houve um tempo em que eu teria descido correndo para contar ao papai tudo o que eu tinha visto e ouvido, mas este dia havia sido tão pessoal, que nem eu pensava a respeito. Não esperei ele subir. Vesti uma camisola limpa, deitei na cama, e virei o rosto para a parede. Quando ele veio, fingi que já estava dormindo.

Capítulo 8

Era meu desejo secreto que minha mãe, quando voltasse para casa, percebesse que era mais feliz em Buelton, agradecesse por tudo, e instruísse o papai para pegar o burro e levá-la de volta. Se as coisas não acontecessem desse jeito, iria morar com Junk e Love Alice, até papai aparecer para informar que ela havia caído em uma vala e se afogado.

Em agosto, era meu aniversário. Eu e papai fomos até a botica do Dooby e sentamos no balcão, onde comemos sanduíches de frango e sorvete de baunilha em potinhos. Eu continuava zangada com Dooby, e não queria olhar na cara dele. Depois, papai e eu fomos até Ridge e ficamos no extremo do penhasco, ouvindo os lobos do vovô uivarem, invocando a noite.

Papai era alto, de braços longos, pernas compridas e tinha o rosto ossudo. Ele era mágico, era capaz de olhar bem no olho de um animal e deixá-lo mansinho. Uma vez, um urso comeu na sua mão.

— Ouça, menina — dizia.

Eu amava essa história.

— O meu pai os viu pela primeira vez no sol do Alasca, estirados, limpando as patas, cuidando dos filhotes. Então, ele descobriu que teria que ficar lá ou trazê-los para casa.

— Por que ele não ficou? — perguntei no momento certo.

— Porque sua avó e eu estávamos aqui, e ele nos amava mais que qualquer outra coisa — respondeu papai, olhando para mim. — Do mesmo jeito que eu amo você. Então, ele construiu jaulas e as cobriu com mato. Colocou carne no interior e os observou todo o inverno, antes de capturar um macho e uma fêmea.

— E sempre teve o cuidado de nunca olhá-los no olho — falei.

— Exatamente. Depois, ele trouxe mulas, fixou as jaulas sobre traves. Contratou meia dúzia de homens e foi imediatamente para o sul. Você não se esquecerá dessa história, não é?

— Não, senhor.

— Não havia lobos em Kentucky, mas eles se adaptaram muito bem. Naquela primeira primavera, nasceu meia dúzia de filhotes com focinhos prateados. Nada pode acontecer a eles, você entende?

Não entendi. As únicas coisas que conhecia eram as que tinham me acometido: catarro no peito, catapora, escarlatina e caxumba. Mas, naquele tempo, havia uma série de coisas que eu não entendia, por exemplo, como uma alma se separava de um corpo quando alguém morria. Quando o velho Sr. Sykes morreu, fiquei um tempão na entrada do seu quarto, enquanto meu pai consolava a viúva. Eu achava que veria Deus descer, e a alma do Sr. Sykes fluiria, como banha escorrendo de um guisado. Mas tudo o que aconteceu foi que seu maxilar permaneceu caído, e papai se aproximou e passou a mão sobre seus olhos, para que ele deixasse de fitar o teto.

Se eu não conseguia compreender a morte, ficava ainda mais confusa a respeito da concepção e do nascimento. Eu achava as meninas negras um verdadeiro espanto: no domingo, estavam brincando de amarelinha comigo, e na segunda-feira suas barrigas estavam grandes como melões e tinham dois bebês mamando no peito. Eu suspeitava, por conta disso, que elas se casavam secretamente; e cedo; e tinham mais de um marido. Eu me perguntava onde elas os escondiam e o que aconteceria, se esses cavalheiros se encontrassem à mesa do jantar, em uma noite qualquer. Eu perguntava sobre isso, e sobre outras coisas também. Aprendi que os rapazes que se viravam sozinhos acabavam ficando cegos. Também ouvi dizer que, se o sangramento mensal de uma menina coincidisse com uma lua cheia, ela poderia irromper em chamas. Corria na escola que peitos grandes eram a marca de uma moça levada, e, se uma garota olhasse um espelho de mão, durante seis noites sucessivas, o jovem da sua escolha a visitaria. De uma coisa eu sabia: todas as garotas populares olhavam no espelho durante cinco noites sucessivas. A partir daí, em meio a algazarras, elas decidiam se repetiriam a experiência na sexta noite ou não, com medo de acontecer um erro e aparecer o rapaz mais feio das redondezas. Ouvi também que, se um rapaz beijasse uma garota com a língua, ela ficava grávida, e passei isso adiante, acrescentando a minha crença pessoal, porém, desconexa, que o mesmo ocorreria se um rapaz fizesse xixi em uma garrafa e deixasse o jarro durante a noite debaixo da janela de uma moça. Finalmente, minha professora, a Srta. Reingold, mandou um bilhete para o meu pai dizendo que eu andara espalhando ensinamentos inadequados e impróprios na escola.

No bilhete, ela dizia que papai deveria pedir a uma vizinha para me aconselhar sobre o que uma moça deve e não deve falar a respeito; e assegurar-se de que a minha informação estava correta. A Srta. Reingold dizia também que a função *dela* era a de ensinar-me frações, achar a Inglaterra e a Escócia no mapa, a ortografia correta de Mississippi e as capitais de Nova York, Virginia e Vermont. Ela ensinou-me a cantar "America the Beautiful" e falava que meninas devem sempre carregar um lenço limpo no bolso.

Por fim, eu levei o bilhete, subi a colina até a casa da Srta. Dovey, onde ela ensinava crianças negras na sala da frente, e sentei-me nos degraus da varanda, até ela acabar a aula. Alguns deles, ao saírem com seus livros, disseram: *Ei, O-livia*. Então, a Srta. Dovey me levou para o lado de dentro, leu o bilhete e me falou sobre coisas do tipo: como manter limpos os panos para os dias de sangramento e a dizer "não" se um rapaz quisesse me levar para trás do celeiro, levantar a minha saia ou me tocar nas partes pudicas. Lembrei-me do que Love Alice dissera sobre seus tios, e me perguntei quantos anos a Srta. Dovey tinha quando um homem levantou sua saia pela primeira vez.

Ela disse: Senhor, onde estava a minha mãe quando precisei dela? Adorava a voz da Srta. Dovey, e, em circunstâncias diferentes, poderia ouvi-la durante horas, mas hoje queria me enfiar em um buraco. Eu sabia sobre acasalamentos de cachorros e cavalos, e como nasciam filhotes de ratos. Graças a Love Alice, eu tinha até um nome para isso. Eu jurei que essas coisas sórdidas jamais aconteceriam comigo. Fiquei olhando fixamente para meus sapatos e rezei para que o rubor saísse das minhas bochechas. Eu disse: "Sim, senhora" e "Não, senhora", e fiquei curvada no banco até ela ir buscar um biscoito de açúcar, acariciar minha cabeça, e me mandar para casa.

Capítulo 9

Naquele mesmo verão, antes da minha mãe voltar para casa, comecei a sentir uma leve coceira no peito, que Love Alice disse ser um sinal do crescimento. Com um pedaço de barbante, eu verificava o seu tamanho toda noite — com medo de que eles crescessem cedo demais, ou tarde demais, ou simplesmente não crescessem. O peito de Love Alice era pequeno, redondo e perfeito, mas eu jamais teria a mesma sorte. Embora eu adorasse os peitos pesados da mãe de Junk, os da Sra. Dooby e os da sua irmã gorda viúva, eu tinha medo que os meus crescessem cedo demais e até o inverno eu tivesse um peito que me derrubaria. Isso era mais uma coisa a me perturbar.

Enquanto isso, trabalhar ao lado de papai no porão era magnífico. Na base da escada, dois lampiões ficavam pendurados. Os diagramas de medicina eram presos à parede com enormes pregos. Dois livros pretos grossos ficavam abertos na mesa de trabalho. Dia após dia, eu segurava coelhos e gambás, guaxinins apavorados, enquanto papai colocava talas em patas que tinham sido feridas em armadilhas. Foi então que passei a odiar caçadores — não aqueles que levavam uma lebre ou um par de esquilos para comer, mas aqueles que atiravam em um animal e o largavam ferido.

Papai cuidou de animais dos Simpsons, do Sr. French, dos Daymens, e dos Sylvesters. Ele tratou os gatos do Dr. Pritchett e ajudou no nascimento do bezerro da Sra. Nailhow. E por todo o vale, ele preparava pastas e cataplasmas, unguentos, e polvilho. Em troca, ele trazia para casa caruru de cacho e feijão-verde para serem debulhados; milho verde e até uma casca de peru selvagem.

Papai e eu quase não comíamos carne, já que não podíamos comprar. Mas comíamos frango, e papai era mestre em torcer o pescoço dessas aves. Além disso, e uma pequena porção de gordura de porco por cuidar da mula de alguém, comíamos verduras, frutas e bolo de milho. Na maioria das vezes, tínhamos sopa de repolho com cebolas e pão sírio para acompanhar. Também havia batatas assadas com sálvia e alecrim, além de melado, que passávamos em panquecas, no lugar de manteiga. Nós adorávamos ruibarbo cozido com açúcar branco, mel silvestre com aveia; e bebíamos leite fresco de cabra, no quintal. Quando se tratava de comida, nós éramos bem parecidos. Mas, em outros assuntos, tínhamos as nossas diferenças.

Papai era tranquilo; eu era faladeira. As pessoas sempre diziam:

— Fique quieta, Olivia. Pare de falar. — Mas ele ouvia. Às vezes, parava o que estava fazendo e prestava atenção, até eu acabar de dizer tudo o que eu queria. Como se talvez acreditasse que eu realmente tinha algo a dizer.

Na preparação para a chegada da minha mãe, papai começou a caiar a casa. Foram necessários cinco galões de cal, que ele recebera por ajudar o nascimento de um potro, e, embora a madeira bruta aparecesse em vários lugares, e o telhado ainda vergasse após anos de neve, eu podia ver que ele estava radiante.

Eu, por outro lado, não ajudei. Papai não podia me obrigar. Eu discuti e bati o pé. Pela primeira vez na vida, ele me mandou para a cama para refletir. Com as cobertas puxadas até o queixo e com o dia ainda claro, tive muito tempo para refletir. O fato de ela nos ter deixado tinha sido uma benção. E mesmo se ela tivesse peitos como os da mãe de Junk, eu não a queria de volta.

Da minha cama, na alcova, onde eu tinha puxado a cortina, ouvi papai na cozinha, despejando água e atiçando a lenha no fogão. Senti o cheiro de broa de milho, ouvi barulho de pratos. Ouvi o garfo batendo no prato, enquanto ele jantava e sofri ainda mais. Logo depois, ele abriu a cortina e ficou parado, com um pedaço de broa de milho e uma xícara de leite nas mãos.

Eu me sentei na cama.

— A Srta. Dovey disse que a mamãe é doida varrida.

— Isso é lorota.

— Ela disse que é por isso que você nunca foi visitá-la. E se você não a visita, como sabe que ela está melhorando?

Ele entrou no quarto e sentou-se ao meu lado.

— O médico disse que ela melhorou.

— Não quero ela aqui, papai. Eu gosto que seja só você e eu.

— Eu me lembro — disse ele — de quando ela era jovem e bonita. Cheia de coragem. Olivia, por que você a odeia tanto assim?

O meu gesto, ao dar de ombros, foi verdadeiro. Eu não sabia a razão.

— Bem, preciso dela para me ajudar — disse ele. — Cuidar da casa, da clínica, da loja e de você é muito trabalho.

Senti meu rosto ficar tenso.

— Quero mais broa.

— Ela chegará em três semanas. Quero que você seja gentil quando ela chegar. E não tem mais broa de milho.

Lambi as migalhas da mão.

— Então posso ter um cachorro?

— O quê?

— Se eu tivesse um cachorro, eu o alimentaria todo dia.

— Olivia, por favor...

Dava para ver, pela janela do outro lado da cozinha, que havia escurecido. Eu me deitei e virei o rosto para a parede. Já era o suficiente examinar meu rosto todo dia, assegurando-me de que eu parecia com meu pai e nem um pouco com ela. Eu não aguentava conviver com minha mãe.

— Se eu tivesse um cachorro, eu o chamaria de Spot.

Puxei a coberta até o queixo e fechei os olhos. Fingi que papai tinha ido embora, que eu estava sozinha e prestes a morrer de fome, mas ninguém se incomodava.

Papai levantou-se e eu pude ouvi-lo puxar a cortina ao sair.

Permaneci deitada olhando através das lágrimas quentes para as fendas no gesso da parede e ouvindo os lobos do vovô anunciando mais uma noite.

Capítulo 10

Era setembro. As aulas tinham começado e, em duas semanas, minha mãe chegaria.

Na terça-feira à tarde, como fora nosso costume durante todo o verão, Love Alice e sua amiga Mavis Brown vieram me visitar. Tomamos chá e leite, enquanto elas observavam que a casa parecia novinha em folha com a caiação do lado de fora e cera dupla no soalho. Levantei o bico de gás de ferro para torrarmos pão no fogo, e sentamo-nos à mesa segurando as xícaras.

— Srta. Harker — disse Mavis Brown —, vou colocar outra cuié de açúcar no meu chá. Isto aqui é melhor que o restaurante do Sr. Ruse.

Love Alice deu um soluço.

— Como você sabe disso, menina? Você nunca foi ao restaurante do Sr. Ruse.

Eu disse:

— *Qualquer* um já foi ao Ruse's Café.

Eu não tinha visto a porta dos fundos se abrir, nem o papai entrar. Ele deve ter ouvido o que eu acabara de dizer, porque ficou parado, olhando para mim, como se eu fosse filha de outra pessoa.

— Desculpe.

Ele pendurou o casaco em um prego da varanda.

— Como vai, Sr. Harker? — balbuciou Love Alice.

Ele sentou-se à mesa, virou chá em um pires, soprou e bebeu.

— Vou bem, Love Alice. E você? E Junk?

— Vamu bem — respondeu ela, mostrando os seus grandes dentes brancos.

— Tenho entregas para fazer, Olivia — disse papai. — Não demorarei.

Aqui estava uma chance de reparar o mal que eu tinha feito.

— Leve-nos com você! Por favor, pai.

Ele sacudiu a cabeça negativamente.

— Vou à casa dos Phelps e acho melhor ir sozinho.

— Ficaremos na carroça e não vamos incomodar.

— Olivia, eu tenho que ser firme em relação a isso.

— Mas...

— Aqueles Phelps são astutos como raposas. Aliás, hoje eu vou cortar o fornecimento deles. O que irá acontecer por lá... — disse papai, sem completar a frase, e com um olhar abatido, como se tivesse falado demais. — Volto logo.

Assim que ele saiu, eu disse em tom rude:

— Vocês precisam ir embora, agora.

— Olivvy — disse Love Alice. — Cê tá querendo aprontar alguma coisa.

— Eu vou me esconder na carroça. Vocês podem vir comigo.

— Eu num vou — disse Mavis, descendo os degraus. — Nós num tem permissão de ir lá.

Por fim, me acocorei sozinha entre dois fardos de feno, debaixo da velha manta de lã que papai costumava cobrir os garrafões. Papai bateu levemente na mula, para dar a partida.

Uma vez, eu perguntei como ele sabia o número de garrafões que precisava entregar. Ele me disse para prestar atenção caso um homem se aproximasse da nossa casa, tirasse o chapéu e o tremulasse três vezes.

— É um sinal, Olivia. Você precisa aprender a interpretar os sinais.

Comigo chacoalhando na parte de trás da carroça, fomos para o leste, onde as colinas eram mais planas. Eu sabia algumas coisas sobre os Phelps. Eles eram muito parecidos com as terras que possuíam, deterioraram-se depois da morte do pai. Eu não conhecia a mãe deles, mas tinha visto o pai. Durante algum tempo, os três filhos passavam várias horas no Ruse's Café.

Então, o filho de Ruse começou a fazer amizade com os Phelps, até Ruse sufocá-lo pelo pescoço com uma espátula e trancá-lo na casinha, do lado de fora. Os Phelps riram muito dele, mas depois disso deixaram o garoto em paz, e mantiveram-se quietos.

Um dia, o velho Sr. Phelps morreu, e os dois filhos mais velhos tornaram-se cruéis. James Arnold era o fortão, convencido e sempre o líder. Alton era o do meio, debochado e insuportável. Booger era o caçula, de olhos suplicantes, rosto pálido e cabelo claro. Ele andava curvado, de braços pendurados como os de um macaco, e seus dois irmãos acabariam com qualquer um que zombasse dele. Booger abandonou a escola depois do terceiro ano, porque as professoras não conseguiam ajudá-lo. Um dia, o xerife veio para tirar os três da escola, e nenhum deles jamais voltou. Algumas semanas depois, ouvimos dizer que a mãe deles fugira com um caixeiro-viajante.

Hoje, eu queria ver Booger de perto. Nós passamos por um portão caindo aos pedaços, e chegamos até a casa. Papai parou o jumento e o ouvi chamar:

— Ô de casa!

Afastei um canto da manta e vi James Arnold Phelps de macacão e sem camisa. Ele era forte e alto, e sua barba estava suja de comida e galhos finos. Ele perguntou se papai tinha trazido a bebida.

Papai desceu da carroça, sacudiu a manta, descobriu os garrafões arrolhados e me viu. Ficou enfurecido e eu temi por minha vida.

— Parece que vocês começam cedo — disse ele para Arnold, mas seus olhos permaneciam fixos em mim.

James Arnold entortou o lábio, como faz um cachorro quando está rosnando.

— É, Sr. Harker. Estes são tempos difíceis.

— Bem — disse papai, tirando os garrafões. — Bebam tudo, rapazes. Estes dois são por conta da casa.

James Arnold balançou a cabeça, mostrando seu descontentamento.

— Dois não vão bastar, de jeito nenhum. Quantos garrafões tem na carroça?

Alton saiu do celeiro. Ele não era alto como o irmão, mas tinha o mesmo tom arrogante.

— Parece que você está se recusando a nos vender uísque, Sr. Harker?

— Exatamente, Alton — disse papai. —Vocês bebem a noite toda e depois saem por aí assustando todo mundo. Na semana passada, vocês cavalgaram no cavalo do velho Bristow até o bicho morrer. Eu peguei a pá e ajudei a enterrá-lo. Bristow tinha aquele animal há muito tempo.

Alton sorriu para o irmão.

Papai balançou a cabeça e deu as costas para subir na carroça.

Mas James Arnold era rápido para o seu tamanho e agarrou o casaco do papai e o girou. Jogou-o contra a carroça, derrubando seu chapéu. Depois, James Arnold chegou bem perto e falou:

— Não vamos trocar de fornecedor, Sr. Harker — disse ele. — Se você cortar o fornecimento, vamos contar ao xerife em Buelton que você está produzindo a pior bebida nessas redondezas.

Ao que papai retrucou:

— O xerife aprecia minha bebida, também, rapazes. Diga-lhe o que ele já sabe, e cuidado para ele não trazer um delegado federal ao seu celeiro em um sábado à noite.

Eu juntei as mãos sobre a boca e ouvi papai respirar fundo.

— Agora vou embora. Você devem ter muita coisa para cuidar; a fazenda do seu pai, seu irmão Booger... aliás, como vai ele?

James Arnold afastou a mão para trás e desferiu um forte soco no rosto de papai. Eu vi sua cabeça pender para o lado, e, se James Arnold não tivesse colocado a mão no seu peito, papai teria caído no chão. Um ferimento profundo se abrira no seu rosto.

— Booger tá morto — disse James Arnold entre dentes. — Bebeu o seu uísque de milho, Sr. Harker, depois foi e se matou, é assim que ele está.

Papai levantou uma das mãos para tocar o rosto, e eu afastei a manta e pulei da carroça.

Alton Phelps sorriu do mesmo modo que os cães fazem às vezes, quando estão morrendo.

— Olhem só o que temos nessa carroça.

Eu cerrei os punhos firmemente.

— Seus porcos imundos! — gritei. — Todos vocês têm cara de porco e estão usando bombachas com fedor de porco!

Alton se aproximou e me pegou pelas alças do macacão, com o seu bafo desagradável e seus dentes estragados bem na minha cara.

— Escute aqui, garota — disse ele, rindo —, a sua mãe deixa você falar assim?

— A minha mãe não vive conosco ainda.

— Olivia — disse papai. — Não diga mais nada.

— Bem — disse Alton com a voz arrastada —, parece que ouvi falar dela. As puta do hospício tocaram fogo num homem. Quando ela voltar para casa, menina, diz pra ela que Alton Phelps vai fazer uma visitinha.

Eu não consegui reunir saliva rápido o bastante, mas escarrei bem no olho dele. Ele urrou e pulou para trás, e eu quase caí, enquanto ele limpava o rosto com a mão.

— Sua cadelinha! — xingou ele. — Quem cê pensa que é?

— Eu sou Olivia Harker, e você não é ninguém!

— Está errada, garota. Sou Alton Phelps. E este aqui é meu irmão, James Arnold Phelps. Você irá se lembrar do nosso nome. O diabo com certeza sabe que eu não vou me esquecer do seu.

Então, papai deu uma cabeçada no peito de James Arnold, deixando-o sem ar.

Alton interveio lentamente, como se estivesse ponderando os fatos e não mais com pressa de decidir essa discussão. Então, pegou um pedaço de pano vermelho e limpou o rosto.

— Bem, Sr. Harker, você vai ou não vai nos vender mais bebida? Para ajudar a aliviar esses momentos difíceis?

Papai balançou a cabeça devagar.

— Não. Mas sinto muito pelo que aconteceu com Booger. Eu sei que vocês o amavam. Se eu puder ajudar com o enterro...

James Arnold disse:

— Já foi feito. Chão danado de duro, o garoto já estava quase reduzido a pó. — Ele levantou papai pela camisa e disse, bem na cara dele: — Eu sei o que você anda fazendo por aqui, Harker, e quero que pare. — E bateu nele, novamente.

Eu ouvi o gemido de papai, mas ele ficou de pé. Apanhou seu chapéu e bateu a poeira. Com grande esforço, ele subiu no banco da carroça e ajeitou o chapéu. Virou a rédea do jumento e dirigiu a carroça em volta do celeiro. Eu fiquei na parte de trás, olhando Alton Phelps até que ele desaparecesse na sombra.

— Sente-se, Olivia — disse papai finalmente.

Então, pegamos a estrada e fizemos o caminho de volta.

Após um momento, papai falou:

— Quando chegarmos em casa, você vai ter que pegar agulha e linha para dar pontos neste ferimento...

— Sim, papai. Papai, o que acontece no celeiro deles no sábado à noite?

Ele pegou um pedaço de pano, encostou-o no rosto e observou o sangue.

— Olivia, você ouviu coisas que não deveria ter ouvido. Você precisa esquecer que algum dia estivemos aqui.

Capítulo 11

Uma semana antes da chegada de minha mãe, Love Alice debruçou-se sobre a mesa e falou alegremente:

— Eu nunca disse isto a você, Olivvy, mas vou dizer agora. Eu sei algumas coisas.

— Que coisas? Tabuada e coisas desse tipo?

— Não — disse ela em um sussurro. — Coisas que eu num devia saber, do tipo... quando alguém vai morrer. Ou se o homem de alguma mulher anda aprontando.

— Você está inventando coisas.

— Eu sei que num é certo — disse ela. — Deus vai me punir. Vai dizer: *Love Alice, cê num pode entrá no céu porque entrô na cabeça das pessoas e sabe seus segredos.*

Sacudi a cabeça até as minhas tranças balançarem.

— Love Alice, ninguém sabe o que as outras pessoas estão pensando.

— Cê devia acreditá em mim.

Eu segurei a xícara nas mãos.

— Então diga em que eu estou pensando neste momento?

Love Alice inclinou a cabeça até suas pontas escorregarem para baixo. Ela parecia um pássaro atento aos vermes.

— Cê tá pensando na sua mãe. Cê vai sofrer e eu sinto muito por isso. Com as graças de Deus, Olivvy, vai demorá até cê conseguir ser feliz.

— Você só está dizendo essas coisas porque eu lhe disse que minha mãe vai voltar para casa.

Ela balançou a cabeça.

— Cê tá cum medo dela, e ela nem tá aqui ainda.

Ela estava certa; eu estava com medo. Não só dela, mas também de que Love Alice realmente pudesse ver o futuro. Fiquei contente de ouvir os passos de papai na varanda.

— Ah, O-Livvy — sussurrou Love Alice. — Um dia cê vai ter uma menininha.

— Eu não, nunca vou me casar. Vou ficar aqui mesmo e trabalhar com papai, até ficar velhinha.

Love Alice sorriu tristemente.

— Sua menininha vai ter o cabelo como o sol. E o nome dela vai ser Pauline, é isso.

Capítulo 12

Em uma tarde quente de segunda-feira, minha mãe voltou para casa. Ela veio em uma carroça bonita que papai tinha alugado. Ele havia preparado um bolo torto de açúcar mascavo para ela, com os ovos que eu peguei no galinheiro, e falou de fazer uma privada dentro de casa. Havia lençóis lavados e passados na enorme cama de quatro colunas. E ele planejava dar a ela o jumento novo: Sanderson. Ele compraria uma sela se ela quisesse. Naquele dia, fechamos a loja cedo e pusemos um cartaz na porta, embora não houvesse necessidade do aviso.

Papai foi buscar minha mãe na estrada e carregou sua mala. Ela tomou o seu braço, e ele a conduziu pelo longo caminho e pelos degraus, até o armazém, onde ela ficou olhando as prateleiras repletas de mercadorias enlatadas e conservas. Seus cachos dourados estavam presos no alto da cabeça e seu corpo estava magro e curvado, como um ramo de salgueiro. Então, ela me viu espreitando por trás da cortina. Papai foi até a cozinha fazer o café.

Ela veio na minha direção — eu já estava quase da sua altura — e disse:

— Imundo, é o que é este lugar. Bem, eu nunca trabalharei um dia sequer aqui. Quanto a você, fique longe de mim. Não faça nada para esgotar a minha paciência. Nada de risinho, nem choro, nem grito.

Eu podia ouvir papai na cozinha arrumando xícaras e cortando bolo. Ela passou o dedo na borda da caixa de batatas, como se a sujeira acumulada ali fosse culpa minha. Depois, observou meu rosto.

— Você não tem atrativos — disse ela.

Eu percebi então que, qualquer que fosse à doença que a acometera, não era nada tão sério assim.

Papai nos chamou para tomar café, mas ela recusou e foi para cama, para "esticar o corpo".

Eu tentei explicar e disse:

— Ela é cheia de caprichos, e ainda por cima, não gosta de nós.

Mas ele riu de um modo estranho, e mandou que eu começasse a preparar o jantar. Disse que nós a deixaríamos em paz e, aos poucos, ela iria se acostumar. Depois, sem fazer barulho, ele desceu para o porão, e eu enrolei o bolo em um pano e o guardei na despensa. Então, lavei um repolho com sal para matar os bichinhos e desforrei minha raiva batendo forte com a faca de açougueiro para picá-lo. Joguei o miolo para as cabras e fui para a varanda, batendo a porta de tela três ou quatro vezes. Quanto mais barulho eu fazia, melhor me sentia. Mas a minha barriga estava atada em um nó.

Cortei uma batata e um pedaço de pimentão amarelo, acrescentei uma porção de ervilhas e mexi a massa de biscoitos, que eu tinha reservado para crescer. Fui sentar-me nos degraus da varanda dos fundos e, protegendo os olhos com as mãos, olhei para toda a extensão das nossas terras, para além do córrego seco até a primeira encosta de Big Foley. Fiquei me perguntando o que minha mãe diria quando ouvisse o uivo dos lobos — ou se eles sabiam que ela estava aqui e estavam, neste momento, lá em cima, andando nas pontas dos pés.

Algum tempo depois, anunciei, em voz alta, que o jantar estava pronto. Papai veio primeiro, com uma expressão ansiosa. Endireitou os garfos e colocou sal e pimenta na mesa. O pão ficou satisfatório. Mamãe não veio, e papai e eu ficamos olhando um para o outro até que eu levantei e fui até porta do quarto dela e bati levemente

Não houve resposta. Então, eu virei a maçaneta e dei uma olhada. As cortinas estavam fechadas, portanto não havia qualquer sinal de luz, mas eu a ouvi perguntar com tom irritado:

— O que foi?

— O jantar está na mesa.

Ela suspirou e sentou na cama. Levou uma das mãos às costas, como se a cama lhe tivesse causado uma forte dor.

Papai estava à mesa quando ela entrou, mas ele levantou-se num ímpeto, como se estivesse com o corpo em chamas. E puxou a cadeira dela. Depois, trouxe o guardanapo e o ajeitou no colo dela. Quando pus a sopa dele na mesa, ele a serviu para ela, quebrou um biscoito e entregou-lhe uma faca, que ele chamava de faca de manteiga. Eu trouxe mais dois pratos.

Ela deu uma olhada na sopa de repolho com pimentão e ervilhas frescas e torceu o nariz.

— Isto é um jantar de boas-vindas muito patético.

— Ida Mae... — disse papai.

— Eu sabia que ela não seria útil na cozinha. Deus meu, criança não sabe fazer nada além de irritar.

Esperei papai dizer que sopa de repolho era seu prato favorito, e o pão estava melhor ainda. Mas, embora ele movesse os lábios, não emitiu um som sequer.

— Bem — disse ela —, você não pode esperar que eu fique responsável por preparar a comida. Esqueci tudo que eu sabia sobre cozinha, e não pretendo aprender novamente.

— Olivia vai melhorar — argumentou papai, olhando para o próprio prato.

Tropecei na cadeira, virando-a e tombando meu copo de leite. Eu não sabia qual dos dois odiava mais.

— Não fiz o jantar para você, sua velha louca rabugenta! — gritei. — Fiz para o papai, porque ele gosta! Eu não cozinharia para você nem se você estivesse faminta nos degraus do inferno. Não sei por que você voltou para cá afinal. Eu te odeio... e odeio aquele burro velho desgraçado, também!

Acabei falando muito mais do que eu pretendia, mas acho que algumas represas tinham de ser rompidas.

Ela voou da cadeira e me puxou pelo braço. Era incrivelmente forte e abaixou a minha cabeça na pia, empurrando uma barra de lixívia na minha boca. Eu ergui a cabeça, com ânsia de vômito e ofegante, suplicando para papai fazê-la parar. Mas ele não fez nada, apenas permaneceu olhando para o prato, em silêncio. Na sua necessidade de manter a paz na própria casa, ele se omitiu de forma imperdoável.

Passei a noite na alcova, com a cortina fechada, ouvindo-a soluçar, enquanto papai prometia-lhe mundos e fundos. Ele demoliria o alambique, pararia de clinicar e cuidaria mais do armazém, para poupá-la desse trabalho. Ele também se encarregaria da cozinha, para que ela não tivesse de mexer um dedo.

Ela continuava chorando, reclamando por ter que ficar enfiada na roça.

Papai então disse-lhe que adquiriria um empréstimo no banco e compraria um carro para que ela pudesse fazer viagens frequentes até Buelton. Ele se empenharia para que ela vivesse uma vida de conforto. Ele falava com ela como se ela fosse aquela coisinha jovem da qual se lembrava, e foi quando eu me dei conta então do que tinha acontecido: o meu nascimento fora a causa do problema nervoso da minha mãe. Eu acho que, em meio àquelas promessas sussurradas, ele pediu desculpas pela minha franqueza.

Depois, ouvi meu pai levá-la para a cama. Alguns minutos depois, pude ouvi-lo na cozinha, reclamando e deslocando coisas, e percebi que ele tinha se ajeitado para dormir no chão. Foi então que decidi chamá-la de Ida e, embora eu rezasse toda noite para Deus levá-la, ele nunca atendeu aos meus pedidos.

Às vezes, nas semanas que se seguiram, eu ficava imaginando papai e a mim levando nossas coisas para o porão, onde Ida não poderia nos incomodar. Faríamos o nosso jantar usando a chama de uma vela e tomaríamos banho na tina que ele usava para fazer cirurgias. Nós cuidaríamos dos nossos pacientes e nunca teríamos que vê-la novamente. Se tivéssemos sorte, mais cedo ou mais tarde, alguém viria para dizer que ela estava morta.

Na maior parte do tempo, eu a ignorava. Aos sábados e domingos, fazia moldes de papel para aventais e bonés, cortava tecido que tinha trazido da loja, e os costurava. De manhã cedo, na ida para a escola, os levava para a botica de Dooby, onde ele me deixava expor os trabalhos na vitrine. O meu negócio estava em franco crescimento, mas o de papai era outra história. Conforme o tempo passava, ele atendia menos bichos feridos. As pessoas raramente o chamavam para ajudar no parto dos bezerros ou tratar um ferimento, e sentíamos falta das verduras e tortas de maçã. Durante o dia, ele ficava no caixa da loja, mas nem isso era a mesma coisa. As pessoas apressavam-se com as compras e lançavam olhares curiosos para a cortina da cozinha.

Naquele outono, papai trouxe um homem que instalou luzes elétricas no armazém, uma no quarto e uma corda pendente de uma lâmpada sobre a mesa da cozinha. Ele estendeu um rolo de fio preto, da nossa casa até um dos postes de luz que tinham sido erguidos na nossa rua. Papai deu-lhe quatro caixas de mercadorias e assinou um reconhecimento de dívida pelo restante do pagamento.

Depois da escola, eu cuidava do armazém e costurava, lá mesmo ou sob a lâmpada da cozinha, enquanto papai subia a montanha para cortar lenha que levava na carroça para fazer entrega. Isso nos rendia uma ou duas moedas de 10 centavos. Ele voltava para casa depois do anoitecer, comia qualquer coisa que eu deixasse no fogão e dormia sobre a manta, no chão da cozinha.

Dos tecidos, eu cortava casas com telhados pontiagudos e maçãs vermelhas e costurava-os sobre musselina branqueada. Eu aplicava bonequinhos em panos de prato e bordava os olhinhos e a boca. Duas vezes por mês, aos domingos, eu ia até Aurora para pegar retalhos. Enquanto enrolava uns pedaços de pano para colocar na minha sacola, a esposa de Angus Samson disse que eu era a catadora de sucatas mais bonita que já tinha visto.

A comida tornava-se escassa, e havia uma conta de luz para pagar. Com tão poucos negócios, nós não podíamos encomendar mais mercadorias enlatadas ou pó dentifrício, paramos de pegar laticínios no leiteiro e passamos a tomar leite de cabra. No final da semana, sobravam poucas moedas para guardarmos na gaveta da cozinha. Às vezes, na escuridão da noite, alguns homens apareciam na porta dos fundos, pedindo as sobras das garrafas do uísque de Tate Harker, mas papai não cedia e os mandava embora. Mas ele não se recusava a sair para atender um chamado, quando um cavalo machucava o casco ou um bezerro insistia em nascer na posição errada. Essas idas ao campo nos garantiam a compra de abobrinha, melões e tomates maduros que, dizia ele, ajudariam a recuperar Ida.

Eu levava meu almoço para a escola em uma lata: pão sem manteiga e uma batata salgada, cozida. No verão, um pêssego ou um damasco. Ninguém mais estava em situação melhor.

Pouco tempo depois, papai e eu comíamos bolo de milho e feijão-roxinho, cinco vezes por semana. Ida ficava a maior parte do tempo na cama, beliscando vagem e ovos duros que papai me mandava levar em uma bandeja. Ela torcia o nariz para tudo e praticamente só bebia chá fraco, com pouco açúcar. Sobre as frutas, ela dizia que formavam bolhas na sua língua e sobrecarregavam os rins. Carne tornava o sangue escuro; leite prendia os intestinos. Queixava-se de câimbras nas pernas e de dor de cabeça. E corria o risco de um colapso. Quando papai a questionava, ela o chamava de burro e me chamava, aos berros, dez vezes por dia, só para dizer que eu a irritava. Nós éramos, dizia ela, a razão do seu fim.

O Dr. Pritchett, examinando-a, disse que não havia nada de errado, e não havia risco de morte iminente. Ela deveria, na verdade, sair da cama e encontrar algo para ocupar seu tempo. Ida o chamou de charlatão.

Capítulo 13

Finalmente, Ida pediu que papai arranjasse uma Bíblia, pela qual ele pagou 95 centavos em uma loja em Buelton. E ela começou a ler, em voz alta. Mas a Sagrada Escritura era intensa, me atropelando como um carregamento de madeira. De acordo com as beatitudes, eu iria para o inferno. Um dia, eu disse isso. Ida pôs o casaco e, segurando uma faca de pão, se aventurou por nossas terras; até a primeira inclinação, em que ela cortou uma vara verde de um salgueiro. Depois disso, ela a usou para chicotear-me regularmente, em nome do Senhor.

Eu desejava com todo fervor que ela montasse no Sanderson e fosse embora pregar para outras pessoas. Enquanto isso, se ela me batesse por causa da minha comida mais uma vez, eu iria arrancar os olhos dela com um garfo.

Manhã de Natal, papai matou um dos três últimos frangos, e eu o recheei com pão e o assei, com moela e tudo. Fiz manjar com um pouco de açúcar e ovos, cujas cascas joguei para os frangos, o que me fez pensar em como as coisas vêm e vão; são cíclicas. Afinal, deve ter sido por isso que Ida voltara para casa.

Papai ficou em casa naquele dia. De manhã, enquanto Ida estava no banheiro, ele me deu uma maçã doce e dois carretéis de linha — uma prateada, outra dourada. Eu nunca tinha visto nada tão belo.

De tarde, enquanto estávamos à mesa e queimávamos lenha no fogão, guardei a preciosa linha no bolso do meu avental. Papai e eu nos lembramos de alguns Natais e outras datas festivas engraçadas que passamos juntos, enquanto Ida segurava sua Bíblia e olhava pela janela. Fui buscar o par de lenços rendados que estava fazendo e sentei sob a luz da lâmpada, para costurar. Durante algum tempo, as coisas pareceram quase perfeitas. Este momento foi o mais próximo de uma família feliz que nós três tivemos.

Logo depois, em janeiro, era o aniversário de Ida e papai nos levaria para jantar no Ruse's Café. Eu logo vi que ele não confiava que eu fosse capaz de preparar o jantar naquela noite, e ele tinha razão. Uma pitada de dulcamara salpicada na batata teria matado Ida.

Nós deveríamos encontrar papai no Café às 18h, quando ele viria do assentamento de Lansing.

Várias famílias viviam lá, plantando a própria comida, criando e matando cerdos, para que raramente tivessem de ir à cidade. Entretanto, quando o faziam, e nós passávamos por um deles na rua, Ida dizia em voz alta: "*Olha* só que mulher gorda. Meu Deus!"

Nesta noite, papai fora até o assentamento fazer o parto de uma ninhada de gatinhos. Mais tarde, ele me contou como a Sra. Nailhow ficara nervosa, chorando, e três ou quatro dos seus filhos berrando, ao lado dela.

Às 17h30, Ida estava pronta, na cozinha. Ela estava usando sua melhor roupa de linho amarelo-claro, com um laço na gola e botões de pérola nos punhos. Seu cabelo estava enrolado, em ambos os lados, e solto na parte de trás, como uma espuma dourada. Ela não havia engordado nem um quilo desde que voltara para casa, e estava bem magra.

Ela me empurrou para dentro do closet que papai estava transformando em um banheiro, e me posicionou em frente ao espelho. Eu era da mesma altura que ela, e o meu cabelo era ressecado, grosso e de tom castanho-avermelhado. Ida disse que eu parecia ter sido mergulhada em um pote de tinta vermelha e deixada para secar na ventania. Ela o puxou para trás e enfiou um pente. E mais dois para prendê-lo bem. Depois, me virou de frente para ela e beliscou minhas bochechas. A seguir, observou minhas roupas.

— Olivia Harker, livre-se desta calça, agora mesmo! — ordenou ela. — Moças não usam calça de homem debaixo da saia.

Ela levantou meu vestido e desamarrou minha calça rapidamente. Eu segurei minha roupa no lugar e me livrei de suas mãos. Mas logo estávamos no chão, engalfinhadas. Ela puxava as pernas da minha calça, resmungando e xingando. Eu rasguei o laço do seu vestido, e nós rolamos pelo quarto. Minha cabeça batia no pé da cama, enquanto Ida gritava:

— Droga, Olivia, você é uma menina selvagem... aja como uma dama, pelo menos no dia do... *meu maldito aniversário*!

Apesar de ser tão pequena, ela tinha uma força imensa e me imobilizou, prendendo minhas pernas; e eu a esbofeteei com toda a vontade.

Mas ela me segurou pelo cabelo e bateu minha cabeça no chão. Então, eu a empurrei, e ficamos cara a cara, com o olhar fixo, coradas e bufando. As minhas calças podiam ter ficado entrelaçadas nos meus joelhos, mas o cabelo dela estava solto, e dois botões foram arrancados do vestido. De alguma forma, tudo aquilo me pareceu engraçado. Eu bati tanto quanto apanhei.

— Vou usar meu cabelo solto — retruquei.

— As calças saem.

— Vou morrer de frio.

— Você não vai sentir frio. Use meias.

— Odeio meias — falei.

Mas acabei usando; um par marrom, de pernas muito finas com nervuras que eriçavam os pelos e pinicavam nos fundilhos. Ela trocou de roupa e colocou um vestido de xadrez marrom que parecia um tamanho maior que o seu, mas não ficou feio. Ida ficava bem em qualquer maldita roupa. Ela sacudiu o cabelo e o prendeu com uma faixa marrom de gorgorão. Agora, parecia uma criança; e eu, uma velha.

Em silêncio, colocamos botas, casacos, echarpes e luvas, e descemos a rua, em direção ao Ruse's Café no começo da noite. Estávamos atrasadas; papai estaria esperando por nós.

— Você não vai contar nada para o seu pai — disse, irritada, entre baforadas de fumaça.

— Por quê? — perguntei. — Está com medo de que ele pense que você enlouqueceu novamente? Que ele vá mandar você de volta a Buelton?

Quando íamos atravessar a ponte de pedra, ela falou em tom furioso:

— No seu lugar, mocinha, eu tomaria cuidado com as minhas atitudes. Há lugares para crianças desobedientes, casas para meninas teimosas. Elas dormem em colchões sem lençóis e só têm pão e água como refeição. Trabalham como condenadas e apanham todo dia, durante a vida toda.

Era uma noite fria, e a rua estava escorregadia. Eu fiquei no lado onde a neve tinha sido lançada pelos automóveis e as minhas botas ficavam mais presas ao chão.

— Nunca ouvi falar dessas coisas.

Ela olhou para mim. Ainda havia uma leve marca onde a minha mão fincara no seu rosto.

— O seu pai e eu falamos sobre isto. Acredite em mim, você está por um fio.

Capítulo 14

Atravessamos para a Main Street, onde as luzes estavam acesas na janela do Ruse's Café. Não havia ninguém do lado de fora — nem um cavalo, nem uma carroça. Quando abrimos a porta e entramos, éramos os únicos fregueses. Ida tirou o gorro e assumiu uma expressão alegre.

— Sr. Ruse, estamos muito atrasadas para o jantar?

Ruse, o mais velho, que estava detrás do balcão onde lia um jornal, levantou os olhos.

— Com certeza não, Sra. Harker. Olivia. Podem se sentar. Vou trazer o cardápio.

— Obrigada, senhor — respondeu Ida, como se fosse uma perfeita dama e ele tivesse acabado de se oferecer para ajudá-la a atravessar um rio. Eu queria vomitar.

O restaurante tinha o formato de L, com o espaço restante tomado pelo barbeiro ao lado. A Sra. Ruse ficava basicamente na cozinha, enquanto o marido assumia o balcão com sete bancos e cinco mesas de madeira com cadeiras em volta. Sobre cada mesa, havia sal e pimenta, um açucareiro, e um pequeno prato de molho de pimenta-malagueta, feito em casa, pela Sra. Ruse. Havia um balcão alto, de vidro, ao lado da porta, e uma caixa registradora, onde

Ruse pendurava as contas não pagas e vendia chicletes e tortinhas de hortelã, embrulhadas em papel manteiga.

Ida escolheu uma mesa ao lado da janela, como se quisesse ser vista por um eventual transeunte. Ela sentou ajeitando a frente do vestido, no caso de Big Ruse não ter notado seu corpo.

Ele trouxe dois copos d'água e cardápios. Ela pousou a mão no braço dele.

— Pode me dizer as horas, por favor.

— São 18h30 — disse ele, ligeiramente ruborizado. Acho que não estava acostumado a ser tocado por qualquer mulher além da esposa.

Balancei a cabeça mostrando meu desagrado e olhei o cardápio.

— Como vai, Olivia? — perguntou ele.

— Acho que vou bem, Sr. Ruse. Eu gostaria de...

Mas Ida me calou com um gesto de mão. Então, olhou para Big Ruse e sorriu. Seus dentes eram tão brancos que ajudariam a ler no escuro.

Ruse retribuiu o sorriso, arqueando a boca. Ele parecia um bobo.

— Vou tomar uma xícara de café, enquanto decido o que comer — disse ela. — E para a menina, um copo de leite.

Ela passara a me chamar de "menina", ultimamente, como se tivesse esquecido meu nome. Eu sabia o que queria comer, mas como frequentemente acontecia quando Ida estava por perto, não conseguia falar absolutamente nada.

Quando Ruse voltou com as bebidas, Ida riu e acariciou a perna dele com o cardápio.

— É o meu aniversário, e meu marido ficou de me trazer aqui como presente, mas parece que está atrasado. Eu acho, caro Sr. Ruse, que nós vamos fazer nossos pedidos.

— Nenhum problema, Sra. Harker — disse Big Ruse. — Se Tate não vier, ele pode pagar depois. E incluirei uma fatia de torta para cada uma de vocês, como presente de aniversário.

— Você é muito gentil — disse ela, sorrindo.

Se Ida continuasse daquele jeito, ou seu rosto iria estourar ou eu vomitaria na mesa.

— Bem, o que você sugere?

— A torta de peru está maravilhosa, Sra. Harker. Posso servir dois pedaços.

— Quero bife — falei, porque isto é o que papai teria pedido. — Malpassado, por favor. Vermelho por dentro.

Ida tremulou o cardápio.

— A criança não sabe o que é bom para ela. Queremos dois pedaços de torta de peru.

Olhei pela janela, e rezei para que papai aparecesse. Mas ele não apareceu. Então, fiquei olhando ao redor, embora conhecesse o lugar como a palma da minha mão. Em dias quentes de verão, Big Ruse, muitas vezes, colocava um copo de água gelada na minha frente, sobre o balcão. Ele também era famoso por seus biscoitos e mel, que papai às vezes me dava no sábado de manhã. Eu conhecia seu filho, alguns anos mais velho do que eu e mais feio do que briga de foice. Seu primeiro nome era, na verdade, Cornelius — não é de admirar que ele nunca o usasse. Nós o chamávamos de Little Ruse.

Neste momento, Little Ruse estava ocupado, limpando mesas e enchendo saleiros, sem, no entanto, conseguir tirar os olhos de Ida.

As fatias de torta de peru chegaram, com molho de carne espesso e um biscoito em um prato separado, acompanhado de um pouco de manteiga. O Sr. French e o Sr. Andrews, que acabara de fechar a barbearia, sentaram-se na mesma mesa, comeram bolo de chocolate e beberam café, olhando na nossa direção e falando em voz baixa. Curvei-me por cima do meu prato. Ida sorria-lhes sorrisos ao mesmo tempo alegres e trêmulos. Eu passei manteiga no biscoito e coloquei metade na boca.

Little Ruse começou a limpar a mesa ao lado da nossa.

— Oi, Olivia — disse ele.

Eu podia ouvir sua mãe na cozinha, batendo panelas e colheres.

— Oi — respondi.

Ele sorriu para mim. Ida viu o que ele fez e pousou o garfo na mesa.

— Olivia Harker — disse ela. — Eu não vou admitir que esse rapaz flerte com você. Se eu souber que você anda fazendo algo errado com ele...

Fiquei morta de vergonha. Little Ruse, com as enormes orelhas de abano e o cabelo cortado bem rente, correu para a cozinha. Não o vi novamente naquela noite.

— Ah, Sr. *Ru*-use — chamou Ida e ele veio com o bule de café e tornou a encher a xícara dela.

Desejei com todo o meu coração que papai aparecesse. Então, eu poderia tirar uns pedaços do seu bife, e ele me contaria sobre o gato da Sra. Nailhow e as novidades do assentamento. Eu torcia para que houvesse alguém lá que pudesse dar-lhe uma carona. Caso contrário, papai não conseguiria chegar em casa tão cedo.

Ida pôs a mão na perna de Big Ruse.

— Nossa, eu admiro um homem que administra o próprio negócio. É preciso coragem. — Para meu espanto, e provavelmente para o de Ruse, ela agarrou a perna dele e o puxou para junto de si, de forma que sua boca ficasse na altura do cinto dele.

Ruse continuou olhando para a cozinha. Imagino o que ele estava pensando da esposa de papai comportando-se daquele jeito, seduzindo-o. Mas Ruse obviamente não estava pensando em nada. As orelhas de abano estavam vermelhas como enfeites de Natal, e os olhos estavam saltando do rosto. Não podia esperar para contar a Love Alice que eu tinha visto Big Ruse quase exalando fumaça de tanta necessidade de enfiar o seu negócio em Ida. Se Love Alice estivesse certa, ele explodiria como um sapo a qualquer momento. Eu queria me esconder debaixo da mesa.

Ida levantou os olhos para ele.

— Aqui estou eu, falando sem parar. Se quiser trazer a torta, Sr. Ruse, eu adoraria que se juntasse a nós.

Nunca soube qual fora a resposta dele. Puxei o casaco do cabide e corri para fora do café, como se estivesse sendo perseguida por um gato selvagem. Eu testemunhara Ida agindo como uma meretriz com Big Ruse e não iria voltar.

Eu estava a menos de dois passos da rua, quando um caminhão novo e reluzente se aproximou, e fez barulho sob os postes de luz. Pelo para-brisa, pude ver a cara de Alton Phelps, e acho que era seu irmão, James Arnold, que estava ao lado. Eles reduziram a velocidade no chão coberto de gelo e, quando abriram a porta e pularam para fora, me arrependi de não ter corrido para escapar deles.

Embora tarde demais, tentei fugir.

Mas Alton já havia agarrado meu braço, e me jogou contra o caminhão.

— Muito bem, garota — disse ele, com um jeito de falar que parecia que sua língua era grande demais para a sua boca. — Agora vá para casa e deixe-nos em paz com Ida Mae. A gente vai atrás de você quando for a hora.

Eu me livrei deles, cortei caminho entre construções e corri em direção ao campo. Logo, a grossa camada de gelo me impediu de continuar correndo, mas pelo menos eu não era mais vista pelos dois homens e não via mais nem a Main Street nem o hotel escuro, nem a padaria, com a cozinha acesa. Estava frio demais. Após um momento, minhas botas estavam cobertas de neve, e o vento batia tão forte que gelava minhas orelhas. A dor ia até a cabeça e dei uns tapas para espantar o frio, mas os dedos já doíam mais que dente estragado. Eu não iria voltar ao Ruse's Café para pegar minha echarpe e as luvas. Em vez disso, iria atrás de papai, e lhe contaria o que havia acontecido.

Mas não conseguia lembrar-me qual era o desvio para chegar a Lansing. Então, comecei a chorar. O vento frio uivava. Queria ter agora a calça que tinha abandonado na luta com Ida. Já não conseguia mais sentir os pés, e logo caí em um banco de neve profundo. Choramingando e chamando por papai, notei a fraca luz ao longe, e cortei caminho por um campo, passando com esforço pelos talos congelados da plantação de milho do último verão, e afundando em montes de neve.

Por fim, resignei-me, deitando e fechando os olhos. Se eu iria morrer aqui, queria que papai me encontrasse e se arrependesse por ter trazido Ida para casa. Mas avistei três grupos de luz, e um deles não muito longe. Continuei andando com dificuldade, ouvindo o latido de cães e com medo de ser comida viva. Provavelmente os cães enterrariam meus ossos, e ninguém saberia o quanto eu tinha sofrido. Talvez fizessem uma busca completa, e houvesse grande comoção quando me achassem. Se isto acontecesse, eu esperava que não fosse Big Ruse a encontrar meu corpo congelado. Por outro lado, se fosse ele, talvez ele se lembrasse de como agira como um tolo na noite do aniversário de Ida, e ficasse arrependido.

De joelhos, deslizei sobre um barranco e atravessei um riacho, onde o gelo estava irregular, mas mesmo assim não quebrou. Então, cruzei um jardim e bati na primeira porta que vi. A Sra. Nailhow abriu.

Caí nos seus braços. Logo depois, papai chegou com a camisa suja de sangue de gato, e me carregou até o sofá, onde me deitou. A Sra. Nailhow tirou minhas botas e arrancou minhas meias rasgadas. As minhas pernas estavam ensanguentadas e ardiam como fogo. Meu cabelo estava endurecido, com as pontas congeladas, e papai a preveniu para que não mexesse nele, para evitar quebrá-lo. Ela começou a esfregar meus pés, acompanhada de alguns dos filhos, até eu gritar de dor e me arrastar até a cozinha, onde papai estava sentado no chão, com a pobre gata que choramingava.

Coitadinha, ela estava pior do que eu. Papai a amordaçara e amarrara suas patas para que ela não o arranhasse. Com uma das mãos, ele massageava sua barriga inchada, e, com dois dedos da outra mão, a examinava por dentro.

— Como é que uma gata pode ter tantos filhotes nascendo de costas! — admirou-se, olhando para mim, sem, no entanto, me ver.

Ele estava concentrado nos órgãos internos da gatinha Higgins. Ele já havia resgatado três gatinhos. Se eu fosse o quarto, ele teria me visto e enfaixado meus ferimentos. Ele pôs os gatinhos com a mãe.

De repente, senti-me envergonhada pelas minhas pernas desnudas e feridas, e puxei a saia para baixo, para que papai não visse meu estado.

— Contei mais dois — disse ele. — Tenho que tirá-los devagar, senão ela pode ter uma hemorragia e morrer.

Suspeitei que papai tivesse esquecido completamente do jantar de aniversário de Ida, e eu não iria tocar no assunto.

Logo, ele ouviria falar sobre isso. Fiquei imaginando se, àquela altura, a Sra. Ruse teria saído da cozinha e espancado Ida até a morte, com uma panela. Sentada na aconchegante cozinha da Sra. Nailhow, me ocorreu perguntar depois ao papai sobre a tal casa para meninas desobedientes. Mas segurei a língua e fiquei observando a gatinha. Uma coisa era certa: se ter bebês era parecido com isto, eu jamais deixaria um homem fazer nada comigo. Ele teria que manter as calças muito bem abotoadas. E eu não queria nem saber se ele incharia e explodiria por toda Pope County.

Capítulo 15

Uma noite, quase no final do inverno, papai voltou para casa, pisando forte na varanda e gritando por Ida.

— Essa não! Tate Harker, o que há com você? — Ela saiu do quarto enrolada em um xale de lã e toda descabelada.

— Vistam seus casacos — ordenou ele, olhando para cada uma de nós. — Venham ver uma coisa.

— Não consigo ver nada nessa escuridão — reclamou ela.

Mas papai nos enxotou pelas escadas e ao redor da casa. Próximo a um banco de neve, havia um caminhão. A parte dianteira estava tão amassada que parecia que os Phelps o tinham usado para extravasar toda a sua crueldade com sucessivas batidas. Só um farol funcionava, direcionando um raio de luz torto através do nosso quintal. A porta do carona era fechada por uma corda.

— Meu Deus do céu! — exclamou Ida, levando as mãos ao rosto. — Olhe o que você me fez fazer: invocar o nome de Deus em vão. Esta coisa é abominável.

— Não é não — argumentou papai, passando a mão no para-choque. — Só foi um pouco maltratado.

— Bem, eu não vou subir naquilo... nem me peça.

— Eu vou — rebati, entrando pelo lado do motorista.

Ele afagou minha cabeça.

— É a máquina do diabo! — gritou Ida atrás de nós. — E a mais feia que já vi!

Papai adorava o caminhão, e ficava mais orgulhoso que nunca quando dirigia até a cidade, ou ia a uma fazenda para atender um chamado. Ele continuava vendendo lenha e voltara a mascatear bebida clandestinamente. Depois, eu sorria de orelha a orelha, quando saíamos, com a janela abaixada e o cotovelo do lado de fora, como se fosse a rainha de Sabá.

Por muito tempo, Ida não entrou no caminhão, mas não demorou a pôr o casaco e instruir papai a dar ré, para sair. Um dia, ela subiu e sentou no banco, com o corpo totalmente rígido. A Prefeitura havia removido a neve da estrada, então, comigo sentada entre eles, papai nos levou até Paramus. Ele sorria tanto que achei que seu rosto iria se partir. Nessa época, ele tinha perdido dois dentes do lado direito, mas isso não estragava sua beleza. Depois, passamos a ir à cidade aos sábados e estacionávamos em frente ao café, enquanto Ida fazia compras. Eu ficava no caminhão e olhava os prédios vazios da rua. Depois, Ida voltava e papai, que ficava observando, viria apressado da loja de ferramentas, na esquina, e nos ajeitávamos no banco para irmos para casa. Fazíamos isto toda semana, enquanto o gelo derretia nas calhas, e a grama surgia, verdinha, no quintal.

No início do verão, eu estava implorando ao papai para me deixar dirigir. Ao contrário de mim, Ida nem queria saber de sentar ao volante, e isso criava uma constante briga entre eles. Até que um dia, cansada das brigas, ela vestiu um suéter e saiu com o caminhão, sozinha. Ela voltou para casa enfurecida.

— Tate Harker! — chamou ela do topo da escada do porão. — Eu quase morri! E tudo por culpa daquele maldito caminhão!

Papai subiu, esfregando as mãos em um pedaço de pano.

— Pelo amor de Deus, Ida, tem um casal de porquinhos doentes dormindo. O que você fez?

— Seu caminhão quase acabou comigo, foi isso que aconteceu!

Papai olhou para o lado de fora, pela janela da cozinha.

— Onde você estacionou?

— Não o estacionei em lugar nenhum — vociferou ela. — Ele estacionou sozinho, na vala, no caminho da casa de French.

— Pelo amor de Deus! — repetiu papai, vestindo o casaco. — Você pediu a Henry French para trazê-la em casa?

— Não. Não quero que as pessoas saibam que Tate Harker deixa a esposa sair em uma máquina assassina!

Papai xingou em voz alta, palavras que eu nunca tinha ouvido sair da sua boca. Era uma caminhada de 6 quilômetros até a casa de French. Ele nunca mais permitiu que ela dirigisse.

Em uma noite fria, eu e ele saímos para fazer o parto de uma ninhada de cachorros, na casa do velho Samson. Eu tinha ouvido falar que a Sra. Samson era surda, e que ela e o marido nunca se falavam, mas faziam sinais com as mãos, e estava louca para ver aquilo. As janelas do caminhão estavam abaixadas e o vento frio soprava a poeira das nossas mentes, como papai me explicou. O cheiro dele era maravilhoso, como unguento de cavalo e tecido de algodão engomado.

A casa dos Samsons, com seu telhado alto e inclinado, tinha o estilo *shotgun*: a sala da frente era ligada ao quarto e, depois do quarto, havia uma cozinha muito pequena, com uma cesta de lixo tampada, uma mesa, duas cadeiras e um fogão à lenha. Agachados no chão da cozinha, eu e papai trouxemos 11 filhotinhos ao mundo. Sete deles nasceram mortos. A Sra. Samson trouxe um pedaço de pano para que eu pudesse limpar as mãos e, enquanto papai limpava a cadela e ajeitava os filhotes para mamar, fui para o quintal ver o Sr. Samson cavar um buraco, onde colocou os filhotes mortos e cobriu com terra. Depois, socou a terra com a bota, olhou bem no meu olho e disse:

— Tudo em excesso é ruim.

Aquilo foi o máximo que eu o ouvira falar desde que o conheci, portanto imaginei que deveria guardar aquelas palavras. Eu o segui para dentro de casa e fiquei imaginando se Deus era parecido com Angus Samson, com cabelo e barba brancos. Papai pegou seu chapéu.

— Tate — murmurou Angus da porta —, se quiser levar um destes filhotes para a menina, fique à vontade.

Quase chorei de alegria. Olhei para o papai com o coração na boca.

Emocionada com a perspectiva de ter um cachorro, tagarelei sem parar, a respeito de tudo e de nada.

Um cachorro só para mim. Pulei no banco do caminhão, pensando no nome que iria dar ao filhote, e perguntei quanto tempo teria de esperar.

— Até chegar a hora, Olivia — disse papai.

— Quanto tempo é isto?

— Um tempinho, quando ele desmamar.

Estávamos quase em casa, quando ele colocou a mão no meu ombro, tentando aplacar minha agitação.

Nós não vimos James Arnold Phelps, até estarmos perto demais. Na luz do farol, seus olhos se arregalaram e sua camisa se iluminou. James Arnold levantou as mãos e sumiu. Os pneus forçaram caminho pela neve. Escorregamos em direção ao fosso, e rolamos várias vezes, fazendo meu corpo chocar-se contra o painel e o teto, junto com papai. Depois do que pareceu um longo tempo, fui jogada para fora pelo para-brisa, e caí de cara, no chão coberto de gelo. Durante meses, o único som que vinha à minha mente era o chiado dos freios... e o aviso de Angus Samson de que tudo em excesso é ruim.

Capítulo 16

Acordei em algo parecido com um caixão, com a cabeça de fora. Eu me perguntei, vagamente, o que havia acontecido para meu corpo estar tão preso. Na maior parte do tempo, eu dormia, acordando ocasionalmente. Enrolada nesta engenhoca, só percebia o constante zumbido das máquinas e o ruído de sapatos no linóleo. Às vezes, uma voz. Lembro que abri os olhos, uma vez, com o barulho de pessoas jogando luz nos meus olhos, socando meu peito.

Tudo que queria era que papai viesse para me dizer que tudo não passava de um sonho, e que ele iria levar-me para casa. Mas as únicas pessoas que me cercavam eram estranhos de jaleco branco. Na hora, fiquei preocupada de não conseguir lembrar da voz de papai. Entretanto, naquele momento, antes de dormir, vi de relance seu rosto. Mas logo surgiram o farol e os olhos de James Arnold Phelps. Eu queria perguntar ao papai o que tinha acontecido, mas estava com medo. Então, lutei contra o sono até não poder mais, e cambaleei por entre os cacos de vidro, osso e metal, mais uma vez, até que finalmente adormeci.

Todo o meu corpo doía, mas, quando a dor se concentrava nas pernas ou no peito, ou eu gritava de desespero, as moças de vestido branco vinham correndo. Elas estalavam a língua e mexiam na máquina que mantinha minha respiração. Nos meus piores momentos, elas colocavam algo no canto da minha boca com um conta-gotas, e eu dormia.

Às vezes, ficava olhando para o teto. Estava ligada a fios e enfaixada, com vários tubos, além de garrafas de vidro penduradas acima da minha cabeça. Minha garganta estava constantemente seca. Ao lado da cama, havia uma cadeira de espaldar reto e, diversas vezes, eu acordava e via uma enfermeira sentada lá.

Por fim, fui levada para uma cama onde havia lençóis frios de algodão. Meu braço esquerdo estava preso a uma placa, mas a mão direita ficava livre. Conforme os dias passavam, descobri que a cabeça estava totalmente enfaixada, a não ser por dois buracos no lugar dos olhos, e mais dois, para os tubos enfiados no nariz e na boca. Em volta do maxilar, havia uma grossa camada de gaze.

Mais tarde, tateando, descobri um pesado halo metálico que ficava sobre a cabeça e parecia estar aparafusado, por entre as ataduras, ao maxilar. Foi quando eu percebi que estava muito ferida. Eu não conseguia abrir a boca nem virar para o lado. Era alimentada por um tubo de borracha preso ao céu da boca. Após algum tempo, eles passaram a trazer milk-shake e canudo, mas eu não bebia.

Por ter ficado muito tempo na caixa de ferro, minha perna direita ficara torta e, sob anestésico, teve que ser quebrada novamente, antes de ser colocada na posição certa. Agora, estava dobrada na altura do joelho e suspensa como um peru no açougue.

De vez em quando, Ida aparecia. Sem tirar o casaco, apenas ficava lá, com a bolsa apertada ao peito. Falava pouco, ou absolutamente nada. Eu também, já que adormecia e, quando abria os olhos, ela já tinha ido embora.

Por fim, minha perna foi abaixada e o gesso, retirado. Foram necessários dois médicos, um funcionário de plantão e várias enfermeiras para desmontar a engenhoca da minha cabeça, e finalmente pude virar o pescoço com dificuldade, enquanto eles aplaudiam. Eu tinha dor de cabeça a maior parte do tempo, mas raramente me queixava. Não havia, de fato, nada que eu quisesse dizer, nem alguém para quem eu quisesse dizer alguma coisa. Então, eles elevaram a cabeceira da cama e pude ver, pelos orifícios na gaze, que estava em uma sala estreita e comprida, onde havia vinte ou trinta camas de cada lado. Assim era a Ala dos Indigentes, conforme alguém me explicou, para pessoas que não podiam pagar. Estava cansada demais para ficar acordada e enjoada de tanto dormir. Além disso, sentia frio, o tempo todo.

Duas semanas depois, passaram a me sentar em uma cadeira de espaldar reta, por alguns minutos, todos os dias, até chegar a 30 minutos. Eu imaginava que minha aparência devia estar horrível com tanta atadura, mas, sem aquilo, tinha certeza que pareceria pior.

Um dia, um jovem trouxe uma cadeira de rodas, na qual me sentou e me colocou em frente à janela. Quando a náusea passou, fiquei surpresa em ver que o inverno havia terminado, e os arbustos de forsítia tinham adquirido um tom amarelado. A essa altura, eu sabia que papai não viria.

Os médicos vinham. Falavam de ossos maxilares, readaptação e cirurgias corretivas. Um dia, levaram-me a uma pequena sala com uma luz suave e retiraram as bandagens. Primeiro, da testa e depois em volta dos olhos. Coloquei a mão e, em vez das feridas profundas e longas que esperava encontrar, senti uma linha elevada, acima de uma sobrancelha, e outra no lugar onde ficava a raiz do cabelo. Enquanto eles ficavam admirando o trabalho feito e conversavam, eu cocei a cabeça, onde tinham raspado o cabelo. Eles me disseram que ele cresceria novamente.

Um dia, ouvi Ida, na sala, aos berros, dizendo que não tínhamos dinheiro para mais cirurgias, enquanto as enfermeiras tentavam acalmá-la. Posteriormente, Ida sentou-se na beira da cama, gesto que tomei como sendo o mais amoroso que já havia demonstrado. Mesmo com o tubo na boca e entre os dentes, perguntei, de forma quase ininteligível:

— Há quanto tempo estou aqui?

— Meses — respondeu ela. — Pelo amor de Deus, Olivia, você está pele e osso, e eles não deixarão você sair daqui enquanto não comer.

— Não estou com fome.

— Bem, eles não deixarão estes tubos aí para sempre, mocinha. E logo veremos quem vai passar fome.

Eu inspirei profundamente e, sem olhar para ela, murmurei:

— Papai.

Ela abriu a carteira, procurou alguma coisa no interior e fechou-a com um estalo.

— Seu pai morreu, Olivia, e não vá fazer um escândalo ou vai levar muito mais tempo para sair daqui. — Depois disso, ela se levantou e foi embora.

No mês seguinte, retiraram os tubos. Com um par de bengalas, agora eu deveria andar até o lavatório e fazer a higiene de todas as manhãs. Eles disseram que foi sorte eu estar viva, uma vez que várias costelas foram quebradas e o esterno havia sido praticamente esmagado, o que me impossibilitava de respirar sem a ajuda de um aparelho. A perna direita havia sido fraturada em três lugares, eu havia perdido três dentes na parte de trás e quebrado a mandíbula.

Fui levada mais duas vezes ao centro cirúrgico, onde os pinos foram retirados e trocados por novos, abaixo e atrás das orelhas. Um novo conjunto de fios foi colocado em volta do rosto. Era verão, quando os médicos retiraram o restante das bandagens. Meu cabelo já crescera uns 5 centímetros; as bochechas pareciam ter sido repuxadas e presas nas orelhas. O maxilar doía, como uma dor de dentes sem fim. Três dentes de trás eram agora de porcelana, fixados a uma ponte estreita que se ajustava ao céu da boca. Com a mão, achei mais cicatrizes: uma grossa, no lado esquerdo do maxilar, e outra, no canto da boca, virando o lábio inferior ligeiramente para baixo.

Ida trouxe um espelho para eu olhar. E disse:

— Tá parecendo a punição por um pecado.

A mulher na cama ao lado bateu no travesseiro, e, por um momento, pensei que ela fosse levantar-se e espancar Ida, sem piedade. Nunca me incomodei em perguntar o que queria dizer com aquilo. Mas eu sabia o que queria dizer: que eu matara meu pai.

No final do verão, os médicos começaram a girar a manivela para abrir minha boca, afrouxando um milímetro de cada vez, endireitando os dentes com incômodos aparelhos de metal e preenchendo os espaços vazios com porcelana. O tratamento acabou em outubro, com os últimos pinos sendo retirados, enquanto estava sob outro anestésico. E, quando finalmente eu consegui comer pudim de arroz com uma colher, Ida veio buscar-me em um caminhão diferente. Estava usando casaco e chapéu novos, e não disse uma palavra enquanto dirigia. Fiquei olhando o campo pela janela e percebi que perdera quase um ano. Como prova disso, eu agora mancava, usava uma bengala de madeira e tinha um sorriso novo, que nunca utilizei.

Fiquei surpresa ao ver o quanto nossa casa estava abandonada; e o armazém, vazio. O chão e o escorredor de pratos tinham crostas de comida e sujeira, e não havia um prato limpo no armário. Não sabia como Ida pagara pelo caminhão e pela roupa nova, portanto perguntei.

— Isso — disse ela — não é da sua conta. Não pense que pode me criar problema, garota, porque administrei este lugar sozinha. Deus sabe que mereço um descanso. E, se você quiser saber, seu pai está enterrado lá fora, no quintal. Ao lado da casinha.

— Os amigos vieram ao enterro?

— Ninguém. Isso mostra que tipo de homem ele era.

— Colocaram uma lápide?

— Não.

Demorou muito até eu descobrir que meu falatório, naquela noite, também matara James Arnold Phelps. Descobri sua sepultura no cemitério Metodista. Eu não sabia que os Phelps eram metodistas. Aliás, eu não me lembrava de nada religioso ou cristão em relação a eles.

Ao lado da casinha, a sepultura de papai havia sido coberta pela grama, agora murcha e escura. O céu parecia neve. E chegou o cãozinho prometido — já estava com 10 meses. Os donos o trouxeram no Ford e o entregaram a mim, na porta dos fundos. Escondi meu rosto ferido no seu pelo. Mas Ida disse que não podíamos ficar com ele, que não poderíamos ter mais uma boca para alimentar e, por fim, eles entraram no carro e o levaram embora. Eu a odiei por isso e falei para ela.

Capítulo 17

Havia perdido a maior parte do sétimo ano, mas a professora me achava inteligente o bastante para me recuperar. Entretanto, o maxilar com a cicatriz branca grossa e a minha boca virada para baixo eram um horror, e não havia palavras generosas que pudessem mudar isso. Deixei o cabelo crescer e passei a usá-lo por cima do rosto. Raramente erguia a cabeça.

Mesmo indo à escola, trabalhando na loja e cuidando da casa, eu achava tempo para costurar. Cortava quadrados de sobras de tecido e unia com pontos de costura. À noite, a gritaria de Ida acabava cedo, e quando ela ia dormir, eu ia, às escondidas, para a casa de Junk, onde sua mãe me ensinava como encher os *quilts* com manta de algodão, prender o forro de musselina e finalizar os cantos usando linha de bordado.

Depois que as roupas tinham passado por todos os netos, a Sra. Hanley as dava para mim, para que eu as usasse como retalhos. Fiz meia dúzia de *quilts*, cada modelo mais elaborado que o outro: círculos, losangos e quadrados sobrepostos. Quando ficavam prontos, pareciam algo que eu gostaria de dizer, mas não encontrava as palavras.

Limpava o galinheiro e catava a sujeira das cabras, mas não podia aguentar o som da voz de Ida. Também evitava olhar para ela, já que seu rosto sem marcas era mais do que eu podia aguentar.

Às vezes, ela pisava duro, ficava irada e atirava objetos: colher, escova de cabelo, balde de leite. Eu acordava no meio da noite, apertava a barriga e corria para fora, para vomitar minha raiva. Entretanto, Ida jamais encostou a mão em mim. Eu achava que devia ser por medo do meu corpo reconstituído; se me batesse, alguma peça cara poderia se soltar e voar longe. Durante uma noite tempestuosa, sentindo-se farta dos meus impropérios, ela me pegou pelo braço e me arrastou para o porão. Lá acendeu um lampião, subiu as escadas e trancou a porta, me deixando sozinha.

— É melhor você deixar de ser insolente, garota! — gritou ela do outro lado da porta. — Senão vai apodrecer aí embaixo!

No início, não foi tão ruim ficar entre as casinhas de cachorro e coisas que papai tivera nas mãos. Eu queria poder sentir o cheiro dele e ouvir o modo como sussurrava para um bicho doente. Mas depois comecei a lembrar do quanto ele amava Ida e o quanto ela havia sido cruel, desde a época em que eu não passava de um embrião.

Em pouco tempo, o querosene foi consumido e o lampião apagou. A umidade se instalou e meu estômago vazio começou a roncar. Tateando o tampo da mesa, senti uma porta de arame. Rastejei para o lado de dentro e me enrosquei no cantinho do cercado. Acordei de madrugada, com a sensação de ter aranhas rastejando pelos braços. Eu esfreguei as mãos até elas ficarem grudentas e meus braços arderem no lugar onde tinha arrancado a pele. Eu queria meu pai e chorei até passar mal.

Durante as horas em que fiquei lá embaixo, acabei sujando a roupa de baixo e vomitando no macacão. Tudo que queria era que Ida visse o mal que tinha feito a mim, mas acho que minha visão a assustava. Ou talvez fosse meu cheiro. Após algumas semanas, minha pele estava irritada e vermelha. Nos dias que se passaram, eu fedia do meu corpo a minha vergonha, com minhas tranças endurecidas, como cera ressecada. Para cada noite que ela me arrastava para o porão, eu saía na manhã seguinte odiando-a dez vezes mais.

Um dia, acordei com uma barulhada vinda da parte de cima: portas batendo e carros dando a partida.

Ida desceu ao celeiro.

— Negros desgraçados — disse ela, empurrando-me à sua frente, nas escadas. Depois, me despiu e jogou água no meu corpo, enquanto eu permaneci no meio da cozinha, com os olhos fechados contra a luz. Em seguida, empurrou uma jarra de sebo de cordeiro derretido para mim e disse que, se eu quisesse, poderia passá-lo nos braços. Depois disso, nunca falamos sobre o porão. A porta permaneceu trancada, e demorou um longo tempo antes que eu voltasse a falar com ela.

De má vontade, Ida passou a cuidar do armazém, enquanto eu trabalhava lá, depois da escola. Fechávamos às 18 horas, quando uma de nós aqueceria algo para comer, no fogão. Comíamos em silêncio. À noite, eu fazia o dever de casa e costurava. Aos sábados, fazia encomendas, enchia as prateleiras e cuidava da caixa registradora, enquanto Ida ficava na cama. Aos domingos, o armazém ficava fechado. Era uma rotina nem agradável nem desagradável, apenas funcionava assim.

Muitas vezes à noite, durante a semana, homens que eu não conhecia entravam pela porta da varanda e iam direto para o quarto de Ida. De vez em quando, Alton Phelps saía abotoando as calças, mas, em sua maioria, os cavalheiros de Ida saíam depois que eu dormia. Apenas uma vez, ele falou comigo.

Uma sexta-feira à noite, eu estava fritando cebolas e polvilhando farinha sobre a carne para colocar na panela, quando o corpo pesado de Phelps me apertou contra o fogão. Pude sentir sua excitação e seu bafo.

— Garota, você tem algo que eu quero — disse ele.

Agarrei o cabo da panela, mas percebi que ele estava sorrindo.

— Ah não — disse ele —, já tive o que queria com Ida. — Depois, riu e pulou para trás, talvez por ter notado que eu pegara a panela.

— Quando for a hora, vou reivindicar o que seu pai tinha.

E com isto, ele foi embora, e minha mão começou a arder. Mergulhei-a na água fria, passei manteiga e enrolei um pedaço de pano. Ganhei outra cicatriz. Além disso, eu não fazia a menor ideia do que ele queria dizer.

Acho que Alton compensava Ida muito bem porque, depois das suas visitas, ela ia para Paramus e voltava com vestidos novos e roupa de baixo de babados. Uma vez, ela trouxe um vidro de água-de-colônia e dois grampos de prata para o cabelo.

Enquanto isso, na escola, eu estudava história antiga. Aprendi que os egípcios curavam gota, câimbras nas pernas e constipação. Era uma pena papai não estar aqui para apreciar essas coisas. À noite, eu cortava retalhos em formato de estilo romano, grego ou espanhol, sobrepondo-os em tons mais escuros, criando uma ilusão de ótica. Depois, colocava enchimentos, forro e arrematava tudo com pontos diagonais, para que as bordas não esgarçassem. Não demorou muito, vendi três peças a fregueses do Ruse. Depois disso, eu tinha alguns dólares para comprar linha, uma tesoura melhor, e vários metros de tecido bonito.

A melhor novidade era a chegada de Wing Harris na cidade. À primeira vista, não havia muito o que apreciar no rapaz. Era mais alto do que a maioria dos garotos, e tão magro que suas calças ficavam bem folgadas, e ele usava suspensórios do pai para que não caíssem. Seu rosto e suas mãos eram igualmente finos e, aos 13 anos, ele tinha o maior pé de todo o município. A professora o colocou em uma carteira nos fundos da sala, mas suas pernas eram longas demais, e logo precisaram arranjar-lhe mesa e cadeira onde pudesse sentar confortavelmente.

Na nossa classe, havia três meninas cujos peitos começavam a ficar protuberantes. Elas se reuniam de manhã, perto da árvore de bordo, e passavam ruge na bochecha. Também enrolavam o cós da saia e passavam tanto a língua nos lábios que eu me perguntava o que os protegia de rachadura. Na sala de aula, lançavam olhares e passavam bilhetinhos para Wing. Mas ele os ignorava, como se tivesse outras coisas para pensar — o que me deixava intrigada, principalmente após a aula da Srta. Dovey. Eu achava que os garotos quisessem beijar garotas bonitas e demonstrar gestos sensíveis, sempre que surgisse uma oportunidade. Eu me perguntava se Wing era parcialmente cego ou mutilado de alguma forma. Mas, em menos de uma semana, ele falou comigo de forma amável e, embora eu jamais imaginasse que algo assim acontecesse, um dia me acompanhou no caminho de casa, depois da aula.

Comecei a falar, a responder às suas perguntas, e continuamos falando sobre Aurora e os melhores córregos para nadar e como comprar dois bolinhos recheados na padaria por 1 níquel. Todo dia, nós nos despedíamos na ponte, para que Ida não o visse. Eu não a deixaria vê-lo por nada neste mundo.

Na segunda-feira da segunda semana, eu o peguei tentando examinar o meu rosto. Então fui logo falando que, se ele quisesse ser meu amigo, nunca deveria fazer aquilo. Ele segurou meu queixo e me esquivei. Mas suas mãos eram firmes, e ele virou meu rosto, passou o dedo nos meus lábios e nas outras cicatrizes viscosas, e disse que eu era a garota mais bonita que já tinha visto. Chamei-o de cão mentiroso.

Wing disse que tocava trompete e que seus pais tinham comprado o velho hotel Kentuckian, na cidade. Alguns dias depois, me levou para conhecê-los e notei que eram versões mais velhas de Wing, trabalhando com formão, pintando e sacudindo lençóis brancos, como se esperassem que o governador viesse passar a noite.

— Vocês vieram para ajudar? — perguntou o pai de Wing, sorrindo e entregando-me um pincel.

Arregacei as mangas e comecei a trabalhar. Mais tarde, a mãe dele fez panquecas. Quando cheguei em casa, Ida estava furiosa porque eu não a tinha rendido no armazém, mas não me incomodei.

Alguns sábados depois, os pais de Wing inauguraram o Kentuckian, e pendurei a placa de "FECHADO" no armazém, porque todo mundo tinha ido à cidade para o evento. Wing ficou na calçada e tocou trompete. No saguão brilhante, com tapete aveludado, a Sra. Harris servia biscoitos de passas e ponche, enquanto o marido acompanhava as pessoas no novo elevador, uma enorme coisa barulhenta, que me deixava morta de medo. Fui colocada no segundo andar, com um laço no cabelo, indicando o local do banheiro com água corrente quente e privada com o assento de madeira e descarga de cordinha.

Quando todos os hóspedes foram embora, e os pais de Wing estavam estirados como legumes cozidos, Wing entrou no banheiro, fechou a porta e me beijou, com o corpo curvado, apenas os seus lábios tocando os meus.

— Wing Harris!

— Ah, Olivia — disse, me abraçando forte. Nós nos beijamos como se tentássemos descobrir novas sensações, o que fez meus lábios incharem. Quando se afastou, disse: — Logo vou precisar fazer a barba.

Olhei para o meu corpo, me perguntando de que forma eu poderia contribuir. Então, coloquei a mão no queixo.

— Não — disse ele, beijando a cicatriz.

Eu queria fugir com ele, ou pelo menos viver para sempre com ele e seus pais, no hotel. Os beijos de Wing no banheiro determinaram meus sentimentos.

Capítulo 18

No vestiário da escola, ouvi as meninas que usavam ruge lamentarem que Wing provavelmente tivesse uma queda pela professora ou amava uma menina do lugar de onde tinha vindo. Só eu sabia a verdade.

Todos na cidade logo gostaram dos Harris. Wing tocava trompete nas festas de Natal, Ano-Novo e competições. Ele marchava na parada de 4 de Julho e tocava nas festas de formatura e casamento. Tocava também em funerais. Não havia celebração sem a música de Wing. E ele tocava para mim.

A reação de Ida era diferente.

— Saia da minha varanda com essa coisa! — gritava. — Você está espantando meus fregueses.

— Ele não está espantando os fregueses, Ida. É você que está fazendo isso! — dizia eu.

— Vocês dois são muito engraçadinhos! — resmungava ela, sacudindo o punho e o cabelo loiro.

Wing e eu fugíamos para a floresta, onde descobri que o espaço entre seu pescoço e o ombro era o lugar perfeito para eu esconder meu rosto. Ele tocava minha orelha, meu cabelo e a ponta do meu nariz como se fossem belos, e me despia do modo que eu tinha visto meninas despirem suas bonecas. Jamais permitia que eu virasse o rosto ou cobrisse as partes íntimas, beijando-as suavemente. E cada vez que deitávamos na floresta, nos tornávamos mais íntimos, de um jeito que me atordoava. Seu corpo era grande e macio, e emitia calor o bastante para amadurecer tomate. Começava a nascer pelo no peito e no rosto dele. Suas partes íntimas encaixavam-se confortavelmente nos meus quadris, e, embora no início eu ficasse constrangida, adorava tudo aquilo. Havia descoberto uma sensação de umidade entre as pernas, e Wing parecia não se importar que meus peitos não fossem muito grandes. Quando os pegava, eles pareciam maiores. Eu tinha quase 14 anos; ele era um ano mais velho.

Timidamente, aprendi modos de entrelaçar nossos corpos; posições que eu sabia que ninguém tinha ouvido falar. Ele ria dos meus movimentos, beijava minhas pálpebras e tocava-me em lugares que me enlouqueciam. Em meio a tudo isso, conversávamos.

— Foi Deus que me escolheu para tocar trompete, Olivia — disse ele um dia, enquanto abotoava as calças.

Toquei a casca da raiz de amora, onde me sentara de ceroulas e camiseta de algodão. Meus peitos haviam crescido. Porém, em vez de ficarem arredondados como esperava que ficassem, eles tinham pontos vermelho-escuros, que Wing dizia gostar.

— Você parece ter muita certeza.

Ele lançou-me um largo sorriso.

— Tenho certeza.

— Deus falou com você?

— Não em palavras. — Wing apoiou as costas no tronco da árvore. — É algo como uma sensação.

Eu sabia, do fundo do coração, que Deus não falaria comigo. Apanhei uma lagarta e segurei-a na palma da mão.

— Como foi isso, exatamente?

— Bem — disse ele, de um jeito que me fez lembrar a forma que mexia com o bocal do trompete, quando estava pronto para tocar. — Digamos que você tenha vários pensamentos desordenados...

— Ã-hã.

— Você procura até encontrar o mais importante, o mais claro

Imaginei uma espécie de quadro de avisos celestial.

— E se não houver nenhum que seja claro?

— Sempre *há* — argumentou. — É seu objetivo principal. Quando você o encontra, sabe que é para você. Como o caso dos seus *quilts*, Olivia.

— Costura não é uma ideia brilhante.

— Outra coisa, então.

— Como o quê?

— Bem, em que mais você pensa?

— Em você — respondi. — Posso senti-lo dentro de mim o tempo todo.

— Ah! — disse Wing me abraçando. — Tudo bem. Mas além disso, não há mais nada... algo que não saia da sua mente?

Levantei-me e pensei, enquanto ele abaixava minhas ceroulas. Ele tirou a calça e deitou-se ao meu lado, no chão seco, coberto de folhas. Wing segurou o meu mamilo e gemeu diante do meu silêncio.

— Penso em Love Alice e Junk. Na Sra. Hanley e na Srta. Dovey... em como as pessoas brancas as tratam tão mal.

— Lá vem você — disse ele.

— ... Sinto falta do meu pai.

Wing pulou sobre mim, com as pernas abertas.

— Queria poder dizer adeus ou pedir-lhe desculpas.

Wing me penetrou com todo o vigor, e eu nunca soube se ele ouviu o que eu tinha dito. Quando acabou, eu rolei para longe dele.

— Eu queria que Deus me desse instruções mais claras — falei.

Ele me abraçou e disse:

— Amo você, Olivia Harker. E vou amar até o dia em que eu morrer.

Finalmente, falei sobre o fato de Ida não me querer. Como tinha ido embora depois que nasci, e sobre sua volta para casa. Contei que, na estrada coberta de gelo, eu matara meu pai com meu falatório, mas Wing me abraçou forte e disse que não tinha sido minha culpa. E que, se papai teve de morrer, pelo menos carregou consigo o som da minha voz para o céu.

Wing e eu nos amamos durante 22 meses, quatro dias e três horas. E cada minuto era como se fosse o primeiro. Ida sabia. Ela disse que deveríamos morrer de vergonha pelo que fazíamos, e rezava, m voz alta e várias vezes, para a minha salvação. Mas, no meu coração, eu sabia que Wing já tinha me salvado.

No inverno seguinte, o pai de Wing morreu de *influenza*, e uma noite e três semanas depois, sua mãe foi dormir e não despertou. Eu não tive dúvida de que ela amava o Sr. Harris do modo como eu amava Wing, e não conseguiu viver sem o marido. Fiquei morrendo de pena do meu amado. A cidade inteira foi aos dois funerais. Nas duas vezes, eu fiquei na cozinha do hotel, ajeitando talheres e retirando o papel que cobriam os pratos. Wing estava tão triste que mal conseguia levantar a cabeça e seu trompete, e, se papai tinha realmente levado a minha voz consigo para o céu, os pais de Wing se foram sem sua música.

Depois disso, ele parecia estar sempre com a mente ocupada. Deixou a escola para cuidar do hotel. Sentia sua falta desesperadamente e ia visitá-lo na cidade. Achava que ele me levaria até um dos oito belos quartos com os *quilts* floridos, mas havia um novo Wing, sério e distante, que passara a andar curvado, como se suas costas doessem. Eu dizia que o visitava para ver se ele estava bem. Até que, um dia, eu disse a verdade: queria saber se ele ainda me amava. Ele desviou o olhar e me perguntou a mesma coisa. Eu não conseguia nem respirar direito, que dirá responder àquela pergunta. O nosso namoro acabara de forma simples assim, com os dois sofrendo tanto que não conseguíamos ver nada além da dor que nos afligia.

Capítulo 19

Nos meses que se seguiram, a cidade ficou silenciosa, como se todos em Aurora tivessem arrumado as malas e ido embora. Em volta do Kentuckian, os prédios de tijolo esvaziaram-se totalmente e ficaram cobertos de fuligem, cheios de ratos, e com apenas um ou dois locatários. O escritório do jornal fechou, e até Williford, o padeiro, cerrou as portas. Os quartos do andar de cima do hotel de Wing eram ocupados por poucos visitantes de verão, ou alguns caçadores; e a suíte de lua de mel era basicamente usada por um homem de Buelton, que enganava a esposa.

Eu sentia falta dos braços de Wing e da sua respiração. Daria qualquer coisa por cinco minutos a sós com ele. De repente, já estava com 15 anos, e presa em uma casa com Ida.

Na noite de Natal, vesti meu casaco e saí andando toda desengonçada com sapatos de salto alto, pela estrada, até um cabaré recém-inaugurado. Sentei em um banco no Silty's Jamboreee, admirando os candeeiros de vidro colorido que balançavam acima da mesa de bilhar, e o modo como as mulheres sentavam no colo dos homens. Sob uma faixa de luz roxa que vinha da janela, fiquei esperando que alguém viesse falar comigo. Demorou completos cinco minutos. Por volta da meia-noite, eu já havia começado uma amizade com uma garrafa de gim de abrunho e três rapazes de Buelton. Quando um deles me levou até o carro, eu caí nos seus braços do mesmo modo que fazia com Wing. No final, chorei. Ele me largou, aos prantos, no estacionamento, mas logo os outros dois saíram e me mantiveram tão ocupada que eu nem conseguia raciocinar. Foi quando percebi que era assim que as coisas seriam, dali em diante. Eu dava aos rapazes o que eles queriam, e nunca mais fiquei chorando na estrada.

No final da primavera e início do verão, abandonei o armazém e a escola, e passava a maior parte do tempo no Silty. A luz era sempre escura e espessa da fumaça dos cigarros das mulheres. E tudo parecia triste e proibido. Então, Wing foi contratado para tocar nas noites de sábado.

Nós nunca trocamos uma palavra; sequer nos olhávamos, através da pista de dança. Se ele ficou surpreso ao me ver ali, nunca disse nada. Além disso, havia sempre algum cavalheiro que dava ao atendente do bar duas moedas por meia hora no quarto dos fundos. Eu raramente recusava. Após um rápido embate na estreita cama de Silty, o homem levantava as calças e acendia um charuto. Enquanto eu me limpava, ele dava o fora, deixando uma moeda de 50 centavos. Então, eu cambaleava até o bar e voltava a me sentar. Por fim, meu sangramento mensal parou. E meus peitos incharam, o que os homens adoravam. Eles queriam as coisas mais bobas, como quebrar minhas ligas, arrancar minhas ceroulas, e bater na minha bunda. Eles ensinaram-me a dizer coisas que, no início, pareciam terríveis, mas, depois de várias doses de bebida, ficavam engraçadas.

No outono, o garçom havia mudado. Já não era mais aquele que me favorecia e me dava bebidas de graça. As janelas foram pintadas de preto, e o novo cartaz de neon, que ficava pendurado no teto, brilhava intensamente. No canto dos fundos, Wing tocava e o salão pulsava com o som do trompete.

Uma noite, enquanto eu acariciava a barriga, uma risada ecoou no bar. Eram homens apostando com qual deles meu bebê se pareceria. O trompete de Wing chorou, como se todo o ar do instrumento tivesse se exaurido. Aquela foi sua última noite no bar. Fiquei profundamente decepcionada. Eu estava gostando de vê-lo assistir a tudo aquilo.

Pouco antes do dia de Ação de Graças, o reverendo Timothy Culpepper entrou no bar, indo direito para o balcão onde eu estava sentada, com o queixo apoiado na mão.

— Srta. Olivia — disse ele, antes que alguém pudesse retirá-lo dali —, isto não é lugar para uma moça.

— Moça? — repeti com ironia. Ele estava quase totalmente careca e seu bigode ficara grisalho. — Você me chamou de moça, reverendo? — Isso pareceu uma piada e eu dei uma gargalhada.

Ele pegou meu cotovelo.

— Vou levá-la para casa.

Num puxão, eu me livrei dele.

— Vá embora agora, e salve alguma outra pobre alma, porque eu estou bem.

— A Sra. Hanley não pensa assim, Olivia. Nem Love Alice nem Junk. Eles me pediram para vir buscá-la. Disseram-me para levá-la para a casa deles. Você pode ficar com eles até o bebê nascer.

Não podia suportar sequer imaginar Love Alice me vendo desse jeito. E além disso, alguém tinha ligado a vitrola Wurlitzer, e as mulheres começaram a dançar.

— Quer dançar, reverendo?

— Srta. Olivia...

Levei o dedo aos lábios.

— Você me paga uma bebida, e eu lhe contarei um segredo...

Acima do colarinho branco, seu rosto brilhava de suor.

— Não senhora, não quero ouvir nenhum segredo.

— Bem, eu lhe direi de qualquer maneira. Você sabe aquele tal de Percy que aparece de vez em quando, vendendo umas coisas?

— Sim.

— Bem, eu falei que o bebê era dele.

— E por acaso é verdade?

— Não sei — respondi, sacudindo os ombros nus. — Mas disse a ele que era.

— Srta. Olivia, esse tal de Percy...

— Você sabe o que ele está fazendo neste exato momento?

— Não.

— Está no quarto dos fundos, arrependido, tirando a faixa de um charuto. Agora, vá para casa, reverendo — pedi.

Minha barriga começara a doer, e eu não queria mais falar. Eu me virei para o homem sentado de frente para mim, um sujeito perfumado que acabara de comprar meia garrafa. Sorri para ele, sonolenta, com vontade de tomar um copo, embora pudesse beber diretamente da garrafa.

Em uma nuvem de fumaça do charuto, Percy saiu do escritório e me levantou. Atravessei o salão com assombrosa tranquilidade, levada por Percy, deixando o reverendo para trás, com o chapéu na mão.

— Entre no carro.

Ele entrou também e ligou o Ford. Alcançamos a estrada, longe do bar e de suas luzes nebulosas.

Logo depois, juntei as pernas e disse:

— Percy, preciso fazer xixi.

Mas ele ignorou. Suspirei e recostei no canto do carro, com o rosto na porta. Eu estava no fundo do poço, onde nada importava.

A dor me fez reagir.

— Vamos voltar, querido, podemos transar no chão — falei sorrindo, mas o que consegui emitir foi um som de contrassenso e sem nexo.

Minha barriga doía, e eu achei que poderia ter chegado a hora de ter o bebê. Mas não adiantava me preocupar. O que tinha que acontecer, iria acontecer.

A estrada da montanha era turva e escura, como se até a lua estivesse escondida. Eu mantinha os olhos fechados, porque sabia que a única coisa a ser vista era Percy bêbado e enfurecido, além das pequenas luzes brancas que piscavam no painel. Eu não queria que ele me levasse para casa. Comecei a pensar em um modo de fazê-lo me abraçar.

— Amor... — falei, mas a palavra saiu como se eu tivesse sonhado com ela, e de qualquer maneira, ele já estava parando no meio da rua

Então, ele abriu a porta, me empurrou para fora e eu caí por cima do cascalho afiado, rasgando o vestido azul de lantejoulas. Ele atirou a garrafa também. Ouvi-a quebrar-se e, quando abri os olhos, os cacos de vidro e as lantejoulas azuis brilhavam juntos, tais quais estrelas caídas neste ponto da estrada.

— Você é um lixo branco, Olivia — disse Percy, curvado por cima do volante. — Igualzinha a sua mãe.

Ouvi o Ford se afastar, chacoalhando ponte abaixo. Deitei a cabeça na areia e esperei que Ida descesse os degraus e me encontrasse.

Ao longe, ouvia os lobos uivarem; os lobos do meu avô. Mas papai dissera que não havia o que temer. De fato, parecia engraçado, eu deitada aqui como um cervo ferido. Pouco depois, Ida realmente desceu e pousou a mão na minha barriga, enquanto o cavalheiro a quem ela entretinha ficou um pouco afastado. Ida o chamou aos berros, e as mãos grossas do homem me puxaram pelos pés, como se eu fosse um cerdo prestes a ser abatido. Eles me puxaram para dentro, sob os grunhidos de Ida, abrindo a porta com um pontapé. Carregaram-me pelo armazém e me deitaram no meio da enorme cama de colunas. Ida afastou o braço para trás e me deu uma forte bofetada. E mais uma vez, sem errar um golpe.

Depois, ela rolou meu corpo para desamarrar o vestido e o puxou pelas minhas pernas. Porém, algo como um xarope fluía de dentro de mim, e a dor tornara-se insuportável.

— Vá buscar o Dr. Pritchett — disse ela para o homem. E repetiu: — Droga, vá buscar o médico!

Ele pegou o chapéu e saiu lentamente, dizendo:

— Mas paguei um bom dinheiro, Ida Mae...

Abri a boca, e um longo grito saiu, como a mais alta das notas altas, no trompete dourado de Wing. O barulho sacudiu o vidro da janela e grudou como mosqueiro, nas paredes e no teto. E eu sabia que o que era para acontecer não estava acontecendo.

Capítulo 20

Minha filha nasceu antes do amanhecer e eu a chamei de Pauline, porque Love Alice tinha dito que era isso o que eu faria. Talvez somente quisesse que Love Alice tivesse razão.

Não tinha a menor ideia do que fazer com esse filhote. Desta vez, Ida permitiu que a Sra. Hanley viesse à nossa casa. Ela apareceu em uma quinta-feira, com a coluna ereta e lábios cerrados, e comentou o quanto eu havia crescido e como o bebê era bonitinho, embora eu não tivesse dúvidas de que ela ficou a par de tudo a meu respeito, por meio do reverendo. Ela mostrou-me como posicionar o bebê junto ao mamilo e como acariciar sua garganta para ela parar de chorar e conseguir mamar. Eu estava infeliz com Pauline nos braços, agarrada a um peito. Achava que deveria sentir algo amoroso, mas tudo o que eu fazia era dar aveia na sua boca e trocar sua fralda fedorenta, enquanto Ida me lembrava de onde Pauline tinha vindo. Ela me chamava de Jezebel e filha de Satã. Eu dizia a ela que *eu* era a filha de Jezebel, isso sim, e isto produzia uma briga tão grande em torno da Sagrada Escritura que o bebê acordava gritando.

Ao lado da minha cama, Pauline dormia em uma velha gaveta de cômoda. Para protegê-la nas noites frias, havia forrado as paredes com jornal e colocado mantas dobradas como um colchão, mas eu tinha que deitar e sair da cama sem fazer barulho para não acordá-la, e meu cantinho não era mais meu.

Quando ela completou alguns dias, Wing veio me visitar e ficou encostado na entrada da cozinha com as mãos no bolso. Ele foi educado com Ida e brincou com Pauline, mas não falou comigo. Por fim, pôs Pauline na gaveta e comprou parafina e uma caixa de sal. Depois, ficamos nos degraus da frente e, em um murmúrio, ele disse que se casaria comigo, se eu quisesse que Pauline tivesse um pai, mas eu falei de forma inflexível: "Não, obrigada, cuide da sua vida." E assim ele fez.

No fim do inverno, quando minha filha tinha começado a engatinhar e levar à boca tudo o que via pela frente, o Sr. Solomon Cross chegou à cidade — na nossa porta. Estava coberto de poeira da estrada, e não tinha um dos dentes da frente, o que o fazia assoviar quando falava. Ele tinha o gorro nas mãos e disse a Ida:

— Desculpe, senhora, estamos pavimentando a rua, e ninguém poderá viajar para o oeste por uns dois dias.

Ela o convidou a entrar, dizendo:

— Sou Ida Harker, esposa de Tate Harker, que morreu há muito tempo. — Pensei que Ida tivesse planos em relação ao homem, mas então ela serviu-lhe uma xícara de café e mostrou-lhe o meu bebê agitado, dizendo: — Esta aqui é Pauline. Uma criança muito saudável; e veja a mãe robusta que ela tem. A minha filha não é atraente, mas faz *quilts* perfeitos e um saboroso bolo de maçã; puxou a mim, neste detalhe. Seu nome é Olivia.

Ele acenou com a cabeça e disse:

— Sim, senhora, que família bonita! — E veio visitar-me na noite seguinte.

Desta vez, ele estava limpo. Tanto seu terno como suas maneiras destacaram-se como luzes cintilantes, na nossa pequena casa triste. Ele pediu para chamá-lo de Saul. O único lugar para visitas era a cozinha, portanto ele sentou-se, educadamente, à mesa. Eu me joguei, toda desengonçada, na cadeira, com as calças velhas de papai por cima da ceroula, duas camisas de flanela e o chapéu na mão, como se estivesse pronta para correr. Ida e eu tínhamos brigado muito a respeito da roupa, e eu insisti que eu era daquele jeito e não iria mudar. Saul pareceu não se importar.

Era um homem atarracado e meio calvo, mas tinha bons modos e seus olhos eram de um tom azul que eu jamais vira. Ele me contou que ganhara dinheiro trabalhando nas estradas, mas estava disposto a se fixar e encontrar algo mais em Pope County, se pudesse me ter como esposa. Disse também que assumiria Pauline e alugaria uma casa. Ida gritou do quarto que aquela era uma casa boa e havia espaço suficiente, se nós não nos incomodássemos em dormir na alcova, até o coveiro levá-la do quarto da frente, o que seguramente aconteceria em breve. Saul concordou.

Resolvi consultar Love Alice. Eu deveria me sentir envergonhada em ir lá depois de tudo o que tinha acontecido, mas a Sra. Hanley pegou Pauline no colo, me abraçou como eu imaginara que faria, e me colocou na cadeira de balanço, na varanda. Ela levou Pauline para dentro de casa e voltou com um copo de limonada. Em vez de perguntar por Ida, ficou embalando o bebê. Fechei os olhos e bebi a bebida doce, tentando, a todo custo, fingir que tinha 9 anos, mas não conseguia me concentrar, com Pauline balbuciando e a atenção que a Sra. Hanley lhe dava. O tempo tem um modo de tirar as coisas da gente, e é verdade o que dizem: não se pode voltar ao passado.

Logo, Love Alice surgiu na rua. Quando me viu, derrubou os pacotes que carregava, fazendo sua sogra estalar a língua. Depois, correu até a varanda e me deu um abraço apertado.

— Olivvy — gritou ela com sua voz engraçada. — É tão bom vê-la, e isto é a mais pura verdade!

Sentira falta da voz dela, dos grandes olhos escuros e das pintas, que lembravam as asas de um pardal. A Sra. Hanley levou Pauline para dentro.

— Senti tanto sua falta, Love Alice.

— Ah, tem sido difícil, não é? — disse ela.

— Por favor, prometa que irá me visitar de vez em quando.

Ela sentou-se na varanda e cruzou as pernas, ajeitando o vestido.

— Eu vou, Olivvy. Faço compras lá às quartas-feiras, quando tenho uns níqueis.

— Não é isso que quero dizer — falei, pousando o copo. — Estou dizendo para você ir à cozinha. Vou fazer chá, como quando éramos crianças.

— Isso faz muito tempo. — Love Alice parecia querer evitar a visita. — A Sra. Ida vai estar lá.

— Não se importe com Ida. Cuidarei dela. Por favor, vá. Tenho um pote de picles doce que você gosta e pêssego. Que tal?

— Hum?

— Tenho que tomar umas decisões, como aceitar o pedido de casamento de Saul Cross e levar Pauline.

— Ele parece um homem bom.

— Mas me assusta, sabe? Ficar com um homem para sempre. Especialmente um escolhido por Ida.

— A mim, não. Eu num quero ninguém mais, a não ser o Junk. — Ela ficou de joelhos e olhou bem nos meus olhos. — Case com ele, O-livvy. Vai dá tudo certo. Vou visitar você na terça-feira.

Capítulo 21

Saul e eu nos casamos no quintal. Meu cabelo estava preso em uma trança, com um laço, e usei um vestido verde, longo, para cobrir as botas, que eram as únicas que possuía. A maior parte da cidade apareceu, certamente por consideração à memória de papai. Eles beberam chá gelado e cidra. Outros se reuniram perto do celeiro. Enquanto Ida servia bolo aos brancos, os negros ficaram na parte dos fundos, arrumando frango frito em pedaços de jornal e fazendo um cumprimento com a cabeça, quando passavam diante da sepultura de papai. Love Alice me mandava beijos. Eu estava nervosa e prestes a chorar, sacudindo Pauline apoiada nos quadris, e talvez por isso Ida não tenha dito nada sobre Junk e Love Alice, sobre sua mãe ou a Srta. Dovey e todos os seus amigos e parentes, que comiam a distância, perto do cercado das cabras.

Mais tarde, Wing veio até a cozinha, onde eu estava sentada em uma cadeira de espaldar alto, e perguntou se eu realmente amava Saul. Eu respondi que não poderia, uma vez que eu mal o conhecia; e perguntei por que isso, afinal de contas, lhe interessava. Ele disse que provavelmente arranjaria uma esposa e tentaria, junto com ela, fazer o hotel dar certo. Eu disse para ele ir em frente.

Capítulo 22

Quatro anos depois, Wing foi a uma convenção de hotéis em Paramus e trouxe de volta consigo uma tal de Grace Marie Saunders, um tico de garota com olhos enormes. Eu a vi poucas vezes — era tão magra que Wing poderia fazer um círculo com as mãos em volta da sua cintura — mas todo mundo gostava dela. Ela parecia estar sempre com frio, enrolada em um suéter ou fungando em um lenço. Contudo, ela dizia a Little Ruse que estava bem e, afinal, tinha o amor de Wing para mantê-la aquecida.

Não fui ao casamento deles, mas Saul foi, porque queria ser amável. Ele usou o terno puído, penteou o cabelo, jogando alguns fios por cima da careca e dirigiu o caminhão de Ida até a igreja branca, na estrada. Contou que, depois da cerimônia, as pessoas foram para o saguão do hotel, onde foram servidos sanduíches do tamanho do seu polegar e ponche com fatias de limão. Disse também que a Srta. Grace parecia uma princesa de contos de fadas, com um vestido de flores e renda, e que Wing não tirava os olhos dela. Saul era muito esforçado. Ele trabalhava para o Sr. French na loja de ferragens, porque sabia distinguir uma porca de borboleta de uma arruela de aperto; e era capaz de achar um parafuso de cabeça chata em um barril de parafusos de máquina. Ele sabia um pouco de tudo. Se alguém precisasse de um reparo de encanamento ou colocação de piso, Saul era a pessoa certa. Se ninguém o chamasse por algum tempo, ele mesmo saía à procura de algo para fazer.

Aos sábados, Saul fazia um tributo à memória de papai, acionando o alambique no barracão e produzindo sua própria bebida de domingo. Houve uma época em que agentes da Receita Federal atormentaram papai, chegando até a enviar um policial federal à nossa casa uma vez. Mas, aparentemente, o governo, agora estava mais preocupado com outras coisas, porque deixavam Saul em paz. Embora o dinheiro andasse mais escasso do que nunca, os clientes apareciam: os homens provavam o uísque às escondidas, enquanto as esposas compravam algumas mercadorias. Ida já não entretinha cavalheiros em casa, mas passou a andar de cima para baixo, pregando o Evangelho do Espírito Santo a vizinhos, que diziam que ela parecia ter enlouquecido novamente. Ida os chamava de caluniadores e mandava todos para o inferno.

Enquanto Saul produzia bebidas alcoólicas ilegalmente e vendia ferramentas, eu fazia *quilts* e vendia alguns. No verão seguinte, ele construiu uma barraca para mim, no final da Farm Road One, na estrada que vai até Paramus. Nos fins de semana, eu ficava lá, com o chapéu na cabeça e algumas notas para troco. De vez em quando, as pessoas paravam seus carros e, por 4 ou 5 dólares, levavam um *quilt* para casa.

Embora nunca falássemos sobre isso, ou sobre nada mais que realmente importasse, Saul e eu educamos Pauline da melhor forma que nos era possível. Quando ela estava com 3 anos, ele foi até a sede da comarca e preencheu alguns papéis registrando-a no seu nome. E também era generoso com Ida. Não exigia nada de mim, exceto que preparasse o jantar, o que era bom, porque uma dor terrível ocupava a minha cabeça e o meu coração, tornando-me inútil para qualquer outra coisa.

Por fim, fui até o Dr. Pritchett para ser examinada, e, para minha vergonha, ele disse que eu estava bem e que, provavelmente, era tudo coisa da minha cabeça. Eu sabia o que ele queria dizer: se minha mãe era louca, eu também deveria ser. Eu disse a Ida e Saul que tivera uma gripe, mas estava melhor. Nunca mencionei minha dor novamente, nem a mim mesma. Em vez disso, plantei o dobro de abóbora, perto da varanda dos fundos, e preparei outra área para as batatas-doces que plantaria quando o tempo mudasse. Cavei com a enxada até não conseguir esticar as costas, e à noite cortava tecidos e costurava até adormecer com a cabeça na mesa.

Pouco tempo depois, Saul e eu conversamos a respeito do problema de Ida, o quanto ela me atormentava e era desagradável com Pauline, que, por sua vez, já estava ficando rebelde demais. Ida não aguentava mais ter a menina dormindo no seu quarto; portanto, à noite, levávamos o berço de Pauline para o armazém e o trazíamos para o quarto de volta, pela manhã. Entretanto, os pesadelos de Pauline nos mantinham acordados. Um dia, Saul pegou o caminhão de Ida e foi até Buelton, onde comprou madeira suficiente para começar a fazer um barraco, do outro lado do quintal. Ele construiu um quarto com apenas uma janela e uma porta, no lado sul. Arrastei a cama para lá e paguei a Big Ruse 50 centavos por uma cadeira.

Em uma manhã de outono, fizemos a mudança de Ida para o barraco. Acho que, no fundo, ela estava satisfeita com a atenção de Saul, e vinha para o café da manhã, o almoço e o jantar. Ela conversava com Saul e tomava chá na cozinha. Eu a servia em silêncio, mas toda noite, depois do jantar, eu a mandava para casa. Eu comemorava cada minuto que podia passar sem a presença desagradável de Ida. E, em todos aqueles anos, nunca abri a porta do porão.

Saul estava colocando uma cobertura de papel de piche na casa de Ida, quando, às 16 horas de um sábado, sofreu um ataque do coração e morreu. De certa forma, não fiquei surpresa, porque ele trabalhava em excesso e gostava demais dos meus bolos de açúcar mascavo. Enterrei-o no pé da montanha, bem onde a terra começa a se elevar. Não chorei. Estava cansada de lágrimas, embora não derramasse nenhuma havia muitos anos.

Pauline, por outro lado, ficou arrasada.

Passou a agir descontroladamente, e, no fundo do meu coração, eu entendia esse comportamento. A ausência do amor é um grande espaço vazio que tentamos preencher com qualquer coisa que esteja na nossa frente. Quando estava com 14 anos, Pauline passou a andar com uma turma que ia de uma espelunca a outra, em um velho calhambeque. Uma noite, na primavera, saiu de casa.

Em vez de ficar remoendo para tentar descobrir em que ponto a vida começara a sair dos eixos, parecia mais fácil aceitar a situação e pensar que, o que tem que acontecer, simplesmente acontece, e pronto. Saul estava enterrado na colina, Ida vivia no barraco, e, em algum lugar, Pauline estava bêbada. Eu, no entanto, costurava freneticamente, e cavava, plantava, colhia e enlatava. Ergui duas plantações de batatas, nabos, mostarda verde, beterraba e pimentão vermelho e amarelo, para vender no armazém. Além disso, construí um galinheiro e comprei mais quatro galinhas poedeiras e um galo. Vendia ovos a 1 centavo cada e, com isso, comprei mais duas galinhas. Quando o jumento morreu, comprei outro — Ida decidiu chamá-lo de Sanderson II — e o amarrei num arado. Não havia um centímetro de terra que eu não remexesse, exceto a sepultura de papai.

Por volta de outubro, quando tinha dado tudo de mim, pousei a enxada e deitei no chão, como costumava fazer tantas noites durante a minha infância. Ansiava por uma mudança, mas não sabia exatamente como.

Capítulo 23

Enquanto isso, no Kentuckian, a Sra. Grace Harris, ao que parece, não estava nada bem — na realidade, ela havia piorado consideravelmente. Love Alice havia me contado que Wing andara com ela por todo o estado, no seu Ford, procurando um médico que pudesse curá-la. Mas eles diziam que o problema era uma espécie de complicação nos dois pulmões, e não havia cura. Por fim, Wing a enviou ao sul da França, para tomar sol. Ele precisou pegar dinheiro emprestado com Big Ruse para isso. Mas, quando ela voltou para casa, os médicos recomendaram que ficasse num pulmão de aço. A Sra. Grace disse que aquilo não era jeito de viver, presa a uma máquina para poder respirar. Eu sabia disso mais que ninguém. Ela ficou no hotel. Wing separou dois quartos no andar de baixo para ele e a mulher, deixando o restante para os hóspedes.

Nunca fui visitá-la, mas prestava atenção quando as pessoas falavam dela; e dele. De acordo com Love Alice, que sempre me dava notícias, ele não tocava mais trompete, nem saía do hotel, já que a Sra. Grace ficava o tempo todo na cama, onde permaneceu durante uns seis anos.

Às vezes, naquele tempo, Ida saía do barraco e ficava me observando, enquanto eu cavava. Para me irritar mais ainda, deixou de pentear o cabelo e nunca tomava banho, usando um vestido de flanela, até cair do seu corpo. Ela dizia que eu era maluca por deitar no chão ao fim de cada dia, mas eu ria e dizia que podia ouvir a batida do coração da terra.

Um dia, Pauline apareceu na minha porta, carregando uma manta azul toda suja. Era como se o tempo tivesse voltado, e aquela fosse minha própria filha sendo entregue a mim. Mas não era. Era uma nova vida. Eu peguei aquela coisinha pequenina, sentei no chão do armazém, e acariciei o bebê com meu rosto.

— Ele não tem nome — disse Pauline.

Ela estava usando sapatos de salto alto e quebradiço e seu cabelo estava oleoso. Parecia envelhecida, embora fosse apenas uma criança.

O bebê cheirava a azedo, como se nunca tivesse tomado um banho na vida. Seu couro cabeludo estava cheio de crostas, e seu corpo era quase da largura do meu pulso.

— Ele vai se chamar William Tate Harker — falei. — Em homenagem ao meu pai.

Ela balançou a cabeça negativamente.

— Harker, não. Ele é Cross, como você, eu e papai Saul.

Concordei.

— William Tate Cross, então.

O rosto dela estava sujo de terra. Ou, talvez, de lágrimas. E o do bebê também. Fiquei embalando meu neto.

— Ele está precisando ganhar peso.

— Eu sei.

— Vamos dar-lhe mel misturado com um pouco de leite. E ovo.

— Você faz isso, mãe — disse ela. — Não posso ficar.

— O quê?

— Preciso que fique com ele.

— Pauline...

— Estou indo para a Califórnia. Vou trabalhar no cinema. Eu sou bonita, não acha? E o bebê vai me atrapalhar. Ele não vai dar muito trabalho a você, é bonzinho. Nunca chora.

Deus misericordioso! Uma coisinha pequena e ferida tinha vindo parar no meu armazém. Mas eu amei este filhote, antes mesmo de tirar sua manta. Nunca me senti tão triste na vida como quando Pauline nos deixou, saindo pela porta e entrando num carro cheio de jovens desvairados, que esperavam por ela na estrada.

Capítulo 24

No início, pensei que Ida estivesse completamente maluca. Ela ficava do lado de fora, à noite, mesmo no vento e na chuva, com o cabelo esvoaçando e uma manta de crina de cavalo, velha, jogada nos ombros. Então percebi que ficava olhando pela janela, espreitando o menino e a mim com sabe Deus que intenções. Uma única vez, eu me perguntei se ela se sentia solitária, mas na mesma hora me dei conta de que eu sentira a falta de uma mãe desde o dia em que nasci. Era a vez dela sofrer. Entretanto, depois disso, quando o tempo estava ruim, eu deitava o bebê, ia lá fora e a levava para a cama. Em algum lugar, ela arranjara um cachimbo de espiga de milho. Eu trazia fumo, e ela fumava a noite toda.

Na casa, ficávamos somente Willem e eu, e não demorou muito antes que ele começasse a engatinhar, andar e pedir doce.

Eu cuidava do armazém, fazia meus *quilts* e ensinava Willem a ler, na mesa da cozinha. Quando ele estava com 6 anos, eu o levava diariamente à escola. Eu dizia a ele que a única regra que regia nossas vidas era amar um ao outro e a nós mesmos — o que eu tinha que dizer repetidas vezes, porque Willem tinha idade suficiente para ver que eu não incluía Ida nessa regra. Mesmo assim, ele a amava.

Ida vivia na cama, lendo a Bíblia e reclamando de tudo. Ela comia a comida que eu lhe trazia e, embora tivesse permissão de ir até a nossa casa na hora da refeição, ela quase nunca aparecia. Quando Willem ficou um pouco maior, eu passei a pedir que ele levasse um chá ou uma xícara de café para ela. Duas vezes, eu a ouvi aconselhando-o para ser gentil e prudente. Willem a cobria, quando ela adormecia. Mais de uma vez, ele apagou seu cachimbo. No início, eu me aborreci com o fato de ele conseguir gerar esse tipo de comportamento da parte dela, enquanto eu jamais consegui. A verdade é que Ida e eu éramos uma roda-gigante de mágoas e ofensas, uma corrida descontrolada que jamais pararia.

Willem estava ficando bem alto, e dono de uma personalidade tão honesta e correta, como eu jamais tinha visto. Tinha o cabelo louro da mãe, e seus olhos eram grandes e redondos. Não temia o trabalho, e, na falta de uma arma, que eu não o deixava ter, ele criava armadilhas inteligentes, nas quais pegava coelhos e gambás, que ficavam fibrosos e duros quando cozidos — mas eu ficava agradecida pela carne. Ele não trazia para casa nada que não pudéssemos comer. Além disso, gostava de ler. Fazia isso à noite, em voz alta, até que eu tivesse ouvido toda a obra de Mark Twain e William Faulkner, enquanto eu ficava sentada, bordando meus acolchoados.

Acima de tudo, embora eu tentasse dissuadi-lo, Willem tinha uma imensa aptidão para se preocupar com bichos feridos. Eu achava que, por mais que eu tentasse, ele não poderia ser diferente. Era uma criança tranquila, generosa, com uma característica teimosa que eu achava ter herdado de mim.

Ainda bem que ele nunca questionou sobre a porta trancada do porão.

Capítulo 25

Porém, agora, Ida matou a loba. Enquanto ainda é cedo, Willem e eu enterramos o animal no lado norte de um rochedo — o único lugar na colina com a terra macia o bastante para isso. Depois, acendi o fogão no canto da cozinha, e encontramos um pedaço de madeira velha para bloquear o frio que entrava pela janela aberta. Sentamo-nos à mesa para tomar chá e comer pão com geleia que eu havia reposto. No canto, está o rifle de papai que eu arranquei das mãos de Ida. Não levei café da manhã para ela.

— Acho que não adianta ir procurar os filhotes — diz Willem, olhando para a xícara.

— Tem razão.

Nunca hesitei em contar nada a Willem, sobre como éramos pobres, embora ele não pareça entender muito bem. Ele anda como se possuísse coisas finas e fosse o homem mais rico das redondezas.

— Estamos perto do nosso último dólar — digo, afastando-me dos filhotes.

Ele lambe geleia do lábio superior.

— Posso arranjar outro emprego. Posso trabalhar no balcão da botica de Dooby, de vez em quando, em vez de somente limpar; ou no Ruse's Café, para o jantar de domingo. Talvez Wing precise de ajuda no hotel.

Diante da simples menção do nome de Wing, meus pensamentos estouram como pérolas e rolam na mesa.

— Você tem escola. Quando salta do ônibus, já são quase 17 horas, e ainda tem que ajudar no armazém. Depois, tem que fazer os deveres de casa.

Willem passa o dedo dentro do pote de geleia.

Eu bato na sua mão.

Ele sorri.

— Se a mulher de Wing morrer, vocês podem casar, e possuiríamos a metade do hotel.

— Willem!

A esta altura, eu já sabia como não ficar ruborizada quando ele falava desse jeito, mas isso me incomodava tremendamente.

— Aí poderíamos morar lá.

— E fazer o que com Ida? E o armazém?

Ele revira os olhos, toma a última gota do chá e limpa a boca com as costas da mão. Depois, observa a segunda metade do pão, dobra-a ao meio e enfia quase tudo na boca. Então, se levanta e veste o casaco, o gorro e enrola o cachecol em volta do pescoço.

— Tem cheiro de lobo aqui — diz ele, tomando meu chá para ajudar a engolir o pão. — Se tivéssemos aqueles filhotes, eu cuidaria deles. Eu os alimentaria e seria a mãe deles.

E sem esperar por uma resposta, ele sai da cozinha e para na porta, com a lancheira e a mochila. Eu o observo da janela. Em alguns minutos, o ônibus da escola para na rua coberta de gelo. Willem desce os longos degraus da frente e sobe no ônibus, que se afasta levando-o a Beulton, à nova escola. Ele não está feliz; preferia ficar na montanha, procurando filhotes.

Ainda não estou pronta para pôr a placa "ABERTO" na porta do armazém. Lavo a louça, arrumo minha cama e a do menino, observo meu rosto no espelho da cozinha e me pergunto se é o espelho ou meu rosto que está sardento e enferrujado. Solto e escovo o cabelo e refaço a trança. E com um suspiro tão alto que aposto que Ruse pôde ouvi-lo no café, coloco a capa e o chapéu e dobro, sobre o braço, a manta onde a loba dormia. Então, sem nem olhar para o barraco de Ida, dirijo-me para a montanha, para o lugar onde havíamos encontrado a loba.

É final da manhã, e o sol está alto e fraco. Os dois lobos que tinham sido atingidos desapareceram; com certeza arrastados por abutres. Sua carne salvou algum outro bicho. Na luz do dia, a toca da loba não é difícil de ser vista. Ela estava alojada em uma pequena caverna, a aproximadamente 3 metros de onde foi ferida, e onde tivera seus filhotes. Posso imaginá-la, ontem, deixando seu esconderijo, talvez afugentando os caçadores dos filhotes; seis filhotes.

O choro deles é fraco, e eles mal se mexem. Quando verifico de perto, descubro que três estão mortos e os outros choramingam como ratos. Estão tristes e famintos. Com as mãos, cavo um buraco na neve e enterro os que estão mortos, já que não posso pensar em abutres e falcões devorando-os. Depois, enrolo os outros na manta de lã que está com o cheiro da mãe. Cada um deles pesa menos que uma colher de prata.

Capítulo 26

Love Alice apareceu para uma visita, porque hoje é terça-feira, e, enquanto faço chá com gengibre e cravos, ela observa ao redor. Ela faz isto toda semana, como se fosse a primeira vez que vem à minha cozinha, e, todo o tempo, ela fica cantarolando "Amazing Grace" e "Come Down Lord". Então pousa os olhos em algum objeto ou num livro, ou no *quilt* que estou fazendo e diz a sua verdade. É assim que ela sempre chama o que consegue antever: verdade.

E é também como chama os filhotes. Ela adora os bichinhos, do tamanho da mão dela; e senta no chão para acariciá-los, dizendo com uma voz que soa como o canto de um passarinho:

— Olha só essa coisinha!

Mexo o leite na panela e acrescento um pouco do xarope de milho, antes de torcer a ponta de um pano de prato e mergulhá-la na panela. Pego um filhote e abro a sua boca, mas meu dedo é grande e áspero e eu fico desajeitada. O filhote suga.

— Eu nunca soube como cuidar de um filhote — digo.

— O-livvy, você tá fazendo um bom trabalho. Eles estão adorando mamar e adoram você também. — Eu olhei para ela.

Antes de ficar satisfeito, o filhote para de sugar. Eu o coloco na caixa e pego o segundo.

— Isto nunca vai funcionar — digo. — Tenho que descobrir uma maneira de dar comida a eles.

— Você vai dar um jeito — diz ela, sentando-se à mesa para esperar pelo chá.

A verdade é que não posso comprar leite para os filhotes, para o menino e para Ida. Ida terá que abrir mão do dela — eu lhe darei uma xícara de chá com o jantar e acrescentarei uma gota de mel. O segundo filhote não suga nada. Então, torço o pano com o dedo e tento, de todas as formas, fazer descer o leite por sua garganta. Mas seus olhos estão fechados e ele se esforça para respirar. O terceiro mama um pouco e adormece. Eles irão morrer, e espero que seja rápido, antes que Willem volte para casa. Quando os filhotes estão de volta na caixa, sirvo o chá, sento e retorno ao meu bordado.

Então o sino toca na porta do armazém, e eu me levanto para atender. O Sr. Haversham escolhe algumas batatas e uma lata de creme de milho. Registro a mercadoria na barulhenta caixa registradora que temos há muito tempo e ponho as coisas em uma sacola de papel.

Na cozinha, Love Alice está examinando o *quilt* no qual trabalhei tanto que meus dedos estão sangrando, em volta dos calos.

— Este *quilt* é perfeito — murmura.

Pego a linha e minhas mãos parecem voar com o enlaçamento dos nós.

Ela senta-se em frente a mim e ajeita os pés cobertos pelas meias. Seus olhos estão opacos.

— Sabe de uma coisa ... — diz ela.

Uma previsão está vindo.

— Um velho gordo e rico vai dormir neste *quilt*. Ele ama a mãe. É ruim que nem cobra com a esposa, mas realmente ama a mãe. Ele tem um cachorro... não, dois. E tem medo de escuro.

E sem parar, ela segue falando, até eu levantar os olhos. Eu conheço Love Alice há muito tempo. Antes de me dizer o que vê nos meus olhos, ela confere se eu quero saber.

Ela se levanta da cadeira e perambula pela cozinha, com seu vestido preto disforme, pousando a mão nas coisas: xícaras no escorredor, pegador de panela, a maçaneta da porta do porão.

— Que é que tem aqui, O-livvy, se cê não se importa que eu pergunte.

— Escada. Para o porão.

Ela inclina a cabeça como o primeiro pintarroxo da primavera, atento às minhocas.

— Aham — diz ela. — Esta porta tem de ser destrancada.

— Isto é apenas o local de trabalho do papai.

— Tem de ser destrancada — insiste ela, dando de ombros.

Verto mais chá nas xícaras.

— Fui lá embaixo ontem.

— Vá novamente.

— Por quê?

— Porque o que você pensa não é o que é. Mas é um começo.

— Vamos falar de outra coisa. Como está Junk?

— Está ótimo. — Ela se aproxima da mesa e põe açúcar na segunda xícara de chá. — Como vai a Sra. Ida? Bancando a boba, como sempre?

Love Alice me faz rir, e eu me levanto para buscar uma fatia de folhado de maçã desidratada e um garfo.

— Exatamente como sempre.

Ela se aproxima, coloca a mão sobre a minha.

— Você leva esse *quilt* à casa do senhor Wing. Ele tá começando uma loja, onde tem vassoura, vela e tal. Ele pode vender seus *quilts*, também. E, além disso, o senhor Harris é um doce. Sua esposa vai nos deixar logo.

Eu olho para ela.

— Como sabe disso, Love Alice? Como pode ter certeza?

Ela sorri. Eu sempre me admirei com o tamanho dos seus dentes.

— Não importa como eu sei que ela vai embora. O que você realmente quer saber é: o que vai acontecer depois? Será que ele vem procurá você numa linda carruagem branca, com flor na mão?

Eu espeto o dedo com a agulha, xingo e chupo o sangue que começou a escorrer.

— Tudo bem — diz ela, enfiando o garfo na maçã. — Num é nenhum segredo. Cê quer saber. Eu digo. Ele tá pedindo a Jesus para levá a alma dela para o céu. — Love Alice inclina-se para chegar mais perto de mim. — O-livvy, o que você e o senhor Harris faziam não era errado.

— Foi há muito tempo.

— Cês nasceram um pro outro, que nem terra e água. — Ela põe um pedaço do doce na boca. — Se eu tiver mentindo, pode levar esse doce de volta, mas eu tô falando a verdade.

Eu pouso a agulha e olho para ela.

— Eu pus um fim nessa história há 20 anos. Não é fácil viver dia e noite daquele jeito obcecado; sem pensar em mais nada.

— É, mas mesmo assim — diz ela, acenando com a cabeça. — Isso é uma verdade.

Permanecemos em silêncio, e ela passa o dedo sobre o prato para apanhar as migalhas.

— Bem, tenho que pôr as bota e ir embora. Muito obrigada pelo chá.

Eu coloco a mão no bolso do avental e ponho 1 níquel na mesa.

— Obrigada por sua companhia.

Esse é o preço de uma previsão ou talvez apenas um presente para uma amiga, e eu sempre deixo um dinheiro para ela.

E ela sempre abre a carteira e guarda a moeda.

— Love Alice — digo. — Às vezes, quando está na cidade, você vai à farmácia, ao correio, ao hotel...

— Diga o que você quer, O-livvy.

— Você... alguma vez olhou nos olhos de Wing Harris? Você viu... as verdades dele?

O sorriso é como o nascer do sol.

— Ah, sim. Vi algumas coisas. Ele está afundando em mágoas.

Quero perguntar se sou parte dessa dor ou se posso ajudar de alguma forma. Mas parece demais perguntar, e mais ainda saber a resposta.

Capítulo 27

Fico atenta ao sino do armazém. Enquanto isso, jogo comida para as galinhas, ordenho a cabra, quebro o gelo nas cumbucas, removo a neve e aqueço água para o banho na varanda dos fundos. O vapor sobe da tina, queimando os dedos e embaçando as janelas. Eu penduro lençóis e roupa de baixo na corda do lado de fora, e elas congelam, antes mesmo de eu colocar o último pregador no lugar. Depois, a neve começa a cair com tanta força e escurecendo tanto o céu, que eu preparo mais cedo o guisado, batatas e cebola e uma perna de coelho, que Junk deixou na varanda. Levo a porção de Ida com pão esmigalhado, coloco em uma caixa e me afasto, antes que ela possa proferir alguns impropérios.

Quando o garoto volta para casa, ele vê os filhotes.

— Eu sabia que você os traria — diz ele, com um sorriso de orelha a orelha.

Saio para atender os fregueses, e às 18h, viro a placa de "FECHADO" na porta.

— Eles dão muito trabalho — digo, pondo o guisado em duas vasilhas na mesa.

Eu conto a ele como preparei o leite e tentei alimentá-los, que é um trabalho sem fim.

— Não espere que eles sobrevivam, Willem. Eles não são feitos para ficar sem a mãe. — Corto o pão e trago a manteiga da caixa que fica na varanda.

— Vou cuidar deles, vó. Farei tudo. — Ele põe os filhotes na caixa e vem para a mesa.

Quero dizer-lhe que responsabilidade é bom, mas não garante nada. Bichos vivem e morrem. Em vez disso, sirvo o último pedaço de folhado para ele. Encho xícaras de chá quente com leite de cabra. Sento para jantar e pigarreio.

— Willem, ouvi dizer que Alton Phelps está querendo comprar um burro.

Willem levanta os olhos arregalados.

— Você não está pensando no Sanderson II! Ele é velho demais e está todo derreado e alquebrado. E também é teimoso...

— O que eu ouvi dizer é que ele só quer algo para manter os coiotes longe dos cordeiros na parte sul.

Só de imaginar a cena me dá vontade de rir. Se não estivesse quase morto, aquele burro faria aqueles cordeiros de almoço. Ainda assim, acho que vou remover o gelo do caminhão de manhã, e colocar o velho Sanderson II na carroceria. Faz muito tempo desde a última vez que fui à casa dos Phelps. Tento não me lembrar disso.

Willem limpa o prato com o pão e olha em torno para ver se tem mais.

— Vá em frente — digo. — Coma tudo.

— Você não vai nem falar com a Ida? O burro é dela — diz Willem, sorrindo.

Ele adora as velhas histórias que meu pai me contava de Ida fazendo o circuito de pregação. Diz que não consegue imaginá-la galopando no burro.

— Ida atirou no lobo — digo. — E quanto ao burro, o Sanderson I é que era dela. Aquele burro velho vai trazer algum dinheiro e me dar uma chance de confrontar Phelps sobre os lobos.

— Ah, vó.

— Irei de manhã. Depois, vou falar com Dooby e perguntar se há algo que possa ser feito para os filhotes. Enquanto estiver na cidade, vou levar alguns *quilts* ao hotel do Wing, para ver se ele pode exibi-los na sua nova loja de presentes.

Willem pigarreia.

— Muito bem, então — diz ele, abaixando a cabeça e achando que, dessa forma, não vou perceber que ele estava sorrindo.

Capítulo 28

Na manhã seguinte, coloco capa e chapéu. Com a espátula de panqueca, removo o gelo das janelas do caminhão. Como não caiu mais neve na sombra do celeiro, o sangue da loba ainda colore a neve, e eu chuto e piso duro sobre a mancha, até ela praticamente sumir. Então, ligo o velho caminhão, deixando-o chocalhar em marcha lenta. Ele me faz lembrar um que papai tinha quando eu era criança, que ele dirigia na noite em que morreu. Exceto que este tem maçanetas na porta. A tampa traseira foi arrancada e a ferrugem se espalhou, substituindo a maior parte da pintura.

Levo o veículo até o quintal de Ida, coloco umas madeiras no chão e guio o Sanderson II para a carroceria do caminhão. Ele está ossudo como uma asa de frango. Eu o prendo bem firme com a corda nos quatro cantos. Ida não sai do barraco, o que é uma coisa danada de boa. Esta cena parece uma piada, esse burro velho sendo carregado com a cabeça erguida e zurrando, como se precisasse chamar mais atenção.

A oeste da cidade, as ruas estão sendo limpas por homens que vivem para servir os Phelps. No verão, tornam-se seus jardineiros, vigias e assistentes particulares. Willem os chama de guarda-costas.

A terra neste ponto da cidade é demarcada por cerca branca, e a neve gruda nas centenas de magníficos pinheiros silvestres. Esta floresta particular dificulta a visão da casa. Lembro que Phelps se acha um caçador hábil, e ouvi falar que expõe seus troféus para todo mundo ver. Queria saber como a mulher dele aguenta ter todas aquelas coisas mortas em casa.

Atravesso a longa entrada curva, passo pela porta da frente, onde um homem está montando guarda, e dou a volta até os fundos — com Sanderson II zurrando e dando coice na carroceria do caminhão. Estaciono no mesmo lugar em que papai parou a carroça naquela tarde, quando embarquei escondida na parte de trás. Bato na porta.

A Sra. Phelps está na cozinha, o que me surpreende, já que seu marido tem dinheiro suficiente para contratar três ou quatro cozinheiras. Ela está corada e bonita com seu vestido amarelo, tirando tortas de pêssego do forno. Fico na entrada, com o chapéu na mão, exatamente como faria meu pai.

— Cozinhando. É como me mantenho ocupada, Olivia — diz a Sra. Phelps com um sorriso acolhedor.

Ela me serve café, embora eu tenha dito que não queria. Após servir-se de uma xícara, sentamo-nos à mesa, na sua enorme cozinha brilhante. Gostaria de poder fazer negócio com ela e não ter, sequer, que ver o seu marido.

— Tenho certeza que ele vai ficar com o burro — diz ela em tom amável, tocando minha mão. — Diga que você quer um bom dinheiro por ele, Olivia. Nem um centavo a menos de 20... não, 30 dólares.

Olho o café escuro e o creme espesso que ela acrescentou e digo:

— Ele não vale tanto assim.

— Você é igualzinha a seu pai — diz ela, encostando na cadeira. — Até fisicamente.

Não consigo evitar levar a mão ao rosto, embora as cicatrizes tenham desaparecido.

Ela balança a cabeça.

— Uma vez, quando eu era pequena e morava naquela casa próxima a Rowe Street, você sabe onde é, Olivia, uma grande e verde, caindo aos pedaços já naquele tempo, o seu pai veio à nossa casa.

Ela está dizendo que não nasceu em berço de ouro, que somos parecidas quanto às nossas origens.

— Tínhamos um cachorro de pelo dourado, já velho. Acho que era caçador quando era novinho, e meu pai o adorava. Todos nós o adorávamos. Ele perseguia os esquilos no outono; nunca conseguimos fazê-lo parar com esse costume. Uma vez, ele caçou e comeu um bicho estranho na floresta. O seu pai foi até a nossa casa na carroça. Deu uma olhada no animal, e o levou para casa, enrolado numa manta. Você estava lá, Olivia, sentadinha, toda orgulhosa, com seu macacão vermelho; e eu a invejei por ter um pai tão bondoso.

Bebo um gole do café em silêncio.

— Quando uma mulher se casa, ela procura um homem parecido com o pai, sabia, Olivia?

— Não senhora.

— Eu casei com um homem parecido com o meu pai. — Ela franze o cenho. — Enfim, fomos até a sua casa para ver o cachorro... esqueci o nome dele... e o seu pai nos levou ao porão. E lá estava o velho cão de caça, comendo carne de frango cozida. Quando nos viu, ele sentou no cercado e nos olhou com a cabeça levantada e a língua de fora, parecendo mais saudável que nunca. O seu pai disse que o levaria de volta em alguns dias, e assim o fez, e nunca nos cobrou um centavo por isso. Quando todos saímos correndo para dar as boas-vindas àquele cachorro amarelo, ele estava confortavelmente instalado no banco da carroça, com a cabeça no colo do seu pai. — Ela ri, como se fosse uma boa recordação que não tinha há muito tempo.

Sorrio com ela.

— O nome dele era Governador.

— Ah, meu Deus!

Ela leva o avental à boca e ri novamente, e os minutos na cozinha brilhante são tão bons que não quero que passem. Contudo, eu me levanto.

— Sim, claro — diz ela, esfregando os olhos. — Você veio por causa do burro. Vou levá-la ao escritório do meu marido. Eu acho que ele está sozinho esta manhã. Quando resolver tudo com ele, volte pela cozinha, quero dar-lhe uma torta de pêssego para levar para casa.

— Ah, não precisa...

— Por favor, aceite como um gesto de gratidão pelo Governador.

Ela me conduz por um longo corredor, uma entrada de mármore e sob um enorme arco brilhante. Ela bate levemente na porta e põe a cabeça do lado de dentro. Eles trocam algumas palavras em voz baixa, até que, finalmente, ela abre a porta. Antes de me dar conta, estou em frente à mesa de Alton Phelps; uma coisa gigantesca que dá para ver o rosto refletido na superfície. Do outro lado da mesa, Phelps é um homem pequeno e pálido, com a cara enrugada. O seu cabelo é horrível, caído nas costas e nos lados, talvez para compensar o que falta no topo.

— Sra. Cross — diz ele, sem levantar os olhos dos papéis na sua mão.

— Sr. Phelps — digo, segurando o chapéu e sentindo calor, por causa da capa.

Ele põe os papéis em uma gaveta, fecha-a e tranca-a com uma chave. Bem acima dele, há uma cabeça de alce com chifres de umas dez... ou 12 pontas. Há também um javali peludo na vitrine, na parede distante, além de outros bichos empalhados, acima da lareira, na mesinha de centro, e em todos os cantos. As armas estão expostas em prateleiras, em volta do escritório. Tudo na sala é maior do que ele.

Quando Phelps se levanta, eu vejo o quanto é magro. Sozinho, ele mal faria uma mossa na neve, e agora entendo por que ele precisa de outras pessoas para fazer seu trabalho.

— Ouvi dizer que você está procurando um burro para manter os abutres longe da sua propriedade. Portanto, eu trouxe o nosso Sanderson II. Ele é velho, mas capaz de espantar coiotes e animais nocivos.

Eu noto que ele tem marcas de varíola nas bochechas e no queixo. Então, levanta as sobrancelhas e junta os dedos, como se estivesse prestes a realizar um negócio importante. Depois, dá a volta na mesa e senta, parcialmente, olhando para mim. Pega um charuto de uma caixa, retira a ponta com os dentes e cospe-a no cesto de lixo. Ele acende o charuto com um isqueiro de prata e dá baforadas, até o ar à sua volta tornar-se azul.

— Quanto você quer por ele?

A fumaça do charuto me sufoca, mas não vou tossir.

— Vinte dólares.

Suas bochechas murcham e ele faz um bico, olhando para algum ponto, acima da minha cabeça.

— Fechado — diz ele, voltando para a cadeira e abrindo uma gaveta, de onde retira quatro notas de 5 dólares.

— Só mais uma coisa, Sr. Phelps. Sobre a montanha...

Suas sobrancelhas sobem vertiginosamente.

— Que montanha?

— Big Foley, atrás da minha casa.

— Eu não sabia que você possuía toda a área, Sra. Cross — diz ele lentamente.

— Eu me refiro à faixa do sul. Alguém atirou em dois dos nossos lobos, lá em cima. E depois arrancou as orelhas do animal.

Alguns minutos se passam. Olho para o alce, para suas narinas escuras e macias, e os enormes olhos redondos.

Ele levanta os olhos também e diz:

— Belo animal.

A vontade de bater nele é tão grande que eu me balanço na sola das minhas botas.

— Que tristeza deve ser dizer isso e depois matá-lo. Qualquer dia, posso confundi-lo com um animal selvagem, lá em cima da montanha, e atirar em você. Duas vezes.

E até que reagiu bem diante da minha ameaça.

— Escute bem, Sra. Cross. Hoje, eu aceitei que você viesse aqui com seu caminhão horroroso. E comprarei seu maldito burro velho, mas não vou admitir que fale comigo desse jeito. Coloque-se no seu lugar.

Meu lugar? Sinto a cabeça ferver.

— Coloquei placas no terreno. Posso chamar o xerife de Buelton...

— Preste atenção, Sra. Cross. O xerife Pink é meu amigo.

Seu rosto está tão perto do meu que eu poderia cuspir bem nos olhos dele.

Ele dá um riso, apenas bufando pelo nariz.

— Tenho certeza de uma coisa: quem quer que tenha matado os seus lobos, gostaria de ver os documentos de posse da terra... e onde foram feitas as marcações antigas.

Ele se refere a James Arnold, ao modo como ele morreu. Mas se afasta e modifica a expressão do rosto.

— Sra. Cross, eu paguei caro pelo direito de caçar naquelas terras. Devo lembrá-la que a deixei em paz por muito tempo. Mas vejo que você está se tornando um tanto arrogante. Agora, se vai causar problema...

— O burro é seu. O que aconteceu a James Arnold não posso mudar.

Apanho o dinheiro e dou-lhe as costas. Mas a maçaneta emperra, e não consigo girá-la para sair. Jamais aleguei ter um pingo de dignidade.

Fico na entrada de mármore, não querendo sair pela frente, mas também evitando encontrar a mulher dele novamente. Tem de ser uma coisa ou outra. Mantenho o queixo erguido e olho em frente. Então, atravesso o corredor e chego à cozinha, onde saio pela porta dos fundos. A Sra. Phelps não está em nenhum lugar à vista. Os capangas de Phelps vêm correndo pelo contorno de pedras, atrás da casa, e ordenam que eu os siga até o pasto. Entro no caminhão, ligo o motor e, no banco do carona, está uma torta enrolada em papel manteiga, deixando a cabine com cheiro de doce quente. Sigo o belo caminhão dos dois homens por uma estrada estreita, até um estábulo, onde eles colocam uma rampa, desamarram Sanderson II e o conduzem para baixo. Imagino que o velho burro já é a piada do lugar, embora passem mais tempo olhando meu caminhão do que para qualquer outra coisa.

Quando pergunto se há um caminho por trás para sair da propriedade, eles apontam, indicando a direção e eu me afasto, chacoalhando e patinando nos buracos do terreno. Sinto alívio por estar longe da enorme casa, da terra cercada do Sr. Phelps; e engulo minha raiva, mas paro logo em seguida. Saio do caminhão e ando em volta dele duas vezes, socando as mossas, chutando a neve e xingando. Depois, subo de volta, com as botas enlameadas, e bato a porta. Maldito Phelps, tenho certeza que, só de olhar para mim, ele sabia que eu precisava do dinheiro. Meu estômago se revira. Se tivesse propensão para gritar, eu gritaria. Mas o que está feito, está feito. Há dinheiro bastante no meu bolso para pagar as contas deste mês e estocar algumas prateleiras.

Capítulo 29

Na realidade, mal posso esperar para mostrar a Willem o que teremos para o jantar. Talvez Ida não ganhe nada, já que nunca me deu nada além de tristeza. Penso no cachorro amarelo da Sra. Phelps e no jeito que papai o colocou na parte de trás da carroça... o mesmo modo que ele envolveu Ida na manta, quando a levou embora. Fico admirada pela forma como ele era capaz de amar todas as coisas e pessoas, e me pergunto se aprendeu isso nos seus livros de medicina. Não me faria mal aprender o mesmo, o que me leva a pensar: se eu fui capaz de encontrar os filhotes, posso saber como salvá-los.

Vou até a cidade, levando no banco do caminhão três *quilts* com motivos circulares. Paro, primeiramente, na botica de Dooby, e espero ele terminar de prescrever uma receita.

— Posso ajudá-la, Olivia? — pergunta ele por trás da divisória de vidro, enquanto coloca pastilhas em um potinho.

Não sei ao certo o quanto devo falar. Se a notícia de que eu tenho lobos em casa se espalhar...

— Havia uma cachorra-do-mato que ficava lá na montanha, Dooby, e ela teve filhotes. Eu os levei para casa, mas eles não estão muito bem. Sabe se há um meio de salvá-los?

— Você não tem escolha — diz ele. — Vai ter que sacrificá-los.

— Não posso fazer isso.

— Bem, ela não vai mais querer saber dos filhotes, porque seu cheiro está impregnado neles.

— A mãe está morta — retruco. — E Willem está determinado a cuidar deles.

Dooby suspira. Willem trabalhava fazendo limpeza e entregas para ele nos dois últimos anos.

— Então, preciso saber mais sobre a cachorra, antes de tratar dos filhotes.

— Ela... era metade lobo — digo.

— Que tipo de cachorro cruzaria com uma loba?

Eu posso ser muitas coisas, mas com certeza não sou uma boa mentirosa.

— São filhotes de lobo, Dooby, mas...

— Atire neles, Olivia. Eles comerão você e Willem; e Ida, também.

— Não planejo mantê-los para sempre.

— Mas é exatamente o que você vai ter que fazer — diz ele, olhando para mim. — Tem que ir até o fim. Eles ficarão dependentes de você. Não saberão como encontrar nem uma folhinha de capim para comer.

— Se papai estivesse vivo, ele não iria desistir deles dessa forma. Dooby. Essa loba ficou na minha cozinha a noite toda, e, se eu soubesse o que fazer para ajudá-la, ela estaria viva agora.

Do lado de fora, apenas o barulho dos carros; e aqui dentro, o relógio marca o tempo, acima da torneira da máquina de refrigerante.

Ele pigarreia.

— Seu pai e eu tínhamos um acordo, Olivia.

— Que tipo de acordo?

Ele sai de trás do balcão, e senta ao meu lado, depois de abrir duas garrafas de refrigerante. Acima da porta, o sino toca e duas moças de Mount Sumpter entram na loja.

— Posso ajudar? — pergunta Dooby, levantando-se para atendê-las.

Quando ele volta, já terminei a minha bebida.

— Que acordo? — pergunto novamente.

— Eu costumava trocar suprimentos por bebida que seu pai produzia.

— Bem, desculpe se não estamos mais fazendo uísque, Dooby. Mas posso dar-lhe um dos meus melhores *quilts* em troca. Acho bastante justo.

Ele analisa a proposta.

— Você promete que não vai tentar salvar todo bicho ferido, Olivia? Afinal, não vou usar mais do que um *quilt*.

— Prometo.

Ele balança a cabeça.

— Você é Tate Harker de saias. Mas tudo bem. Minha senhora gostaria de um *quilt* bonito.

Desço do banco, vou até o caminhão e pego o vermelho com margaridas azuis e brancas; o que eu menos gosto.

Enquanto isso, ele junta alguns pacotes, marcando cada um com sua caneta-tinteiro.

Entre os artigos na sacola, ele põe camomila, para ajudar o sono dos filhotes, gengibre, para dor de barriga, gotas de enxofre, pinças e um conta-gotas. Coloca também um agasalho de flanela, que corta em pedaços, potes de vitaminas, que servem para aumentar o apetite e fortalecer os ossos. Por fim, ele escreve a frequência e a dose dos medicamentos.

Agradeço.

— Dooby, eu me lembro que papai tinha alguns livros de medicina. Você faz alguma ideia do que foi feito deles?

— Aposto que Ida saberia responder. Todos nós vimos você saindo esta manhã com aquele jumento no caminhão. Alguns acharam que Ida tinha morrido, mas Little Ruse disse que ela deu uma de maluca novamente, e você resolveu se livrar do animal para dar-lhe uma lição.

Não digo nada. Pela maior parte, aquilo é verdade.

— Agora leve este papel à leiteria e Nels lhe dará meio litro de leite para os filhotes e outro na próxima semana. Boa sorte — diz ele.

— Ah, Olivia. Da próxima vez, leve um coelho ou um gambá para casa, mas nada de lobos. Eles têm dentes fortes e afiados.

Deixo a botica com os pacotes debaixo do braço e a certeza de que as duas doses do velho clorofórmio que dei à loba foram, provavelmente, a causa da sua revolta. Deve ter sido por isso que ela se atirou contra a janela e fugiu. Se Ida não tivesse atirado nela, ela teria morrido de alguma outra forma.

Sento no caminhão e contemplo os dois últimos *quilts*. Por mais que eu tente, não consigo ir até o hotel, e acabo subindo a montanha, irritada, porque mantive o armazém fechado e não fiz o que disse que faria. Enfim, tenho que alimentar aqueles filhotes que estão me dando muito trabalho. Quando Willem chegar em casa, ele pode limpar a caixinha deles.

Nesse momento, não posso consertar a janela quebrada. E, de qualquer maneira, a vista não tem nada de especial. Ela dá para o celeiro caindo aos pedaços e o cercado das cabras, onde a neve parece suja e chafurdada. Eu coloco a torta na despensa. Talvez, no verão, eu venda um *quilt* a mais e nós teremos vidro novo na janela da cozinha.

Ida, ao que parece, pegou algumas cascas de salgueiro e retirou-se para dormir, porque não há sinal dela no quintal. E a cozinha está silenciosa, exceto por um choro baixinho vindo da caixa, sobre a mesa. No cantinho, um dos filhotes está morto.

Suspiro profundamente, alimento os dois últimos com os conta-gotas que Dooby me deu, e os coloco de volta na caixa. Levo o irmão deles e uma colher de pau, até a colina, enterro-o ao lado da mãe e faço uma oração em nome de Willem. Marco o lugar com um pedaço de pau. É um funeral exagerado para uma coisinha tão pequena. Mas não há ser vivo que sinta o que eu sinto pela própria mãe. Aliás, este devia sentir tanto a falta da sua, que se foi, apenas para ficar ao lado dela.

Isto é o que direi a Willem, quando ele voltar para casa: que a morte do filhote foi um gesto de carinho.

Capítulo 30

Por volta do meio-dia, como faz regularmente, Levi, o caixeiro-viajante, chega com o caminhão repleto de alimentos; eu vou até lá e examino a mercadoria. Escolho seis latas de passas e uma de figos, um barril de farinha porque é o que posso pagar, outro de açúcar, três rolos de morim, porque a primavera vai chegar se vivermos até lá, e quatro vidros de baunilha. Preciso de grãos de café e açúcar mascavo, creme tártaro e sálvia. Pego um pote de palitos de alcaçuz, agulhas, alfinetes e fumo, mas preciso ignorar laranjas, bananas, coco ralado e queijo. No armazém, há uma geladeira para resfriar alimentos e eu cheguei a guardar alguns pedaços de queijo, frangos recém-abatidos e porco defumado, mas desliguei-a há muito tempo.

Pego oito pacotes de algodão para rechear meus acolchoados — quatro para mim — e vou até a cozinha pegar os 20 dólares que recebi de Phelps, deixando os outros dez para pagar depois. Quando Willem voltar para casa, ele pode reabastecer as prateleiras. No sábado, quando ele voltar da botica de Dooby, vou pedir que vá ao celeiro desembrulhar os rolos de algodão e bater com um pedaço de pau, para torná-los mais leve. Então, terminarei o *quilt*, que está sem recheio, dobrado no pé da minha cama, no qual eu fiz um motivo de círculos em prata e cinza. Pespontado em preto, ele pode valer um bom preço.

Às 15 horas já terminei as compras, e não há justificativa para não pôr os *quilts* de volta no caminhão e ir para a cidade. Estou muito nervosa. Há alguns carros estacionados em frente ao hotel, portanto sei que Wing tem hóspedes. Fico admirada com o fato de que alguém que esteja passando por Kentucky possa saber da existência deste hotel, mas ouvi falar que o serviço é uma maravilha, e as camas tão macias que as pessoas acabam voltando. Antigamente, gostavam de beber o café de Wing aos montões e devorar pães doces quentinhos, rocamboles de geleia e folhados de frutas. Não sei se ele ainda faz essas coisas.

Ele refez as entradas para acomodar a cadeira de rodas da Sra. Grace. Ainda adoro o cheiro de madeira e cera neste antigo saguão, o único lugar elegante que resta por aqui. O carpete ainda é tão espesso como era, quando novo. Uma menina de rosto redondo, Molly, está atrás do balcão, mexendo as tranças e lendo um romance barato. Wing está debruçado sobre uma cristaleira, na janela da frente.

Ao me ver com os *quilts*, como se eu fosse Lázaro saindo da sepultura, ele grita:

— Olivia! Já estou quase acabando...

— Não tenha pressa. — digo, contente por ter um tempinho para me acalmar. Pode parecer absurdo depois de todos estes anos, mas o simples fato de vê-lo ainda me deixa sem fôlego. — O hotel está muito bonito.

— Obrigado. Estou pensando em derrubar aquela parede lateral e acrescentar um refeitório. Eu só iria abrir no verão e talvez na estação de caça. Little Ruse disse que virá nos fins de semana para cozinhar, se isso não contrariar o pai dele.

Eu seguro uma risada. Little Ruse tem 75 anos. Big Ruse é aleijado e não pesa nem 40 quilos. Tudo bem que ele ainda atenda os clientes, mas se tornou tão lento que o molho esfria antes de chegar à mesa.

Wing guarda o martelo e a chave de fenda em uma caixa de ferramentas.

— As coisas vão bem na sua casa? Você não matou Ida, ainda? — pergunta ele, como se tivéssemos conversado ainda ontem.

Enquanto tento articular algumas palavras, analiso o quanto devo dizer.

— Estamos bem.

— O menino está crescendo. Eu o vi na botica, sábado passado. Excelente garoto, muito atencioso. Puxou ao avô.

Finjo que não escutei a ofensa, porque Wing não me conhece mais. Como o meu, o cabelo dele está parcialmente grisalho. Os seus óculos ainda ficam pousados na ponta do nariz.

— Love Alice disse que você estava abrindo uma loja.

— É apenas uma cristaleira nesta vitrine. Mas é alguma coisa. — Ele empurra o vidro.

— Bem. Eu estava pensando...

Sinto-me como um estorvo no fluxo da sua vida: uma velha de saia, calças, uma pesada capa de lã e com o cabelo grosso, preso em volta da cabeça. Eu realmente não consigo entender por que estou aqui.

— Você trouxe *quilts* — pergunta Wing, tentando ajudar. Ele se aproxima para olhar e desliza a mão sobre a costura. — Nossa, Olivia. Em Louisville, eles valeriam muito dinheiro. Não posso pagar-lhe muito...

— Não espero que você me pague nada — digo, tensa e suando, sob a roupa. — Você os vende por 5 dólares cada um e me dá a metade.

O rosto de Wing continua sendo o mais expressivo que já vi, com maças salientes, só agora as rugas são tão profundas que daria para plantar milho nelas.

— Seis — sugere ele. — E lhe darei 4.

— Tudo bem.

— Vou lavar a louça. Você tem tempo para um café?

Nós demos um passo além dos "olás". Será que poderíamos ficar sem brigar, como fizemos todos aqueles anos; não magoarmos um ao outro com palavras e olhares furiosos?

Aceno com a cabeça afirmativamente e deixo os *quilts* no balcão. Molly sorri, enquanto o acompanho pelo corredor, até a cozinha. É tudo incrivelmente familiar. Ele pega o coador e põe a água no fundo, mói grãos e adiciona o pó. Lembro-me onde as xícaras costumavam ficar, mas permaneço junto à mesa, como um fantasma.

— Pegue o leite na geladeira — pede.

Eu verto o líquido em um bule que ele havia colocado na mesa.

— Ouvi dizer que você vendeu aquele jumento velho — diz, enquanto esperamos a água ferver.

— É verdade. Vendi para Alton Phelps.

O café borbulha, fazendo um som reconfortante.

Wing acena com a cabeça.

— Os amigos dele se hospedam aqui às vezes.

— São eles que caçam lá em cima, nas minhas terras?

— Eu não saberia dizer, Olivia.

— Há uma placa lá há anos, onde se lê: "NÃO ULTRAPASSE." E não parece que eles estão matando para obter comida.

— Sinto muito — diz, servindo o café. — É ocupação de inverno para mim, portanto não se apresse em fazer julgamentos.

— Julgamentos? — repito.

Maldição! Agora eu fiquei irritada. Ouço alguém tossir; e uma voz fraca, como a de uma criança, chama por Wing. Ele diz:

— Com licença um minuto. Tem pão doce de canela na caixa.

A cozinha de Wing é bem do jeito dele: madeira pintada de branco, espátulas de panqueca de diferentes tamanhos, penduradas em ganchos, caçarolas de ferro e aparelhos modernos, um grande fogão esmaltado com seis bocas e uma chapa que aquece. Ele sempre gostou de cozinhar. Sabia trabalhar e trançar a massa de modo decorativo, com recheio de geleia, ou passas, groselhas e nozes. É de estranhar que seus pães e suas tortas de noz-pecã não tenham engordado sua esposa. Acho que nada pode salvá-la.

Não via a Sra. Grace há muito tempo. Mesmo quando estava bem, eu a evitava. Quando a encontrava na cidade, acenava com a cabeça e me apressava. E, se ela estivesse na botica, pagava 8 centavos por uma lata de qualquer coisa de que realmente não precisava, e saía porta afora. Tenho certeza de que ela sabe quem eu sou; Saul ou Ida devem ter falado alguma coisa.

Logo depois, Wing retorna. E sentamos, olhando um para o outro, através da mesa. Tenho um monte de coisas para falar, mas nada para dizer.

— Açúcar? — pergunta.

Faço um gesto negativo com a cabeça.

— Você costumava pôr açúcar no chá.

— É mesmo.

Não comento que açúcar custa dinheiro e que reservo o pouco que tenho para Willem e para acalmar Ida, quando ela fica agitada e faz escândalo. Bebo o café. As mangas da camisa dele estão arregaçadas, e há tinta branca e calos em seus dedos. Queria saber se Love Alice alguma vez leu a mão dele.

— Vou perdê-la em breve — murmura. — Love Alice me disse. Mesmo se ela não tivesse dito, eu saberia.

Aceno com a cabeça afirmativamente, porque, afinal, uma verdade é uma verdade. Além disso, nunca soube que Love Alice houvesse se enganado.

— Você cuidou dela um longo tempo. O que vai fazer quando ela se for?

É uma pergunta estúpida. Não consigo me lembrar de ter sido mais inconveniente em toda minha vida.

— Vesti-la de cor-de-rosa e enterrá-la, eu acho.

— A terra ficará agradecida de recebê-la. — Por mais estranho que meu comentário possa ter soado, ele é um fato. E eu me sinto segura ao dizê-lo.

Ele sorri e diz:

— Eu tinha esquecido sua relação com a terra. Como você adora a primavera. Não acho que Grace viverá até lá. Espero que a neve derreta.

Concordo, em silêncio.

— Então, talvez eu chore. E observe a grama crescer novamente, sobre ela.

— Seria bonito se você tocasse o trompete.

Ele toma um gole do café.

— Não tinha pensado nisso.

— Wing, posso perguntar uma coisa?

Ele levanta os olhos para mim.

— Sei que você não se lembra do meu pai. Ele morreu antes de você chegar aqui, mas...

Ele junta os dedos e seus olhos fixam a parede.

— Bem, ouvi falar dele, e você me mostrou uma fotografia, uma vez. Ele era alto, não era? E bem magro. Um homem bonito... até onde os olhos podem ver.

As palavras de Wing deixam meu rosto em chamas.

Ele percebe e ri.

— Ouvi falar que ele tinha habilidades com quadrúpedes. Little Ruse disse que, uma vez, seu pai o pegou caçando na floresta e perguntou o que ele estava matando. Ruse respondeu que estava atirando em gaios-azuis, e naquele exato momento seu pai arrancou o rifle das mãos dele. Disse-lhe para não atirar em nada que não fosse capaz de reagir do mesmo modo ou que ele não fosse comer. Depois, foi embora no caminhão. Quando Ruse chegou em casa, seu rifle estava na varanda, esperando por ele.

Ele olha para a xícara.

— Wing, você pode estar hospedando as pessoas que estão atirando nos meus lobos. — Odeio perceber que estou louca para arrumar uma briga.

— Não posso enfrentar todas as batalhas, Olivia. Estou velho demais para isso.

Quero falar a respeito do lobo, de Ida, e dos filhotes. Antigamente, eu contava tudo a Wing, portanto queria que todos os anos perdidos pudessem fluir da minha boca, como uma correnteza. Mas não consigo. Em vez disso, digo estupidamente e sem pensar:

— Papai era a única pessoa que realmente me amava.

Eu tento me refazer cortando um pão doce, desejando retirar o que disse.

Mas ele sorri um sorriso torto e pousa a xícara, vazia, sobre a mesa.

— Espero que ele ainda ame você.

Isso confunde a minha mente.

— Como assim? Você acha que continuamos a ter sentimentos depois que morremos?

— Não sei. Mas acredito que nossa alma não morre, e, se isso é verdade, acho que amam mais ainda. Antigamente, você acreditava que as almas voltavam. Em uma nova vida.

— Ainda acredito, mas não pensei no que acontece no meio-tempo. Às vezes, acho que o céu e o inferno estão bem aqui, na terra.

— Talvez — pondera ele.

— A pessoa pode se cansar de amar — digo, e percebo que novamente não refleti sobre minhas palavras.

— Às vezes.

Levanto-me, porque receio o rumo que esta conversa possa tomar. Empilho a louça na pia.

— Pode deixar — diz Wing. — Sente-se aqui e converse comigo.

Mas, no final do corredor, Grace tosse novamente e Wing esfrega os olhos.

— Preciso ir — digo.

Ele acena com a cabeça.

— Não se preocupe com os *quilts*. Vou colocá-los na vitrine.

Passo apressadamente pelo corredor e saio pela porta da frente, no ar frio que pinica meus olhos e queima minha pele; e paro na calçada, tentando me recompor. Tive uma semana movimentada e repleta de fatos incomparáveis: estou lutando para salvar filhotes de lobo que estão na cozinha; após 33 anos, finalmente desci até o porão. E o mais surpreendente de todos: uma xícara de café, na cozinha do hotel de Wing, está ameaçando despertar em mim algo que julgava morto e enterrado.

Sacudo e ergo a cabeça, ao som de uma rajada de tiros de rifle, próximo da minha casa. Mais um lobo foi atingido, tenho certeza. Atravesso a rua e abro a porta do caminhão, sentindo a luva congelar na maçaneta. As mãos tremem tanto que eu mal consigo ligar o motor.

Abalada, dirijo pela estrada, em volta do pé da montanha e estaciono do outro lado da ponte que leva a Waynesboro. É uma subida mais fácil daqui a Ridge. Enfio o chapéu e começo a andar, usando as pedras para subir, até não ter mais nenhuma no caminho. Eu desvio 400 metros para a esquerda, onde o terreno é menos inclinado, e presto atenção. Outro tiro. Dois. Três. As árvores são mais densas neste ponto, e do meio deste bosque não dá para se ver o céu.

Estou velha e gorda demais para isso, mas meu cérebro está ligado. Não demora muito até eu achar os lobos. Não consigo entender por que o caçador não os arrasta para longe para que eu não os encontre. Até que a resposta fica clara. É exatamente isso o que ele quer: que eu veja o sofrimento dos animais. Será que, de alguma forma, ele considera o sofrimento dele próprio comparável a isso? Embora eu sempre tenha desprezado os Phelps, se eu pudesse apagar aquela noite terrível e restaurar a vida de James Arnold, eu o faria com a maior alegria. Então eu teria papai aqui comigo, feliz e fabricando bebida.

Os lobos estão mortos formando um círculo, com o focinho enrugado e as patas dianteiras esticadas, como se, no último minuto, tivessem tentado correr, para escapar. Um deles é todo cinza, e os outros dois são mais escuros no peito e no pescoço. Todos foram atingidos com precisão, bem na cabeça. O sangue gotejava dos pequenos buracos dos tiros, cobrindo os olhos dos animais. Os três possuem ferimentos profundos e dá para se ver o osso no lugar onde tinham a orelha direita. Caio de joelhos e choro até as lágrimas secarem, enquanto meu corpo tem espasmos, como se eu estivesse sentindo as fortes dores de uma doença terrível.

Mais três lobos foram abatidos. Logo, os predadores os encontrarão, e só restarão as carcaças. Queria que fosse o caçador, deitado aqui na neve, com a orelha cortada. Eu o deixaria entregue aos falcões, para que eles pudessem afiar seus bicos nos seus ossos esqueléticos. Mal consigo voltar ao caminhão. Estou tensa por causa dos lobos, triste por Wing, zangada com Ida e desolada por Willem. O garoto não tem mãe, só tem a mim. E eu sei que, às vezes, ele se sente exatamente como um dos filhotes.

Capítulo 31

O dinheiro anda escasso em Pope County e, até onde eu sei, no resto dos Estados Unidos. Foram criados programas de governo como o WPA e o Fundo Nacional de Crianças, que me envia 1,80 dólar por mês para cuidar de Willem, mas isso não dá nem para começar a alimentá-lo. Não que eu precise de 10 centavos, porque eu daria a minha vida pelo menino.

Por outro lado, acabaria com a vida de qualquer um que visse caçando na montanha. Se olho por olho é uma coisa bíblica, orelha por orelha não é diferente. Provavelmente, iria apenas arrancar a orelha do caçador com um tiro, deixando-o ensanguentado e gemendo, exatamente como ele faz com os lobos. Quanto mais penso nisso, mais gosto da ideia. Sei, no entanto, que, se o caçador fosse deixado vivo, ele mandaria me prender e eu seria levada a Paramus, onde ficaria em uma cela, aguardando um julgamento no qual seria declarada culpada.

Tenho certeza de que Phelps é o responsável; ele e suas ameaças que me dão calafrios. Eu vi as marcas de bota e observei o calçado que estava usando. Também ouvi sua risada na colina. É bom que esteja chovendo hoje, assim nenhum de nós pode ir até lá; o que me dá tempo para refletir: estarei fazendo algum bem ao garoto se pegar prisão perpétua na Penitenciária de Kingston.

E assim, minha mente viaja, chegando até a planejar torcer o pescoço da galinha mais esquelética, a que parou de pôr ovos, e cozinhá-la para o jantar de domingo. Talvez isso satisfaça minha sede por sangue.

Está chovendo. Vou até o celeiro, pego uma capa de borracha, e ordenho a cabra, sentada no banco, com os pés afastados e a chuva caindo sobre o chapéu, porque o alpendre está tão destruído quanto o celeiro. Um trovão sacode tudo. Cubro o balde de leite com um prato grande de estanho, coloco-o nos degraus e vou para o galinheiro. O galo se empertiga sob a protuberância do cercado. Abaixo das sete galinhas que precisam engordar, encontro cinco ovos. Dois ficarão no armazém, e os outros três são para nosso consumo.

Penduro a capa de chuva na varanda. Na cozinha escura, alimento os filhotes, enquanto a tempestade bate contra as janelas. Esfrego os bichinhos com um pano aquecido no forno e dou a eles o tônico com aveia diluída no leite que Dooby recomendou. Adormecem tão juntinhos que não dá para saber onde um termina e o outro começa. Fico perto deles, contando as pequenas costelas, enquanto respiram como se cada suspiro fosse o último. Precisam de cuidados médicos, e eu dos livros de papai.

Quando a chuva diminui, coloco o chapéu e a capa e vou ao celeiro, onde o caminhão está estacionado. Acho que Ida estava observando, porque corre para o lado de fora com a camisola arrastando na neve molhada. Suas botas estão desamarradas e balançando.

— Estou com fome, Olivia. Aonde você vai?

— Buscar Junk Hanley — respondo.

— Não traga aquele homem feio aqui — diz ela. — Ele me assusta. Além disso, ele não tem nada a fazer na propriedade de brancos.

— Eu traria ele e a família para morar comigo — retruco, raspando o gelo da janela do motorista.

— Não seria tanto sacrifício assim você se importar um pouco com o que *eu* quero.

— Pare de gritar, Ida. Posso ouvi-la muito bem.

Ela cruza os braços.

— Por que você não *me* leva para sair nesse caminhão, Olivia?

— Amanhã de manhã — digo. — Ponha a roupa e o casaco, e eu a levarei a Buelton.

— Não vou a Buelton — resmunga, com os olhos trêmulos. — Você me levaria de volta para aquele asilo.

A porta do caminhão está aberta, assim como minha boca.

— Você se lembra do hospital?

Mas ela já havia se afastado, aparentemente esquecendo-se do café da manhã, embora haja água quente na chaleira e eu tenha colocado pãezinhos e geleia na mesa. Ela move as mãos como se estivesse conduzindo o tráfego e sua camisola esvoaça. É difícil saber com precisão a intensidade da loucura de Ida.

Capítulo 32

A chuva deixou a neve enlameada, mas a temperatura está caindo e, logo, tudo voltará a ficar congelado. Sob uma névoa fina, eu atravesso a cidade e subo a Rowe Street, pensando no que Ida falou sobre o hospital. Acho que, qualquer dia desses, vou parar no hospício também. Estaciono em frente à casa de Junk, salto do caminhão e bato a porta.

A Sra. Hanley vem atender.

— Ora essa! É a nossa Livvy — diz ela, inclinando-se sobre a muleta.

Percebo que ela está mais frágil, também, mas aposto que não está nem um pouco preocupada se Junk vai abandoná-la em algum lugar.

— Como é bom ver você!

Bato o chapéu para secá-lo e beijo seu rosto enrugado e macio. Seus peitos vão até a barriga e ela parece menor. A cozinha, contudo, ainda cheira a cebola frita.

— Vim para ver o Junk. Ele está?

— Sente-se um minuto, e diga-me como você está.

Adoro esta casa velha, simples do jeito que é. Nunca viu pintura e cada pedacinho está prateado de tanto ser escovado.

— Vou bem.

— Você e o menino estão bem, então — confirma.

Lembro-me de como era fácil falar com ela quando eu era pequena, como tudo o que eu dizia era importante.

— Estamos. Willem pegou uns filhotes de lobo órfãos. Não sei como iremos mantê-los vivos.

— Você está dando melaço pra eles?— pergunta.

— Estou. E também enxofre e leite enlatado. Coisas que Dooby me deu.

— Bem, o velho Sr. Dooby não sabe tudo.

Junk entra e fica escutando. Ele é gentil com a mãe; diferente de mim, sempre atrevida e dizendo tudo o que vem à cabeça. Nesse momento, um pensamento me ocorre: é verdade que eu digo a Ida tudo o que penso, mas nunca digo o que sinto.

— Bem, em primeiro lugar — diz a Sra. Hanley —, a loba matava tudo o que é ratazana ou rato do mato que encontrava e comia tudo. E os filhotes, dentro dela, comiam a mesma coisa. Você tem que pedir a Willem para pegar um coelho.

— Se tivéssemos um coelho, nós mesmos o comeríamos.

Ela ri.

— Depende do quanto você quer que eles vivam. Claro, eles também sentem falta do amor da mãe. Willem não sabe como ser mãe, a menos que você mostre a ele.

— Sra. Hanley, vou dizer uma coisa: eu mesma não soube ser mãe.

— Ah, você cuidou da sua menina da melhor forma que pôde. Quando ela fugiu, não foi porque você não a amava. E você tem feito maravilhas com aquele garoto.

Não quero mexer nessa ferida aberta e odeio perceber que o que está abaixo da pele esteja tão dilacerado.

— Eu não afirmaria isto.

A Sra. Hanley junta os lábios.

— Bem, vou dizer uma coisa agora que eu devia ter dito há muito tempo.

— Eu não era responsabilidade sua — digo.

— Eu a amo como se você fosse minha filha — diz ela. — Você e seu pai sempre foram pessoas boas. Qualquer dia, antes de morrer, eu vou lhe contar mais verdades do que a sua cabeça pode aguentar. Agora, tudo o que você precisa saber é como salvar os filhotes.

— Sim, senhora.

Ela mexe nos dois botões superiores do vestido e Junk e eu viramos o rosto, mas ela ri. Seu pescoço tem uma papada e seu peito é caído.

— Você pega um dos filhotes — diz ela — e coloca-o de barriga para baixo, no seu peito. Assim. Depois, coloca uma manta sobre vocês dois. Ele vai sentir a batida do seu coração, sua respiração e vai pensar que você é a mãe dele. E isso pode salvá-lo.

Aceno com a cabeça e mudo de assunto.

— Junk, eu preciso limpar o porão e ficaria agradecida se você ajudasse.

— Eu não me incomodaria em absoluto, Srta. Livvy — diz.

A Sra. Hanley está abotoando o vestido.

— Bem — digo. — Começaremos assim que você puder.

— Irei assim que terminar de ajudar a tia Pinny Albert.

Sua mãe se aproxima e acaricia a mão dele.

Agradeço-a novamente e vou para casa preparar o almoço de Ida e dos filhotes. Mas Ida está dormindo na cama e seu cachimbo queimou até o fim, no pires. A sopa está fria, mas o pão com manteiga, embrulhado em um pano, ainda está bom. Em casa, guardo a geleia e jogo migalhas para as galinhas.

Junk aparece no meio da tarde. Trouxe uma vassoura grande, um esfregão e um balde com uma espécie de produto de limpeza, que ele diz ser ótimo para limpar mofo. Destranco a porta do porão e acendo um lampião.

— Tudo vai para o lixo — digo, enquanto descemos as escadas. — Só tem uma coisa, Junk... meu pai tinha um par de livros grandes, pretos e eu estou precisando muito deles para que os filhotes sobrevivam.

— Sim senhora.

— Este porão dará uma ótima despensa — digo com disposição, mas, quanto mais descemos, menos certa me sinto a respeito disso. Quando puxo a corrente da luz, as sombras desaparecem, mas fico contente por Junk manter a lamparina queimando. Love Alice observa tudo da entrada.

— Vou fazer chá daqui a pouco — grito de baixo. — E tem um uísque para Junk quando acabarmos. Deus sabe o quanto ele vai precisar de um gole.

O uísque é mais uma mudança na minha vida, o que deixa Ida irritada, dizendo que isso é outro degrau na minha descida para o inferno. Mas uma gota da bebida me faz dormir quando nada mais consegue. Agora, a coisa mais importante é desocupar este lugar. Retiro duas jaulas dos pinos de sustentação.

— Pode derrubar aquelas prateleiras velhas — digo a Junk.

Elas caem aos pedaços nas mãos dele.

Uso um cortador de arame para cortar o cercado de cachorro e deixo Junk limpar as quatro janelas altas, que deixarão entrar a luz quando a neve derreter. Dobro a saia e derrubo, à martelada, a parede que separa a sala que era do meu pai. Depois de uma hora, alcançamos a viga central. Entretanto, não a derrubamos, pois, de acordo com Junk, ela sustenta o porão. Ele repara que quase não há vazamento de água, e diz que eu deveria instalar um forno de carvão que nos manteria mais aquecidos, mas lembro a ele que não tenho como pagar por um forno, muito menos por carvão. Junk diz que não é verdade.

Há caixas de polvilho solidificado, garrafas de líquido cristalizado, além de rolos de sonda e latas de seringa secas e enferrujadas. Ele empilha tudo na base dos degraus e diz que enterrará depois. No fim, percebo que ajudaria bem mais se saísse do seu caminho, e entrego-lhe o martelo para que possa continuar o trabalho.

Na cozinha, Love Alice e eu bebemos chá com um pouquinho de uísque e muito açúcar.

Ela diz:

— Uísque é bom para a garganta neste tempo.

Então, o sino da porta toca e me levanto para atender, mas é apenas Willem que acabara de chegar. Ele me dá um beijo no rosto e põe os livros sobre a mesa. Parece surpreso com a porta do porão aberta e eu digo que ele pode descer para ver o que está acontecendo. Quando volta, sua expressão demonstra claramente que eu deveria ter esperado ele chegar em casa ou pelo menos lhe contar o meu plano. Ele nunca me questionou sobre a porta trancada. Eu havia esquecido que, quando alguém morre e pula seu próprio penhasco, deixa para trás as pessoas que a conheciam, e tudo que elas podem fazer é chorar a perda.

Pelo menos os filhotes lhe são familiares, e ele vai até a caixa e os retira, um de cada vez. Não fala muito, mas senta-se e acaricia a penugem que agora reveste o corpo dos bichinhos. Junk sobe as escadas, resfolegando, e carregando grande quantidade de material. Ele já foi diversas vezes ao celeiro, onde está empilhando a madeira reutilizável.

Willem embala os filhotes e cantarola.

Love Alice beberica o chá e fala que pega carona para Buelton uma vez por semana, onde faz suas previsões no Ladies Club, e que ela e Junk esperam juntar dinheiro bastante para alugar uma casa.

Nessa hora, Ida aparece, carregando o prato de sopa vazio e sua Bíblia.

— Ouvi a barulheira lá do meu quarto — resmunga — e sabia que você estava fazendo alguma coisa ruim.

Ela para no topo da escada, de chinelo e enrolada no xale, estalando a língua e querendo saber o que está acontecendo lá embaixo, que tirou uma mulher justa do sono. Em voz alta, recita passagens do Livro de Jó, enquanto Junk traz os cercados de cachorro e as jaulas menores para cima e lava tudo com água e sabão. Ele acha que eles podem ser vendidos ou negociados. Ida corre para dentro do armazém toda vez que ele passa pela cozinha, depois volta correndo para perscrutar da escada.

— Todos vocês vão pro inferno! — grita ela.

— Por quê, Sra. Ida? — pergunta Love Alice.

Ida funga.

— Isto tudo é muito perturbador.

— A casa é minha — digo com firmeza. — E está precisando de limpeza.

— Olivia, você é como o homem rico e o passado é o buraco de uma agulha.

Seja o que Deus quiser. Junk arrancou a madeira mofada e a única decepção é não ter encontrado os livros de medicina de papai. Percebo agora que aqueles livros tornaram-se uma cruzada pessoal. Lembro-me de vê-lo tomar notas nas páginas. Talvez seja sua caligrafia do que mais preciso; algo que me diga que ele realmente existiu.

Só há mais um lugar onde os livros poderiam estar: Ida pode tê-los empacotado com suas coisas quando se mudou para o barraco.

Quando Junk e Love Alice forem embora, vou lá embaixo mais uma vez. O cômodo vazio não é um lugar ruim. Agora, é mais frio do que corda de poço, mas no verão ele poderia ser um lugar perfeito para acomodar uma mesa e algumas cadeiras, onde comeríamos um jantar fresco. Eu e o menino.

No topo da escada, Willem não diz nada.

Ida, por outro lado, não parou de falar.

— Deus olhará no seu coração e verá o quanto você é cruel, Olivia — diz ela. — Agora prepare meu jantar, antes que uma mulher temente a Deus morra de fome.

Não consigo evitar trancar a porta do porão.

Naquele dia, pouco antes de escurecer, ouço uma saraivada de tiros na colina. Willem cobre os filhotes, e, do outro lado da mesa, olha para mim. Posso apostar que pelo menos mais um lobo está morto.

Capítulo 33

Passaram-se 24 horas desde que Junk e eu estivemos no porão.

Willem foi à escola, pegando o ônibus sob um céu ameaçador, e Ida está à mesa, olhando a caixa dos filhotes e servindo-se de café. Eu estou alinhavando um *quilt* rosa pálido com grandes rosas escuras. Bordei troncos em ponto cheio, com folhas, galhos e arabescos. Embora tenha colocado dois na vitrine do armazém, demorou um pouco para vender um.

Penso em voz alta.

— Dei enxofre e melaço aos filhotes. Tentei de tudo o que eu possa imaginar, tudo o que Dooby me deu.

— Bem, minha aveia eles não vão comer — diz Ida.

Um trovão estronda, sacudindo a casa como uma folha de estanho. A chuva bate forte contra a janela. Esse tipo de tempestade é muito incomum nesta época do ano, e vai derreter a neve ou formar uma nova camada de gelo por cima de tudo Agora que comecei a limpar, não consigo parar. Pouso o acolchoado e tiro a capa do gancho.

— Aonde você vai? — Ida se torce na cadeira.

— À sua casa.

— Pra quê?

Ida me lança um olhar furioso, mas eu já estou calçando as botas. Saio pela porta dos fundos, na chuva. Ela pousa a xícara de café e me segue.

— Quero encontrar os livros de papai! — grito sob a chuva. — Acho que eles devem estar na sua casa.

Abro a porta e paro na sala mofada, tirando a capa e sacudindo o cabelo, ainda com a trança de dormir. Há caixas empilhadas por todo lugar, caindo aos pedaços pela umidade e rasgando nos cantos.

— Você não pode mexer nas minhas coisas sem minha autorização!

— Então é melhor você me dar permissão — digo-lhe —, porque é exatamente isso o que vou fazer.

Puxo a primeira caixa até o meio da sala, sobre um tapete descolorido e roto, que esbarra no pé de ferro da cama de Ida. A caixa acumulou anos de umidade, e, no seu interior, enrolado em jornal, há uma meia dúzia de imagens de porcelana lascadas, um dicionário e sete xícaras sem pires. A outra caixa tem alguns vestidos que nunca vi Ida usar. Além disso, há grampos de cabelo, caixas de botões, raízes secas enroladas em papel encerado, frascos de rapé vazios e uma camisola velha.

— Por que você guarda estas coisas? — pergunto.

No seu vestido imundo, Ida senta-se de modo afetado na beira da cama.

— Minhas coisas não são da sua conta.

Ela tem razão, naturalmente. É propriedade dela. É tão pouco para representar toda uma vida: três pratos de jantar azuis, um vestido de festa desbotado, botas desgastadas, um jarro de prata manchado. Duas caixas não têm nada dentro, além de papel amassado. Empilho-as do lado de fora.

— Aquele jarro foi presente de casamento — diz ela.

Não consigo imaginar Ida vestida de noiva. Sento novamente e ponho as mãos no colo.

— Por que você casou com papai?

— Para escapar do meu, se você quer saber — respondeu. — Ele era pregador, parece piada. Tate... — Ela faz uma pausa. — Tate prometeu que cuidaria de mim por toda a vida. Viu como ele mentiu?

Enrolo tudo, ponho de volta no lugar e empilho as caixas contra a parede.

— Ele não mentiu para você, Ida. Ele apenas não foi capaz de prever a própria morte.

— A morte dele foi culpa sua, Olivia! — grita ela. — E você me deve retratação.

Eu me viro sob a chuva e a neve lamacenta.

— Peço desculpa por não pedir permissão para examinar suas coisas. Mas estou com muita raiva de você por jogar fora as coisas do papai!

— Por quê? Para que serviriam?

— Não interessa, eram dele! E agora deveriam ser minhas! — Protejo o rosto com a mão. A chuva está fria e machuca meu rosto. — Não há nada mais para me dizer como ele era! Ou... ou quem eu sou.

— Posso dizer-lhe quem você é.

— Você nunca para de me dizer isso!

Ela entra em casa logo depois de mim e senta para comer seu mingau de cereal já frio.

— Faça um chá para nós, Olivia.

— Vá para casa, Ida. Ponha uma camisola seca. Eu levo café para você, mais tarde.

Tiro a capa molhada e atravesso o corredor até o banheiro e paro diante do mesmo espelho que Saul usava quando fazia a barba todas as manhãs, durante todos os anos que viveu comigo. Aqui, no reflexo, está a mulher que me tornei: grandes olhos escuros, queixo protuberante, uma outrora bonita curva da mandíbula e uma boca que não usa batom, desde a noite no cabaré, quando disse a um homem chamado Percy que Pauline era sua filha. Não é de admirar que, 16 anos depois, minha Pauline tenha feito exatamente o mesmo. Eu nunca a aconselhei, nunca disse: Pauline, isto é o que acontece quando se vai ao cabaré e volta para casa com um bebê. Ele mudará a sua vida e você não pode voltar atrás.

Saio do banheiro. Ida ainda está sentada, enrolada na manta que está pingando no chão.

— Eu disse para você ir para casa.

— Não posso. Aquele negro feio está batendo na porta dos fundos.

— O quê?

— Aquele homem da Rowe Street.

Abro a porta dos fundos e vejo Junk Hanley na varanda. Os ombros estão caídos, e ele segura o chapéu nas mãos, o que faz com que os pingos da chuva caiam na sua cabeça e escorram pelo rosto.

— Junk, entre aqui e se aqueça, tome um café...

Ele olha para Ida e recusa.

— Não, obrigado, agora não. Eu vim para falar com a senhora.

— O que foi? Love Alice está bem:

Seus olhos estão cheios de tristeza.

— Srta. Livvy, a esposa do Sr. Harris... está morrendo. Ela mal conseguia respirar de manhã cedo. E agora ele pediu para chamar a senhora.

Capítulo 34

Em uma sacola de papel, escrevo rapidamente um recado para Willem: "Frite um ovo para você e outro para Ida. Pegue uma laranja para cada um e uma xícara de chá e pão de centeio, com pouca geleia."

Espremo o resto do leite e mel na boca dos filhotes com pressa para ir embora. Depois, Junk e eu entramos no caminhão e partimos na chuva, que virou granizo. O caminhão desliza e, por incrível que pareça, não fomos parar na vala ou no rio, já que estou com o coração na boca e dirigindo como uma louca. Na Main Street, subo no meio-fio e saltamos e entramos no hotel.

Não há ninguém na recepção e Junk diz:

— Vou garantir que os Ruses cheguem em casa nesse temporal. Mais tarde eu volto.

Tinha esperança de que Wing estivesse na cozinha, mas não o encontro lá. Subo a escada da frente, mas ele não está no segundo andar. Nem no último andar, nem nos banheiros. Como uma tola, digo a mim mesma: *A esposa dele está no leito de morte, onde mais ele estaria?* Ver a Sra. Grace Harris era algo que eu temia, mas não podia ser evitado.

O corredor lateral que leva à saleta e ao quarto deles está escuro. Não ouso chamar, já que quero evitar fazer barulho, ou mover uma partícula de pó. Sinto-me como se estivesse invadindo um local e pisando em ovos. Dou uma olhada pela porta da saleta, mas está vazia. Do outro lado do corredor e de costas para mim, eu o vejo sentado em uma cadeira de balanço com encosto de palhinha, ao lado da cama da Sra. Grace.

O quarto é revestido de papel de parede com botões de rosa desbotados e decorado com cortinas em tons de creme e fronhas bordadas, provavelmente feitas pela mão da mulher que, agora, parece desaparecer na enorme cama. Seu rosto é em maior parte osso, e o seu cabelo loiro está solto em cachos. Um som estranho sai da sua garganta quando respira, do mesmo jeito que Willem fazia quando pegou coqueluche. Entro no quarto, sentindo-me constrangida, com o chapéu nas mãos.

Wing me ouve, se vira e levanta da cadeira como um homem muito velho.

— Olivia...

Volto para o corredor, mas não antes de a Sra. Grace abrir os grandes olhos verdes, cujas pálpebras lembram asas de borboleta.

— Entre — diz Wing.

Sei que devo cumprimentar, mas sinto-me como se estivesse pisando em areia movediça. A Sra. Grace vira a cabeça e olha para mim. Seus lábios, ligeiramente abertos, balbuciam meu nome.

— Wing. Sra. Grace — cumprimento ambos, com um aceno de cabeça.

Ela move os dedos, indicando para que eu me sente. Desabotoo a capa, que Wing pega e coloca na cadeira.

— Bem — diz ela. — Livia. Fale-me... de você.

Olho para Wing, mas ele está ocupado pendurando minhas coisas no guarda-roupa, como se eu fosse ficar. Não tenho ideia do que dizer. Os olhos dela tremulam e acho que quando os abrir talvez já tenha esquecido do que perguntou. Então, vou poder falar sobre outra coisa.

— Little Ruse assou um bolo de chocolate — murmuro. — Junk e eu sentimos o cheiro da rua. Ruse compra barras de chocolate no meu armazém.

Ela acena com a cabeça como se fosse uma informação importante.

Olho para a janela.

— Parou de chover, é gelo que está caindo agora. Granizo. E... são quase 16 horas. Meu neto, Willem, está quase chegando no ônibus da escola e vai ver o recado que deixei para ele passar geleia no pão; duas... três fatias. Depois, vai comer direto da colher.

Novamente, seus olhos haviam se fechado, mas ela os abre quando paro de falar. Parece um esforço enorme, levantar aquelas pálpebras transparentes, portanto continuo:

— Preparei geleia para o verão, de ameixa, damasco... Ele adora damasco. Não temos muitos morangos por aqui, mas tem muita amora-preta. Love Alice Hanley e eu colhemos bagas no verão. Levamos sanduíches de mostarda e...

Não sei se ela está dormindo. Continuo falando na maioria do tempo para encobrir o som da sua morte.

— Estou com dois filhotes de lobo em uma caixa de papelão ao lado do meu fogão, enrolados em mantas de lã velhas. Eles têm fome o tempo todo. Perderam a mãe, e Willem os alimenta com melaço e leite, com um conta-gotas. Ele acha que pode mantê-los vivos...

Que coisa terrível acabei de dizer.

Ela me observa pela abertura dos olhos semicerrados.

— Você precisa dormir agora — digo.

— Não...

Vasculho a mente buscando algo para falar.

— Love Alice Hanley. Se você não conhece Love Alice, ela é extraordinária, cheia de pintas no nariz, e jamais magoou uma pessoa. E possui um dom: ela pode olhar para você e ver a sua verdade. É assim que ela chama esse dom. Ela teve um bebê uma vez...

— Eu sei... quem é você — diz ela.

— Senhora?

— Wing... fala de você.

Não sei por que isto me apavora. Olho ao redor, mas Wing não está por perto, e me pergunto se ela esperou por este momento para me acusar de algo. Sou culpada de tantas coisas. Fico imaginando se ela compartilha o dom de Love Alice, e talvez eu seja a única pessoa no mundo que não pode ver o futuro. Ou o passado.

— Não consigo imaginar o porquê — digo.

Ela tenta tossir. Queria pigarrear por ela, cobrir sua boca com a minha, dar-lhe ar para respirar. Seus lábios se abrem, num quase sorriso. É um momento em que a verdade é tudo que resta, e ela passa entre nós com tal força que abaixo a cabeça e fecho os olhos. Eu me balanço suavemente, e, quando os seus dedos tremulam na colcha, puxo a cadeira para a frente e pego, sua mão fria. Então, me levanto e vou ao saguão, até a prateleira que Wing colocara na janela, e trago o meu melhor *quilt* cor-de-rosa, com o qual eu a cubro delicadamente e deslizo sua mão pálida para baixo das cobertas. Depois, sento-me ao lado da cama, e a cadeira de balanço faz barulho, enquanto seguro a outra mão.

Ela dorme por muito tempo; tempo bastante para eu pensar que, quando ela se for e descansar o suficiente, voltará. Afinal, se nós devemos nos esforçar para alcançar a perfeição, Deus não iria achar que nós conseguiríamos isso em uma tentativa apenas. E fico imaginando outras coisas como... se ao chegar ao portal da vida, uma alma escolhe o próprio corpo, ou sabe o que vai acontecer. E se isso *é o que acontece*, por que eu decidiria ser filha de Ida? Deus sabe que não sou nenhuma heroína.

Após um momento, sinto que olha para mim.

— Livia...

— Sim — digo, inclinando-me junto a ela.

— Quero sair na neve — sussurra ela.

— Ah, não — retruco, ajeitando o *quilt* em volta dela. — Está muito frio.

— Por favor.

Há uma vasilha com água e uma toalha de linho na mesa de cabeceira. Torço a toalha e a esfrego na sua testa. Há lavanda, também, para aplicar levemente no pulso. Ajeito seu cabelo.

Ela pega minha mão e insiste.

— Livia... por favor.

Minhas costas estão doendo e meu coração está triste. Isso é mais do que posso aguentar. Quando passo pelo saguão, Junk entra, envolto em um espiral de vento úmido e batendo os pés. Seu casaco e cabelo estão cobertos de neve, e eu posso ver, pela luz do lado de fora, que está nevando muito.

— Srta. Livvy? — diz ele. — Vocês estão precisando de algo por aqui?

— O meu caminhão...

— Está enterrado aí fora. Não dá pra ir a lugar nenhum esta noite.

— Mas Willem e Ida estão sozinhos em casa.

Junk esfrega e sopra as mãos.

— O filho do Dr. Pritchett trouxe o trenó. Vou pegar uma carona com ele até sua casa e dizer que você ainda está aqui.

— Obrigada e... você se importaria de ficar na minha casa esta noite?

— De jeito nenhum. Vou mandar avisar Love Alice.

— Junk, tem ovos e pão na despensa. Pode dormir na cama de quatro colunas.

— Tudo bem, então — diz, embora eu saiba que ele não vai fazer isso.

Ele vai comer pão de centeio e tomar café, e passará a noite no chão da cozinha. Mas Willem providenciará mantas e um travesseiro. Junk curva os ombros e sai na tempestade. Fecho as portas dianteiras e deslizo a tranca.

Wing está na cozinha, sentado na cadeira de frente para a janela escura e com os cotovelos no parapeito. O vidro está congelado e há neve acumulada do lado de fora e do lado de dentro. Ponho a chaleira no fogo, pego duas xícaras e procuro, na geladeira, algo para o jantar. Acho presunto para fatiar, pão, manteiga e algumas batatas, que refogo com a manteiga em uma caçarola. É uma sensação esquisita cozinhar aqui.

Após alguns instantes, eu o chamo e ele vem para a mesa e senta, com os ombros caídos, fitando o prato. Deslizo o chá pela mesa.

— Por favor, coma alguma coisa.

— Ela não vai amanhecer — diz ele.

— Provavelmente não.

— Vinte e dois anos.

— É.

— A vida é muito estranha — diz ele.

Quando apanho o garfo, Wing se inclina e cruza as mãos sobre o rosto. O som que sai de sua garganta é tão terrível que me faz levantar da cadeira e ficar parada atrás dele, sem saber o que fazer; até que eu o abraço e nós nos embalamos; ele tremendo e eu tentando acalmá-lo.

— Você não deveria estar aqui — diz ele. — Eu não deveria ter...

— Não diga nada.

— Livia...

— Wing. Ela quer ir lá fora.

Ele olha para mim como se eu estivesse falando chinês.

— Ela quer ver a neve.

— Pra quê?

Dou de ombros.

— Acho que deveríamos atender ao pedido dela. Poderíamos agasalhá-la bem, somente por alguns minutos.

— Olivia...

— Wing, quantas coisas ela pediu?

Wing traz a cadeira de rodas do sótão e eu a ajeito, tirando o pó e forrando o assento e o encosto com uma manta de lã. Depois, nós a levamos até o quarto e ela sorri ao nos ver. Wing afasta as cobertas. Ela me lembra um dos filhotes de lobo. Ele a levanta facilmente, como se fosse um bebê. Então a senta na cadeira e eu enrolo uma toalha e o *quilt* em volta dos pés, dobrado em seis, de tão pequena que é. Em seguida, empurramos a cadeira até o saguão e Wing para, enquanto levanto a manta em volta da sua orelha e cubro sua cabeça. Ela parece a Nossa Senhora, do presépio de Natal da Igreja Metodista. Abro a porta, e recebo uma forte rajada de neve. Wing gira a cadeira e sai de costas, protegendo-a do vento.

Todas as luzes da cidade estão acesas: o Ruse's Café está iluminado por dentro e por fora, embora esteja fechado; há luzes coloridas acima do velho escritório de jornal, do mercado, além de uma fileira na placa da barbearia, talvez esquecidas desde as festas de Natal. Um poste de luz pisca no fim da rua e algumas luzes brilham das janelas, na encosta norte. Os faróis movem-se lentamente na estrada. A brancura da neve multiplica tudo aquilo por cem, e a Sra. Grace Harris retira as mãos da proteção das cobertas e bate palmas, como uma criança.

Depois, puxa para trás o capuz de lã e levanta a cabeça. A neve cai no seu rosto pálido e ela lambe um floco que pousou nos lábios, deixando escapar um suspiro, que atravessa os últimos andares do hotel e alcança o céu.

Dessa maneira, a Sra. Grace Harris morreu, na Main Street, com todas as luzes brilhando e piscando; e Wing tremendo, ajoelhado aos seus pés, com o rosto no seu colo.

Capítulo 35

No dia seguinte, contrariando as expectativas, a neve derrete e eu consigo levar o caminhão para casa. O sol está brilhando e aquece a cozinha, embora ainda tenhamos apenas uma janela, porque não consertei a outra. Na caixa, ao lado do fogão, os filhotes estão enfraquecendo. A angústia de Willem é enorme. Algo mudou em mim, também, talvez por assistir Grace Harris deixar este mundo. Acho que ela queria ir em frente e acabar com tudo, por ela mesma e para permitir que Wing pudesse retomar sua vida. Talvez tenha planejado tudo, e, se isso for verdade, admiro-a mais do que jamais admirei outra pessoa.

Tudo isso acontecia após eu ter passado vários anos evitando proferir o nome de Wing, quando teria rolado no chão num ímpeto cego de amor, se ele tivesse simplesmente entrado pela minha porta.

Estamos em silêncio. Willem, meio resfriado, e eu, colocando aveia no prato. Deixei que ele faltasse à escola hoje, para que não pegasse crupe, de cuja possibilidade ainda não está livre.

Dou-lhe melaço em uma colher e, na hora de dormir, vou colocar um cataplasma em volta do seu pescoço. No fundo, morro de medo de perdê-lo. Ele não diz nada, quando ponho a vasilha na frente dele e visto a capa, para levar o torrão de aveia, um pedaço de pão e uma xícara de café fraco para Ida. Quando atravesso o quintal, percebo que o barraco está escuro e a única janela está coberta com um lençol velho. Eu o afasto para deixar entrar um pouco de luz. Mas Ida não está na cama, nem na cadeira, nem revirando suas caixas mofadas. Ela não está no barraco... e também não estava no banheiro, por onde acabo de passar. Pouso a refeição e volto para o lado de fora, chamando seu nome.

— Ida! — grito, indo em direção ao celeiro. — Pelo amor de Deus, Ida, onde você se meteu?

Mas ela não está lá, nem no paiol, nem no caminhão, lugares que às vezes a encontrei, quando ela ficava com raiva de mim. Observo as marcas deixadas por minhas botas, formando círculos e sujando a neve, que está derretendo rapidamente, sob o sol. Não há rastros que combinem com os pés pequenos de Ida e isso me deixa apavorada. Ainda é cedo e ela pode ter saído por algum tempo, mas para onde? Será que subiu a montanha?

— Ida!

Será que está na estrada? Talvez tenha atravessado alguma pastagem, esqueceu onde mora, entrou em um carro.

— Vou procurá-la — digo ao menino. Ele funga e passa a mão sob o nariz.

— Use o lenço, Willem. Ela está vagando por aí, eu acho. Não posso imaginar que ninguém a tenha levado.

Ele acabou de comer a aveia e empurra a cadeira para trás.

— Vou ajudá-la.

— Não vai não — digo, sentindo a veia saltar no pescoço. — Vou no caminhão e pergunto se alguém a viu. Vista-se e cuide do armazém. O tempo melhorou, portanto deve haver fregueses hoje.

Ele concorda em silêncio.

Tiro o caminhão e vou para a cidade. Há carros por toda parte, mulheres levando pratos cobertos para o hotel. O médico, que faz as vezes de agente funerário, veio ontem de manhã e preencheu um atestado de óbito. Tenho certeza que uma meia dúzia de senhoras — inclusive a jovem Sra. Ruse, que tem 77 anos — já arrumaram a Sra. Grace Harris. Queria saber se tudo isso vai tirar o brilho dos negócios de Wing, e se ele voltará a dormir no quarto de botões de rosa.

Paro na botica, mas Dooby diz, balançando a cabeça:

— Não a vi, Olivia. Mas vou perguntar a outras pessoas.

— Dooby, Willem pegou um resfriado, não sei se ele vai estar melhor amanhã...

— Com o funeral e tudo mais, não vai ter muito que fazer. Vou mandar um remédio. Vai aliviar a garganta dele.

Tiro o porta-moedas do bolso.

— Não, não — diz Dooby, entregando-me o papel. — Eu cuido dos meus empregados.

Se Ida andou pela estrada, não sei dizer. Não há pegadas ao longo da margem. Ninguém no posto de gasolina a viu, nem em nenhum dos outros lugares onde parei para perguntar. Eu decido voltar, desta vez pela estrada municipal, parando três ou quatro vezes para descansar os olhos e analisar a área. Estaciono o caminhão na entrada de casa, imaginando-a aconchegada na cama fedorenta, reclamando do café frio e fumando cachimbo. Mas ela não está lá.

Willem está atendendo dois fregueses e operando bem a caixa registradora, mesmo com o nariz vermelho e os olhos lacrimejantes. Ele percebe a minha expressão interrogativa e balança a cabeça, negativamente. Volto imediatamente, para continuar a busca.

Ninguém na Rowe Street a viu. Ela não esteve no médico, nem no prédio escolar, onde a professora olha para mim, mas continua lendo em voz alta. Ela também não está na oficina Meltons, nem na loja de penhor, nem no Ashy Rosie's, um bar frequentado por negros. Também não está vagando pelo cemitério, nem ao longo do leito do rio. Não há buracos no gelo, portanto ela não caiu e se afogou. Passo pela casa de Phelps, cujas entradas limpas remetem a um cartão-postal, e prossigo o caminho sinuoso. Aproximadamente a 800 metros para o leste, nos degraus da Primeira Igreja Batista, vejo Ida, acocorada com a camisola presa sob os tornozelos. Estaciono ao lado da varanda.

— Já era hora de aparecer — diz ela, quando me aproximo. — Meus pés estão frios.

— Pelo amor de Deus, o que está fazendo aqui? E onde estão suas botas?

Ela olha para os pés. Estão sujos, ensanguentados e arroxeados, com cortes profundos e cobertos de lama e sujeira, sem unhas.

— Perdi as botas...

Tiro a capa e a envolvo.

— Você não pode sair por aí desta maneira. Ficamos assustados. O que deu na sua cabeça?

— Você nunca me leva para lugar nenhum, Olivia. Deus sabe que filha desnaturada você se tornou.

— Pelo amor de Deus...

Seu estado é lastimável. Ida parece tão triste e perdida que não sou capaz de olhar para ela. Como isso acabou dessa forma? Ida com suas acusações, e eu a odiando tanto que não consigo ser diferente do que ela diz que sou.

— Vamos para o caminhão.

— Não posso andar descalça!

— Você veio até aqui assim, não veio?

Mas acabo erguendo-a para colocá-la no banco do caminhão. A camisola está enlameada e o cabelo, todo emaranhado. Ela não pesa quase nada e suas pernas são tão finas que eu poderia quebrá-las, como galhos finos. Quando isso começou? Toda essa magreza e deterioração? E como vou conseguir evitar que isso comece novamente? Imagino-me amarrando Ida à cama com uma corda, como ficam as cabras, e passando uma tela de arame em volta do quarto. Ela se mexe no banco, e dirijo com cuidado para não sacudi-la, ou quebrá-la.

— Sei o que você fez, Olivia — diz ela.

Sinto-me repentinamente tão cansada que poderia cair sobre o volante e dormir.

— O que foi que eu fiz?

— Você desejou que eu partisse. — No início, sua voz é fina e oscilante, mas ela se torna mais vigorosa, guarnecida por uma nova acusação. — Você me seguiu. Certificou-se de que eu havia perdido as botas.

Eu me esforço para manter os olhos na estrada.

— Eu não as perdi! — diz ela. — Você as roubou!

Não há nada que eu possa fazer, além de continuar dirigindo, embora eu quisesse pular do caminhão e ficar olhando ele transportar Ida através do campo e cair no rio. Em que se baseia a ideia de dívida, que nos faz pensar que temos obrigação de cuidar dos velhos?

Vou até a botica para avisar a Dooby que a encontrei, e fico agradecida por ele não fazer perguntas. Embora minha respiração produza fumaça dentro do caminhão, não estou sentindo frio. Há uma ardência no meu estômago e no fundo dos meus olhos. Levo-a para casa. Não adianta conversar com ela, que só está preocupada com suas botas. E, mesmo assim, não o bastante.

Cinco minutos depois, estou tirando a capa, colocando a tina no meu quarto e aquecendo água para banhá-la. Do lado de fora, Willem está pesando um quilo de amendoins, assoando o nariz de vez em quando e falando com um freguês. Ida entra na tina e senta, enquanto pego um pano e sabão para lavar seu rosto. Eu a esfrego como se ela fosse uma grande mancha, difícil de remover; até ela estremecer. Ensaboo o cabelo e derramo água de um jarro, pedindo a ela, pelo amor de Deus, para permanecer quieta.

— Você não tem o direito de fazer isso — resmungo, secando-a com a toalha. Em seguida, seu corpo miúdo praticamente desaparece, dentro de uma das minhas camisolas de flanela. — Depois de todo o sofrimento que você me causou, não é justo tornar-se assim tão dependente.

Ida olha para mim, com seu cabelo branco e desgrenhado. Pelo menos está limpo. Fazia muito tempo que ela não cheirava tão bem.

— Olivia — diz ela, em tom ameaçador. — Não sou apenas um mendigo de rua. Deus punirá você pelo jeito como me trata.

Embora eu preferisse cortar a língua antes de assumir em voz alta, ela deve ter razão.

Capítulo 36

São quase 17 horas quando Ida termina o jantar e vai para cama. Aumento a intensidade do aquecedor elétrico e coloco as botas velhas de Willem junto à porta do barraco, caso precise ir ao banheiro. Não sei o que mais posso fazer. O porão é frio demais, o quartinho na cozinha é usado por Willem; e, se a cama de quatro colunas fosse 500 metros mais larga, não seria suficiente para nós duas.

Entretanto, fico olhando para as caixas de papelão, caindo aos pedaços, as paredes sem tinta, o tapete esfarrapado. Talvez eu e Saul devêssemos ter feito mais, construído prateleiras e guarda-louças, desempacotado suas coisas. Na época, eu não poderia. Eu tinha que retirá-la da casa e havia conseguido. Então, apago a luz.

Willem trabalhou muito na loja hoje e suponho que esteja exausto devido ao resfriado. Vou pegar da caixa as duas maiores batatas que encontrar, acender o forno e assá-las para o jantar. Ele está na varanda dos fundos e, com um aceno de mão, eu o chamo para dentro de casa.

Mas ele não me vê, e eu não consigo identificar o que está observando, devido ao pôr do sol. Vou até o lado de fora. Quando dou de cara com o que está na neve, não consigo olhar, nem respirar. Aqui, bem no pé dos degraus dos fundos da minha casa, está um lobo, atingido na testa, com o focinho ainda coberto de espuma vermelha. A orelha direita havia sido arrancada, e há uma longa mancha de sangue marcando o caminho pelo qual ele fora arrastado. Não devia ter mais de seis meses. Sinto-me ferida no coração e na alma.

— Willem! — grito, como se ele estivesse a 10 metros de distância. — Pegue uma maldita pá!

— Vó...

— Tenho que enterrá-lo, não quero que o achem no nosso quintal...

— Alguém já entrou no nosso quintal — diz ele, entregando-me a pá. — Vó, quantos você acha que ainda restam?

Olho para as colinas.

— Não sei. Se forem inteligentes, irão para longe. De qualquer maneira, é tarde. Vou tirá-lo daqui e enterrá-lo bem fundo. Acenda o forno, coloque duas batatas para assar e vá para cama.

— Tenho que alimentar os filhotes — diz ele, tremendo.

— Muito bem, mas eu me encarrego do turno da madrugada. Agora, saia desse frio e vá para dentro.

Eu me afasto, arrastando o lobo por uma perna traseira. Um dos caçadores levou para casa uma orelha boa, sedosa, e minha raiva poderia encher toda Pope County. Uma terrível verdade me ocorre então: estou entrando em um mundo tão amargo como o que Ida habita.

Capítulo 37

Um novo dia nasce. Ordenho e alimento as cabras e espalho milho. Depois, quebro o gelo nas panelas de água. Encontro quatro ovos. No último outono, mandei Willem forrar uma manta de crina de cavalo nas paredes e no chão do galinheiro, por via das dúvidas. Ainda bem que tive essa ideia.

Quando entro, ele está remexendo a despensa. Encontra uma maçã e, enquanto fervo água para misturar a aveia, falamos sobre Ida, sobre a Sra. Grace Harris e o enterro, que será às 11 horas.

Só bem tarde da noite, me lembrei do cataplasma para sua garganta e, de botas, usando a luz do forno, misturei mostarda em pó e água e espalhei uma grossa camada da pasta entre dois pedaços de flanela para aplicar no peito. Parece ter dado certo, e eu me tranquilizo em relação a ele.

— Guarde a maçã, Willem — ordeno. — O café da manhã está quase pronto.

Ele dá uma olhada na caixa onde os filhotes estão dormindo, com a barriga ainda cheia do caldo de legumes que dei a eles, antes do amanhecer.

— Desculpe pelo que falei, vó.

— O que foi, rapaz?

— Que se a Sra. Grace morresse... você sabe. Você e Wing.

— Tudo bem.

— Depois do enterro, vou até a botica para acertar as minhas horas.

— Você está bem o suficiente para fazer isso?

Ele assente em silêncio e permanece quieto, mesmo depois, quando nos sentamos à mesa para tomar o café da manhã, fingindo que o sangue do lobo não manchou a janela e a parede abaixo.

Não há tiro nas colinas hoje e os filhotes estão se mexendo na caixa. Willem os apanha e segura os bichinhos macios, acariciando-os, dando-lhes aveia com o dedo. Eu conto o que a Sra. Hanley falou sobre o caldo. Por um momento, ele parece esperançoso, portanto me apresso para lembrar-lhe de que não temos carne, nem um pedacinho.

— Eu poderia matar um coelho se tivesse uma arma — diz ele. — Aposto que eu poderia nos abastecer de carne durante todo o inverno. Sei que poderia. — Mas sua expressão já começa a demonstrar desapontamento, porque ele sabe a resposta.

— Temos algum tempo antes do enterro. Vá lá fora e verifique as armadilhas, se estiver com vontade. Você pode ter capturado algo e, quando eu colocá-lo na panela, você pode ficar com um pouco do molho da carne.

Ele acena com a cabeça, e eu sei o que ele está pensando: os filhotes também podem ter sua parcela da carne. Amarro as botas e pego a capa.

— Vou levar a bandeja de Ida agora.

— E se ela não estiver lá? — pergunta ele. — E se ela tiver sumido novamente?

É um receio que eu também tenho. Mas não posso amarrá-la.

Felizmente, Ida está dormindo. Quando eu a acordo, ela se vira para o outro lado. Ainda está aborrecida comigo por eu ter revirado o seu quarto, embora eu tenha colocado tudo de volta e arrumado as caixas.

Ela pergunta:

— Cadê meu copo de leite?

Deixo entrar alguma luz do dia e sento-me na beira da cama.

— Não tem leite, Ida. Coloquei mel no seu chá.

— Bem — diz ela, em tom rabugento. — O Dr. Pritchett disse que preciso tomar leite.

— Willem também precisa. — Eu falo sobre a Sra. Grace Harris e aviso que vou até a cidade.

— Estava na hora de Wing Harris ser punido — diz, cruzando os braços. — Não pense que eu não via o que vocês dois faziam.

Ela vai relembrar cada pecado que eu cometi. Não adianta ficar envergonhada com isso, após todos estes anos.

— Você nos seguia?

— Como qualquer mãe decente faria. Eu vi quando ele enfiou o negócio dele em você, fazendo-a sangrar.

— Estou começando um novo *quilt* — digo, para mudar de assunto. — Outro com círculos, em azul e violeta. Love Alice disse...

— Alice Hanley é uma estúpida confusa. Ela fala igual a uma coruja gritando — diz Ida, batendo os braços para demonstrar. Em seguida, olha seu prato com desagrado, mas não come nada. Não sei por que eu alimento esperança em relação à Ida, pensando que algum dia ela possa cair e bater a cabeça, como aconteceu com Junk, e isso possa modificá-la para sempre. Odeio a mim mesma por isso, por continuar voltando para ela, choramingando como uma criança, querendo minha mãe.

— Ida...

Ela ajeita sua camisola de flanela.

— Não diga nada que me dê dor de cabeça, Olivia. Você é tão descuidada em relação a isso.

Faz um longo tempo desde que olhei bem na sua cara, nos seus olhos, e o que vejo é terrível: bochechas e queixo ressequidos, como uvas-passas. Ela está pele e osso e os olhos estão sombrios, não azuis como os de papai ou os meus, mas afundados em buracos sem fundo.

Quero perguntá-la se está arrependida, se sofre pelo que aconteceu no passado, por ter me rejeitado, pelo acidente que me deixou no hospital, pela morte de papai, por sua sepultura sem placa.

— A aveia está fria — reclama ela. — Eu queria mesmo era ovo cozido.

— Ida, por favor.

Ela suspira.

— Que foi?

— Você deve lembrar-se de algo bom sobre papai.

— Deus me proteja — resmunga. — Novamente esse assunto. No final, você passou mais tempo com ele do que eu.

— Ele morreu há 30 anos...

— Bem, você o matou — ela diz, me lembrando disso mais uma vez.

— Como ele era quando vocês se casaram?

Ela olha para a janela coberta de gelo, mas está vendo algo mais distante.

— William Tate Harker era um homem bonito. Um ótimo dançarino e todas as garotas davam bola para ele. Elas faziam festas elegantes, e nós sempre éramos convidados. Tate me rodopiava no salão. Ah, eu era uma beleza com meu vestido de organdi pregueado e laço cor-de-rosa.

Não consigo imaginar ninguém ter dinheiro para dar festas elegantes. Nem posso imaginar Ida, que veio de uma família pobre, vestida de tal forma.

— Fale *sobre* ele — insisto.

Ela levanta o queixo.

— Ele estava tão apaixonado que, no início, não enxerguei os defeitos.

— Ele não tinha mais defeitos do que qualquer outra pessoa — retruco, embora o simples fato de estar apaixonado por Ida já seja defeito suficiente.

— Ele não fez nada para tirá-la da pobreza e vestia você com roupas feias.

— Nós não éramos pobres. Ele tinha dois empregos. As pessoas pagavam o que podiam pelos seus serviços médicos.

— Ele trazia aqueles bichos cheios de pulga para casa. Ou ia até onde eles estivessem. Às vezes, ficava fora vários dias e voltava para casa todo sujo de sangue, querendo que eu lavasse sua roupa. E tudo que ele conseguia era um punhado de cenouras e repolho. E se achava um excelente médico.

— Como ele sabia o que fazer para tratar animais feridos?

Ela dá de ombros.

— Naquele primeiro ano, ele perguntou se podia pegar algumas coisas do guarda-louças. Portanto, dei-lhe agulha e linha, tesoura e algumas colheres. Mas nada era suficiente. Ele chamava o tempo todo: "Ida Mae, traga um pires, vá buscar uma gema de ovo, jogue uma manta." Achava que bastava estalar os dedos, que eu atenderia prontamente. Aposto que agora está arrependido.

Se Ida fosse um pouco mais perversa, explodiria em chamas.

— Fale sobre quando eu nasci.

— Ah, isto! Não entendo como aquelas mulheres primitivas tinham bebês no mato e depois iam capinar. Você tinha uma cabeça grande... e braços e pernas como as de um macaco. A coisa toda abalou meu sistema nervoso. Seu pai não fez nada, além de se esconder no alambique e ficar no porão com aquelas criaturas imundas. Depois, ele a vestiu com calça e permitia que você andasse por aí, correndo. Você nem sabia se comportar como uma dama. Quando voltei para casa, me defrontei com essa tarefa impossível.

Reúno as coisas na bandeja. Um dia quando Ida falar o quanto eu era uma criança feia e rebelde, eu a esbofetearei, talvez até a jogue no chão e ponha um travesseiro na sua cara. Mas hoje eu pedi por isso. Então, levanto e me afasto.

Da porta, eu digo:

— Só mais uma coisa. Fale-me, novamente, sobre quando papai morreu.

Ela dá um enorme suspiro.

— Naquela noite, eles o trouxeram para casa.

— Quem?

— Não me lembro, Olivia. Quem encontrou vocês dois. Ele estava todo machucado. Eles o puseram na cama e eu o limpei e o vesti com o seu melhor terno.

— Houve uma cerimônia religiosa? Alguém fez uma oração por ele?

— Não. Ninguém se deu ao trabalho. Na manhã seguinte, mandei buscar um caixão, cavei um buraco e o enterrei. E só isso.

Ela suspende o cobertor até o rosto.

Eu me retiro e subo a colina, atrás do barraco de Ida, e encontro um lugar sombreado e com pouca neve. Não é tão fácil me jogar de cara no chão agora, mas eu o faço com um estalo das juntas dos joelhos, e grunhindo como um cerdo velho. É uma sensação boa ter braços e pernas abertos no chão. Mas estamos no inverno e uma geada lenta me atinge do lado esquerdo do rosto, enquanto faço um balanço dos últimos acontecimentos.

Qualquer que seja a origem desta amargura em Ida, isso a está deixando completamente desvairada. A esposa de Wing está morta. O menino apegou-se a criaturas que não podemos salvar, e lobos estão morrendo, quase todo dia. Além disso, se eu morrer de frio, aqui, o mundo continuará sem mim. Qualquer dia, Ida sairá, sem rumo, do seu barraco, cairá no riacho, e será transportada a um lugar melhor. Wing pode até casar-se novamente. Mas o que o menino faria? E o que aconteceria aos lobos?

— Vó? — Deitada como estou, só consigo ver as botas de William que, antigamente, estava acostumado a me achar deste jeito. — Está tudo bem?

Fico de joelhos e bato a neve do corpo.

— Estou bem.

Ele ainda está vestido com seu camisão de dormir, além do casaco e chapéu. Provavelmente, é mais parecido comigo do que imagino.

— Bem, peguei um esquilo e duas ratazanas.

Toco a sua mão.

— Muito bem. Dê as ratazanas para as cabras. Não estamos prontos para comê-las ainda. Agora vá e esfole o esquilo, ponha-o na panela e esconda-a ao lado dos degraus dos fundos. Vou prepará-lo esta noite.

Ele sorri, acena com a cabeça e se dirige para casa. Eu o sigo. Não estou aguardando com ansiedade pelo funeral, e só de pensar nisso o meu ânimo se azeda.

Capítulo 38

Willem retirou a cabeça, os pés e as tripas do esquilo antes de esfolá-lo. Estou na cozinha lavando os pratos. Sem dizer uma palavra, ele entra, enxuga a louça, põe um pouco de mel e leite em uma panela e alimenta os filhotes com o conta-gotas. As costelas dos filhotes inflam quando eles engolem. Tenho pensado, frequentemente, que mais um, seguramente, não irá resistir. Mas as barriginhas dos bichinhos estão crescendo. Eles adormecem e Willem os coloca de volta na caixa, enquanto guardo os pratos.

No quartinho, ele tira o camisão de dormir por cima da cabeça, e, ao vê-lo de pé, com suas pernas compridas e tremendo de frio, usando apenas a roupa de baixo, percebo que ele não é mais um menino. Ele abotoa a camisa passada que eu havia colocado sobre a cama.

Eu tenho um vestido preto, simples, com colarinho e punhos brancos que fiz há dez anos. Ele tem uma fileira de botões brancos de vidro na parte da frente e ainda cabe em mim. Diante do caco de espelho, não pareço tão mal, escovando o cabelo, virando para um lado e para outro, para ver como fica melhor. Por fim, eu o prendo no topo da cabeça com dois grampos prateados. Na minha gaveta, há uma caixa de pó de arroz, aplico um pouco no rosto, e belisco as bochechas para obter um tom rosado. Fico contente que o vestido seja longo o bastante para esconder minhas botas, e juro que, quando tiver dinheiro suficiente, comprarei um par de sapatos de verdade.

Com Willem ao meu lado, dirijo 10 quilômetros até o cemitério. Vai haver uma multidão, e a Sra. Grace Harris irá para debaixo da terra sabendo que é amada. Ela sabia quem eu era. Eu, por outro lado, sei quem sou apenas quando estou vendendo baunilha e cardamomo, ou assando um bolo de açúcar mascavo, com Willem. Quando estou com Love Alice, sou forte e segura. Mas algo acontece quando estou sozinha. Quando não há outros olhos para refletirem os meus, uma grande dúvida me aturde, e nesses momentos eu me pergunto se existo realmente.

Talvez seja Wing. Por mais que eu tenha tentado me libertar, e por mais que eu tenha ficado extenuada, meus sentimentos nunca se extinguiram completamente. Ou talvez não seja Wing, mas outra coisa que me deixou magoada. Como a falta de papai ou a indiferença que eu sentia em relação a Saul. Por outro lado, pode ser apenas uma unha do pé encravada ou eu esteja oscilando com as mudanças da vida. Talvez precise de um homem para me deitar sobre as folhas espalhadas no chão, em Cooper's Ridge. Ou talvez seja tudo coisa da minha cabeça.

Sempre fico impressionada quando vejo o coveiro quebrar o gelo para enterrar um corpo. Às vezes, entretanto, é preciso aguardar o degelo, e os mortos de inverno se acumulam como lenha empilhada.

Hoje, abriram um caminho pela neve, e Willem e eu passamos por entre as pessoas que vieram ao enterro e se encolhem dentro de sobretudos e cachecóis, com as mãos nos bolsos. Os negros estão ligeiramente afastados das outras pessoas. Willem e eu ficamos com Junk e Love Alice e recebemos olhares de recriminação por parte dos Anatole e dos Standish e dos senhores French e Andrews. Little Ruse acena para nós. A Sra. Phelps nos vê e também ergue a mão, mas seu marido a puxa pelo braço.

Não consigo ouvir a cerimônia, mas posso ver o reverendo, o pároco da Igreja Presbiteriana de Paramus. Wing está de cabeça baixa. Foi a maior surpresa da minha vida ele mandar me chamar quando a esposa estava morrendo. Ele levanta os olhos e me vê, e, embora eu possa estar enganada, parece ficar menos tenso.

O pastor profere um "amém". Dois homens de terno e sobretudo apertado descem o caixão. As pessoas observam, em uma homenagem silenciosa, sem flores para jogar no buraco. Depois, elas vão para os seus carros e se dirigem para a cidade, até o hotel de Wing. Eu estaciono no beco e, enquanto o resto do grupo se aglomera na calçada, sou a primeira a entrar.

O saguão está escuro e silencioso. Tiro a capa e sacudo o chapéu. Logo depois, Wing entra também. Ouço alguém falar: "Oi, Wing", da entrada, e lá está Big Ruse e a família, e atrás dele está Darvis Butler, que possui um açougue em Buelton. Logo, o saguão, os corredores e a cozinha estão cheios de gente. As pessoas invadem a sala privativa da frente, onde aparentemente Wing dormiu a noite passada. Eu dobro os cobertores, levo-os para o quarto e enfio tudo no guarda-roupa. A roupa de cama do quarto de botão de rosa foi trocada, os apetrechos de enfermaria, retirados; mas o meu *quilt* cor-de-rosa está sobre o colchão.

Na cozinha, Wing está ao lado da janela, olhando para a varanda que construiu sobre o jardim para que os hóspedes pudessem usar durante o verão. Está coberta de neve agora. Algumas mulheres já estão arrumando bolos de frutas e tortas, ensopados e carne fatiada. A mesa, o aparador e cada centímetro da cozinha estão repletos de comida. Elas me cumprimentam com um gesto de cabeça. Embora eu seja normalmente a primeira a chegar, trazendo batatas gratinadas ou feijão e pão, hoje isso sequer me passou pela cabeça. Toco o ombro de Wing e, quando ele se vira, eu o abraço. Nós nos embalamos e, do fundo da garganta, ele emite um som suave e frágil, que enfraquece meus joelhos.

Quando éramos jovens, eu conhecia o corpo de Wing, seu coração e sua alma. Mas em todos esses anos, desde então, as únicas ocasiões em que nos falamos foi formalmente, quando alguém se casou, ficou doente ou morreu. Foram décadas de *melancólicos* Meus Cumprimentos. Agora, seu corpo parece estranho para mim, este homem envelhecido, no lugar do jovem de antigamente. Eu me afasto.

Ele diz:

— Eu sabia que você voltaria. Eu sabia.

Percebo como tudo tem um ciclo. Nós nascemos, depois crescemos e morremos, e então, tudo se repete. Uma árvore floresce, as suas folhas são verdes, e depois ficam amarelas. Elas caem e voltam para a terra, durante o inverno. Então a primavera vem, e começa tudo novamente. Naturalmente, eu voltei, mas com sentimentos renovados. De alguma maneira, estou irritada, mas esta não é a hora de dizer-lhe isto.

Há tantas pessoas na cozinha que não acho que alguém possa nos ver. Wing procura o lenço.

— É um alívio tão grande — diz ele. — Eu deveria me sentir envergonhado em dizer isso, mas...

— De jeito nenhum.

Ele limpa o rosto e assoa o nariz. Seus olhos estão acinzentados e seu rosto, retesado.

— Eu fiz tudo o que pude, Olivia. Tudo o que eu tinha era dela.

As suas palavras apertam meu estômago e arrancam o meu coração, mas sei que elas são verdadeiras. Elas se somam a tudo que se tornou amargo dentro de mim.

— Você fez o possível — digo. — Cada minuto, dia e noite.

Ele assoa o nariz novamente, me fazendo lembrar de Willem, que usa dois lenços no bolso. Não sei onde ele está e se sabe que há bolo.

— Quer que eu faça um café?

Ele suspira, estremecendo levemente, o que me faz querer esquecer o que sinto e envolvê-lo no meu melhor *quilt*.

— Eu prefiro chá. Acho que vou falar com algumas pessoas.

Ele vai para o corredor. Vejo agora que há um enorme bule de café sendo preparado no Ruse's Café, do outro lado da rua, mas encho a chaleira, ponho o coador no bule e acrescento folhas de chá. As pessoas estão apanhando pratos. Fatio alguns bolos, disponho verduras com pé de porco e distribuo fatias de pão preto com um torrão de manteiga. Por alguns minutos, sinto-me contente por fazer algo.

Willem não está por perto, nem na cozinha nem no saguão, nem na sala de visitas. Também não está do lado de fora, nem na parte da frente nem nos fundos. Eu subo a escada que leva ao primeiro andar, na esperança de que ele não tenha piorado e ido se deitar. Mas no primeiro cômodo que entro, sentado relaxadamente em um cadeira de balanço, está ele, enquanto a moça contratada, Molly, faz a cama e passa o limpador de tapetes. Ela é uma garota bonita, tem a pele de pêssego e usa o cabelo louro preso com um lenço. E fala sem parar.

Quando entro, Willem fica ruborizado, mas Molly não para.

— Bom dia, Sra. Cross — diz ela, empurrando o limpador debaixo da cama e em volta do escritório.

— Molly. Willem. Tem bolo de camadas lá embaixo.

— Está bem — diz Willem. — Eu estava esperando a Molly acabar. Ela pode jantar, também?

Esta é mais uma peculiaridade à qual devo me adaptar.

— Podem descer quando terminar e você pode pegar o que quiser.

— Ah, Sra. Cross — diz Molly. — Eu ficaria gorda como um barril se fizesse isso. Claro que eu perco tudo aqui, trabalhando, com esses homens que não sabem como deixar um quarto. Os lençóis ficam um nó, nunca abaixam a tampa do sanitário...

Willem ruboriza novamente e funga.

— Há hóspedes no momento? — pergunto.

— Ah, sim. Eles se reúnem aqui à noite para beber e conversar. Alguns provavelmente estão lá embaixo agora, pegando uma comida de graça. Acho que eles conhecem o Sr. Wing... e a Sra. Grace era gentil com todo mundo.

— Quantos caçadores existem?

— Ah, meu Deus! Vários.

Queria saber qual o preço da adesão ao grupo.

— Molly, você alguma vez viu Alton Phelps por aqui? Quero dizer, ele se junta aos caçadores?

— Não, senhora. Claro que eu só trabalho três dias, depois da escola, e nas manhãs de sábado.

— Quanto tempo estes caçadores ficam aqui?

— Duas, três semanas. Nem sempre. O mais estranho é que, se eles caçam alguma coisa, eu nunca vi. Acho que eles estão tramando algo.

Naturalmente não há caça nenhuma, eu penso, mas preciso perguntar:

— Por que você diz isso?

— É como se eles estivessem jogando um jogo — diz ela — e contando segredos. Eles sussurram, apontam, riem e sussurram um pouco mais.

— Você alguma vez ouviu o que eles dizem?

— Não, senhora. Sempre se calam quando alguém se aproxima. Eles me deixam em pânico. O Sr. Wing os trata bem, mas não acho que também confie neles.

Isso é assunto para pensar.

— Bem não demore para descer e comer — digo.

No andar de baixo, as pessoas estão conversando e parecem menos tristes, agora. Quase uma hora depois, Wing vem novamente para a cozinha. Eu sirvo o chá, que se manteve quente no fogão, e pergunto se ele comeu alguma coisa hoje. Diante da resposta negativa, eu passo manteiga em uma fatia de pão, que ele dobra ao meio e dá uma mordida.

— Foi assim quando Saul morreu? — pergunta ele.

— Poucas pessoas foram ao enterro.

— Não, eu quis dizer… a morte dele.

Eu balanço a cabeça. Foi há muito tempo, mas eu me lembro muito bem.

— Um dia, quando ele estava colocando o último cascalho na casa de Ida, simplesmente caiu morto.

As pessoas continuam chegando. Angus Samson e a esposa, além de Elizabeth Phelps, e mais alguns.

— Olivia. — Dooby acena com a cabeça. — Você está bem?

— Sim.

— Boa tarde, Olivia — diz Elizabeth Phelps entrando na cozinha. — É um gesto bonito da sua parte estar aqui. Tenho certeza que é um conforto para Wing. Você tem esse dom.

Eu prendo uma mecha de cabelo que se soltou. Olho seu vestido de lã cor-de-rosa, e para o meu, de sarja preta.

— Sra. Phelps...

— Elizabeth — corrige-me ela.

— Outro dia, você me falou do meu pai ter cuidado do seu cachorro Governador, e eu fiquei me perguntando... Você se lembra de algo mais sobre meu pai?

O seu sorriso desaparece.

— Por que você quer saber?

Sua pergunta me deixa confusa. Olho para o meu dedo sem aliança. E olho sua mão bonita, sua pulseira de prata com pedras cor-de-rosa.

— Olivia. — Ela põe a mão no meu rosto. — Eu falei demais. Não mexa em casa de marimbondo. O café está pronto?

— Sim, senhora. Está ali, na bancada da pia.

— Obrigada — diz ela. Mas em vez de tomar o café, vai embora.

Eu lavo xícaras e pires e corto um bolo que acabou de chegar. E tento esclarecer o pouco que eu sei. Willem e Molly descem, e, enquanto eles tiram comida das travessas e cumbucas, Molly fala o bastante por todos nós.

Quando os convidados se retiram, se é que pode se chamar assim, estou exausta e Wing parece estar cansado também. Compreendo que ele precisa ficar sozinho. Arrasto Willem para longe de Molly, e ele vai até a botica, enquanto eu me dirijo para casa, visto a calça e uma camisa e pego o esquilo. Corto-o em pedaços e o coloco para cozinhar. Os filhotes estão na caixa, choramingando durante o sono. Eu tenho que acordá-los e forçá-los a comer o mingau, mas tenho algo mais importante na cabeça: como defender nossa propriedade destes caçadores. Certamente isso irá empreender uma atitude da minha parte. Seria inútil ameaçá-los e depois não executar a ameaça. Minha mente está exaurida, mas é como um cão com um osso.

Sentindo uma imensa raiva, pego uma faca e corto uma cebola. Acrescento o sal na panela e, quando alimento os filhotes, eles não se importam que as minhas mãos estejam tremendo. Está ficando escuro. Willem não deve demorar a chegar e vai estar faminto. Eu fatio o pão e o coloco em um tabuleiro para levar ao forno e adiciono canela com um pitada de açúcar.

Alguém está batendo na porta da frente, e não é Willem, porque ele nunca usa a porta da frente. Deve ser alguém precisando de bicarbonato de sódio por causa de uma dor de barriga ou querendo algo que esqueceu de comprar para o jantar de amanhã. Batem novamente. Cruzo a passagem no escuro e giro a maçaneta. Lá está uma mulher, com o cabelo envolto por uma aura acinzentada. Ela não diz nada.

— Pois não? — Pisco os olhos, para ver melhor.

— Mãe — diz Pauline, na entrada. — Sou eu. Vim buscar o menino.

Capítulo 39

Dar passagem para minha filha entrar talvez tenha sido a emoção mais confusa que já enfrentei na vida. Uma parte de mim quer abraçá-la, desculpar-lhe por tudo e pedir perdão. Eu poderia descascar algumas batatas, matar uma galinha. Tenho planejado fazer isso de qualquer maneira, e fazer um banquete com pão frito e molho de carne cremoso. Mas ouvi muito bem o que ela disse e meu coração bate no peito como um pássaro selvagem em uma jaula.

— Você não pode levá-lo.

Ela olha para mim.

— Posso entrar?

— Claro.

Ela anda devagar, olhando para o chão, como se a cada passo os pés se lembrassem das tábuas. Como ela está bonita, sob a luz... Tão bonita que não consigo parar de olhá-la. Cachos louros curtos, mas o nariz está diferente, e ela o cobre com a mão.

— Eu o modifiquei — diz ela. Então vejo as marcas, centenas, como se ela tivesse vivido duramente e percorrido um longo caminho. O casaco é fino e está puído nos cotovelos. Ela fica no meio da cozinha, com os dedos entrelaçados.

— Você vai bem, mãe? — pergunta ela.

— Estou ótima.

Não quero perguntar como ela está, com medo de ouvir que ela ficou tão rica trabalhando no cinema, motivo que a levou a ir embora, que agora pode comprar a lua para Willem.

Ela puxa uma cadeira e senta.

— Tem café naquele bule? — pergunta de maneira mais suave do que o som que guardo na memória, mas ela é uma atriz, e talvez esta voz seja uma encenação.

Sacudo o bule. Sirvo uma xícara.

— Onde você está morando agora?

— Em Hollywood, Califórnia — diz ela. — Ele está aqui?

— Está na escola. Logo vai chegar.

— Mal posso esperar para vê-lo — diz ela, tirando o casaco. Seu corpo é longilíneo sob aquele suéter. Está usando uma saia longa, justa, e sapatos de salto alto. Mas, no auge do inverno, ela não está usando meias.

— Como você chegou aqui?

— De ônibus — diz ela. — Cinco dias de viagem. Tive de fazer três baldeações. Custou-me quase 30 dólares. Tenho mais 30 para voltar e metade para a passagem de William.

— O ônibus deixou você em Buelton?

— É. Peguei uma carona e vim andando da estrada.

— Você deveria estar usando botas.

Ela se vira na cadeira.

— Eu aluguei um quarto, mãe, em cima de uma loja de bebidas. Tem um sofá para William dormir.

Irrita-me o modo como ela pronuncia o nome dele.

— Ele tem uma cama boa aqui — retruco, fazendo um gesto de cabeça em direção ao quartinho e à cortina, feita de um lençol velho.

— Ele não vai se incomodar em dormir no sofá. Eu comprei uma geladeira e um fogão elétrico para cozinhar para ele. E ele pode ir me ver no set de filmagem, às vezes — diz ela.

— Então você tem feito alguns filmes?

Ela olha para as unhas roídas até o sabugo.

— Alguns. Na maioria das vezes, faço substituição, mas desse jeito eu aprendo todos os papéis.

Há um cinema em Buelton.

— Você esteve em algum filme que passa por aqui?

— Acho que não, mas os diretores acham que eu tenho futuro.

— Futuro — repito, incapaz de decidir se isso é uma bênção ou uma maldição. Algumas vezes, a minha vida pareceu ter um futuro. Tiro coisas da despensa para começar a preparar o jantar. — Eles pagam bem?

— Eu sabia que você perguntaria isso. Ganho alguns dólares. Trabalho na loja de bebidas algumas noites por semana. E danço no Starlight Ballroom. Começo às 15 horas e guardo 5 centavos de cada 10 que os cavalheiros pagam, depois da meia-noite. Eles não se incomodam em me liberar quando tenho um teste marcado.

— Não seria bom para o menino você trabalhar à noite — digo.

— Ele estará seguro.

— Você não tem o direito de decidir isso, Pauline. Você não sabe nada sobre ele!

— Posso aprender. Sou a mãe.

Isto não pode estar acontecendo. Eu devo ter adormecido, enquanto esperava o menino voltar para casa, e estou tendo um pesadelo. Mas quando riscar um fósforo para acender o fogão, o enxofre vai fazer o meu nariz arder e me acordar. Aqueço o café, enquanto ela anda em volta, olhando as coisas, com os saltos batendo no linóleo quebrado.

— Esta é a casa dele, e seria malvadeza levá-lo daqui. E, além disso, está resfriado.

— Nunca neva na Califórnia — diz ela. — É quente durante todo o inverno.

Como se não bastassem os problemas com a Ida, de repente, me deparo com mais um, com Pauline. Há meia hora, Pauline era só uma lembrança. Queria que nunca tivesse voltado. Neste momento, tudo que eu preciso é de paz. Não é que esteja querendo que outra pessoa assuma meus compromissos, mas algum tempo sem preocupações sobre dinheiro ou família seria muito bom, certamente. Mas por agora o que direi ao Willem? Como explicarei sobre Pauline?

Ela suspira.

— Tive que ir embora daqui, mãe. Desculpe tê-lo largado com você daquela forma, mas tinha de fazer aquilo.

Eu sei. A parte triste é que eu sei, muito bem. Meu estômago revirou tanto que está fazendo meus joelhos fraquejarem. Permaneço junto ao fogão. Entretanto, sua partida naquela época não significa que ela pode aparecer agora, tranquilamente, e levá-lo, como se nada tivesse acontecido.

Quero ser cruel, aliviar o meu sofrimento.

— Quando o garoto era pequeno, tentei explicar sobre você. Desde então, não voltamos a falar a seu respeito.

— Tudo bem. Pelo menos ele não pensa que eu simplesmente fui embora e o larguei.

— Mas foi exatamente o que você fez. E ele é um menino inteligente.

— Bem, estou de volta agora — diz ela. — E isto é o que importa.

Não é o que importa, e, quando controlo a respiração, digo:

— Ele ainda não tem nem 12 anos. O que você sabe sobre uma criança dessa idade?

— Posso aprender. Estou fazendo uma casa boa para nós. Comprei um rádio, e ele pode ir para o lado de fora, sem passar pela loja de bebidas. Tem um cachorro de pelo dourado que fica por lá, acho que ele vai gostar.

— Willem não é um cachorro de rua — reajo, dizendo coisas que começam a ficar misturadas na minha cabeça, o que me faz parecer com Ida. — Você não pode levá-lo de um lugar para o outro.

— Ele vai se acostumar com a mudança. As crianças fazem isso muito bem.

— Não vai não! — contra-ataco, gritando, o que só causa um efeito negativo. E, para piorar a situação, ouço o ônibus parar em frente de casa. — Deixe-me falar com ele.

— Tudo bem — assente ela, ajeitando a saia e o cabelo como se o rei da Inglaterra estivesse para chegar. — Mas se você falar para ele algo ruim a meu respeito, mãe...

Willem surge na entrada, pisa forte na varanda dos fundos e abre a porta. Ele olha para Pauline e depois para mim, põe os livros sobre a mesa e debruça-se sobre a caixa, tirando um filhote, como se nem estivéssemos ali. Se fosse outro dia qualquer, e ninguém mais estivesse na cozinha, teria dado palmadas nele por sua conduta mal-educada, e isso me faz pensar se ele já estava esperando por isto. Eu o observo acariciar a cabeça do filhote, fazer cócegas nas suas orelhas e aquecer leite no fogão. E me pergunto há quanto tempo ele vem esperando por isso.

Não há um modo fácil de explicar a ele.

— Willem, lamento não ter dito antes e prepará-lo. Esta é Pauline.

Willem permanece imóvel, olhando para o filhote aninhado no braço.

— Olá, William — diz Pauline. — Sou sua mãe.

Ele não levanta os olhos, o que me deixa contente. Lembro-me de quando Ida voltou para casa, de olhá-la bem nos olhos, na esperança de perceber algum sinal de felicidade em me ver, desejando algo que nunca aconteceu, e, neste exato momento, eu poderia dar algumas dicas a ele. A mais importante seria: menino, jamais confie em quem te traiu uma vez.

Pauline pigarreia.

— Antes de você nascer, eu trabalhava como garçonete em Paramus, torcendo para que você nascesse logo, para que eu pudesse tentar um papel em uma peça. A diretora era uma mulher muito generosa. Ela me acolheu e me ajudou com o parto. Você tinha este mesmo cabelo loiro, estes olhos grandes. Agora olhe só! Você se transformou em um homem muito bonito.

Willem está em silêncio, como se tivesse engolido a língua. Dá a impressão de que nunca mais voltará a falar.

Tudo na cozinha parece estranho e fora do lugar.

— Tire o casaco, menino. Vou fazer um leite com chocolate para você.

— William — diz Pauline, levantando-se —, venha me dar um abraço.

Mas ele não se move.

— Tudo bem — diz ela. — Eu posso esperar. Que filhote de cachorro bonitinho você tem!

— São dois — diz ele, finalmente. — E não são filhotes de cachorro, são lobos.

— É mesmo? Eu comprei um cachorro amarelo, bem grande. E tem uma lanchonete bem ao lado da minha casa. Em Hollywood, na Califórnia, já ouviu falar?

Willem faz que sim com a cabeça.

— Às vezes, aos sábados, vou ao cinema pagando 5 centavos — diz ela.

Ele olha para ela e pergunta:

— Por que você veio até aqui?

— Bem — diz Pauline ajeitando o vestido —, vim para buscá-lo.

— Vó? — chama Willem, como se esperasse que eu não só responderia, mas também faria perguntas.

A verdade é que não sei o que dizer. Penso naquelas duas mulheres da Bíblia, ambas reivindicando o bebê, até que o rei Salomão desembainha a espada para cortá-lo ao meio. No último minuto, a mãe que o ama abre mão da criança e Salomão diz:

— É você quem deve ficar com ele.

Só que eu não consigo abrir mão do menino, e isto faz de mim a que deve perdê-lo. Ida concordaria com isso e eu não tenho argumentos. Afinal, se pensei em assassinar caçadores por matarem lobos, o que eu não seria capaz de fazer a esta mulher, na minha cozinha, que está dilacerando meu coração? Se eu protestar agora, enquanto Willem traz a comida dos filhotes e o conta-gotas... se eu gritar que ele não pode ir, que ele é meu porque eu o criei, ele vai ser como um pedaço de pano velho que estamos rasgando ao meio. Pauline está contando uma bela história sobre a lanchonete e os filmes. Entretanto, se eu deixá-la sair pela porta com ele, eu poderia pegar a arma de papai e estourar meus miolos.

Willem põe a caixa dos filhotes debaixo do braço, pega a panela do caldo com a outra mão e afasta a cortina com o cotovelo para entrar no quartinho. Depois se vira e me olha, com os olhos em chamas o suficiente para devorar todo o Kentucky, deixando-me completamente sem ar.

Capítulo 40

Eu mando Willem buscar Ida, que está de camisola e envolta em um xale de lã e com uma expressão sombria no rosto, o que me faz pensar que ela já sabe que Pauline está aqui. Ele puxa uma cadeira para a bisavó e procura na gaveta um pedaço de barbante, para prender o cabelo dela. Fico triste vendo isso.

Lembro-me do que falei com Saul na colina e me pergunto como meus sentimentos se tornaram tão conflituosos. Coloco feijão e gordura de porco em uma vasilha, retiro broa de milho do forno e acrescento, sobre cada uma, uma colherada de batata frita. É o prato favorito de Willem, mas, esta noite, ele não levanta o garfo até eu o mandar comer.

— Ida — chamo. — Lembra-se de Pauline? Ela cresceu e está uma belezura. — E está mesmo, mas digo isso tentando evitar que Ida faça algum comentário inconveniente.

— Quem? — pergunta ela.

— A nossa Pauline. Ela voltou para casa.

— Como está a senhora, vovó? — diz Pauline, do outro lado da mesa, que tive de puxar da parede, pela primeira vez em muitos anos.

Ida olha para ela, em seguida para mim, e diz:

— Diga a essa mulher para passar a broa de milho, Olivia.

Se fôssemos amigas, Pauline e eu nos olharíamos e balançaríamos a cabeça, como se estivéssemos diante de um caso perdido. Eu gostaria de ter a amizade de outra mulher para compartilhar esses problemas. Mas não tenho como fazer isso acontecer. Sinto-me, cada vez mais, afundando num poço sem fundo. Talvez eu devesse pedir a Pauline para me levar para o hospício em Buelton e me largar lá.

— Willem — digo —, como estão os filhotes?

— Muito bem — responde ele.

— Separei um bocado da gordura de porco. Você pode dá-la a eles.

Ele assente com um único gesto de cabeça.

Levanto-me e vou ao armazém, de onde trago um pote de mel. Willem arregala os olhos diante dessa extravagância, mas eu retiro uma pequena porção com uma colher e dou a ele. Ele espalha o mel na sua broa de milho e na de Ida. Acho que ele tem se dedicado à bisavó e gosta de cuidar dela.

— Esqueci de falar que vou mudar a sepultura de papai para outro lugar.

Willem pousa o garfo.

— Vou colocá-la na colina ao lado da sepultura de Saul. Já deveria ter feito isso há muito tempo.

Ida me lança um olhar furioso, que logo se dissipa, e belisca sua broa, pondo as migalhas na outra mão.

Ninguém diz nada. Não sei o que eu estava esperando. Quero fazer isso rapidamente e seria bonito baixar o caixão de papai, se fizéssemos uma espécie de cerimônia, mas ninguém parece interessado. Acho que farei o essencial e só. Pelo menos Junk estará lá e Love Alice também.

Trago o que restou do feijão e pouso a panela na mesa.

— Ida, você quer mais?

Mas Ida olha para Pauline e para Willem.

— Você vai ler para mim esta noite, garoto? — pergunta.

— Vou. Pode ser a parte das "Cartas de Paulo"?

— Qualquer coisa — responde ela. — Desde que não seja "Revelações". Essa parte me deixa morrendo de medo, com aqueles diabos montados nos cavalos.

— Bem — diz Pauline em tom alegre, servindo-se de outra fatia de broa de milho da panela. — Andei pensando em ficar alguns dias. Talvez uma semana.

Ela está me dizendo quanto tempo resta para eu ficar com o menino.

Capítulo 41

Willem leva Ida de volta, imediatamente após o jantar, com a última broa de milho enrolada em um pano de prato. Toda essa paparicação em torno dela me irrita, embora tudo me incomode neste momento, e Deus sabe o quanto ela precisa de alguém. Enquanto ele se afasta, dou uma olhada nos filhotes e vejo que estão dormindo, mas não cresceram nem um pouquinho, e me pergunto quanto tempo mais aguentarão. Se não puder ficar com Willem e ele partir com Pauline, o que farei com estes bichinhos?

Algum tempo depois, Pauline adormece na cama, ao meu lado. A sua mala surrada está aberta no chão. Não consigo evitar de olhar as poucas coisas que trouxe e me pergunto se ela não possui muito, ou se reserva o dinheiro para o bem-estar de Willem. Ou talvez as pessoas na Califórnia usem a mesma roupa repetidas vezes, e se esse for o caso, elas devem lavá-las constantemente.

Em algum momento antes do amanhecer, acordo sentindo-me sufocada pela respiração da minha própria filha. Então, eu me levanto, acendo uma lamparina, e viro o pavio para baixo. Visto o casaco e as luvas, enrolo o cachecol em volta da cabeça e desço os degraus dos fundos. Ainda posso ver a neve superficial, onde o lobo estava há dois dias, e a marca na neve que deixei quando o puxei morro acima.

Como a nossa propriedade é uma fatia de terra sem cerca, é fácil ver como os lobos têm vagado, e não há nada que eu possa fazer a respeito da matança além dos limites das nossas terras. Mas, quando a matança acontece dentro dos limites da nossa propriedade, a coisa é diferente.

A propriedade toda é, na verdade, uma colina no sopé de outras mais altas, porque, quando uma pessoa alcança o cume, há colinas maiores ao norte e ao leste. Ao sul, na extremidade das nossas terras, fica nossa casa, o que restou do celeiro e do curral, um banheiro externo fechado por tábuas, um cercado para as cabras, galinheiro e barraco de Ida. Como a terra é muito rochosa, há trilhas e sulcos na ladeira, o que torna a subida mais fácil. Nos últimos dias, Willem e eu andamos sobre a neve até Cooper's Ridge, que é a área de nível aproximado, embora seja coberta por matagais, bosques e cavernas. Além disso, as pedras são lisas e escorregadias, até o topo, onde tornam-se menores, até ficarem como se estivéssemos andando sobre cascalhos quebrados, como se todas as partes pesadas e maiores tivessem rolado montanha abaixo.

Perto da margem, no sentido oeste da nossa propriedade, no Ridge, enterrei Saul. Junk e seus tios cavaram uma sepultura lá, debaixo de um salgueiro chorão. Na primavera, nascem violetas da cor do pôr do sol, além de lírios de três pontas, cornisos e arbustos com flores amarelas. Agora os salgueiros estão sem folhas, e a sepultura está coberta de neve. Mas é sombreado aqui, e suponho que a terra seja macia.

Olho abaixo para a pedra da sepultura de Saul coberta por uma fina camada de neve, e sinto necessidade de fazer algo que não fiz, desde seu último dia na terra.

— Eles enterraram a Sra. Grace Harris — digo, baixinho. Eu gosto do som da minha voz falando com Saul. Ele era tão responsável, que eu chego a esperar que responda. — Isso me fez pensar o quanto você era generoso. A forma como você cuidou de mim e de Pauline. Você não tinha obrigação de fazer isso, Saul... Você foi, com certeza, um bom homem.

Lembro-me de como seus ombros se inclinaram, nos últimos anos, deixando-o ainda mais baixo do que antes, e de como ele gostava de ensopado com arroz e molho de carne espalhado por cima do pão. Ele adorava qualquer coisa feita com maçã, e café quente de manhã. À noite, quando vinha para a cama, eu me enroscava nas suas costas, o que, provavelmente, era o único gesto de intimidade que demonstrava.

Ele aceitava tudo com calma. De dia, trabalhava na loja de ferragens do velho French, sabia todos os tamanhos de porcas e arruelas e era capaz de afiar a lâmina de uma serra, de forma que um homem poderia fazer a barba com ela. Uma vez por semana, cuidava do alambique, embora raramente bebesse, mas atendia dois ou três clientes. Acredito que fazia isso por teimosia, só para esperar um fiscal da receita aparecer.

Lembro-me dele embalando Pauline sobre os joelhos. Ele a amava como se fosse sua filha, e fico contente por ter morrido antes da sua partida, assim não precisou assistir àquela cena. Assim como Willem, ele tinha jeito de lidar com Ida, provocando-a e fazendo-a girar. Ela batia na mão dele, chamava-o de tolo e me olhava de cara feia. Eu andara pisando duro após alguns chiliques de Ida, até Saul começar a construir o barraco. Eu me pergunto agora se ele era feliz.

— Eu poderia tê-lo amado mais — digo. — Ou talvez sempre o tenha amado, e fui teimosa demais para enxergar isso.

O sol está nascendo. Deito-me junto dele. Meus joelhos estalam e minhas costas me incomodam. Eu falei sério quando disse que papai deveria ser enterrado aqui, em vez de ao lado daquele banheiro fedorento. Não sei ao certo o que isso implicará, já que não deve haver muita coisa debaixo da terra. Se eu puder contar com a ajuda de Junk, nós cavaremos de qualquer maneira e levaremos o que houver: madeira ou osso. Então, na primavera, içarei algumas pedras até aqui e farei um pequeno cemitério para os dois.

Nunca falei com Saul sobre os Phelps. Agora me arrependo.

Depois da nossa refeição do meio-dia, feita em silêncio, pego o caminhão e, sem falar uma palavra com Pauline, ou Willem, que se escondeu no quartinho com os filhotes, vou até a casa de Junk. Eles voltaram da igreja e estão jantando. Espero na varanda, com o chapéu na mão, até Junk aparecer para abrir a porta. Esta é a segunda vez, em uma semana, que o afastei da sua família, por estar com uma ideia fixa na cabeça.

— Junk — digo, pousando a mão no seu braço. — Preciso da sua ajuda. Em troca, darei a Love Alice 25 centavos de crédito na loja.

— Vinte e cinco centavos — repete, limpando banha de frango do queixo. — Isso iria ajudar muito.

— Bem, o que eu quero pode parecer estranho, portanto não fique surpreso, está bem?

— Está bem, Srta. Livvy — diz ele.

— Quero mudar de lugar o caixão do meu pai.

Ele permanece imóvel, como se o que eu disse não fizesse sentido. Seus olhos repousam no pilar da varanda ou em alguma outra coisa.

— Como?

— Quero levá-lo lá para cima, perto de Saul. Depois de amanhã.

— Srta. Livvy, eu sei que quando você cisma com uma coisa não tem jeito, mas eu num acho que isto seja a melhor coisa a se fazer.

— Ele merece uma sepultura decente, você não acha?

— Eu sei. Mas estamos no inverno. E perturbar os mortos é... pecado.

— E daí? Quando chegar a primavera, vou ter que derrubar aquele banheiro externo e o paiol. Fechar o túnel até o porão e terminar de arrumar as coisas.

Ele olha em volta, como se estivesse preocupado que alguém pudesse estar ouvindo.

— Não parece certo.

— Nós não vamos abrir o caixão, nem nada assim.

— Srta. Livvy, a essa altura, aquele caixão já tá podre.

— Nós vamos amarrar bem forte. Eu mesma farei isso, com um dos meus *quilts*. Você só precisa me ajudar a cavar.

Ele esfrega o suor da testa, como se estivesse fazendo bem mais de 10 graus.

— Junk, por favor, não venha falar sobre fantasmas e coisas assim. Nenhum espírito vai visitar sua casa por você me ajudar a fazer isso.

— Não sei...

— Se você não me ajudar, eu mesma o farei.

— Trabalho difícil pra uma mulher — diz ele.

— Eu darei 50 centavos de crédito no armazém.

— Minha mãe num vai gostar nem um pouco dessa história — diz ele.

— Então, não diremos nada.

— Nunca menti pra ela...

— Não vamos mentir. Apenas não vamos contar.

— Você sabe que Love Alice vai comigo. Ela vai querer tomar chá cum você.

— Então ela terá que jurar que vai guardar segredo.

Ele suspira.

— Setenta e cinco centavos, Junk. — Ao fazer essa oferta, me dou conta de que, se eu ficar pagando para pôr cada detalhe da minha vida em ordem, vou gastar uma fortuna. — E o que sobrou da garrafa de uísque.

— Num me sinto nada bem fazendo isso — diz ele.

— Mas você vai fazer. Virei buscá-lo em um ou dois dias; na parte da manhã, quando Willem estiver na escola.

Desço os degraus e vou para o caminhão, antes que ele possa continuar argumentando.

É outra tarde longa. Fico me perguntando se os caçadores estão na montanha hoje. Na noite passada, eles provavelmente beberam tudo o que tinham direito, e dormiram até tarde. E Molly ou Wing limparam tudo, depois que eles saíram, esta manhã. Aposto que comeram presunto e ovos no Ruse's Café e, a qualquer momento, pegarão seus rifles e irão para a minha colina. Não consigo pensar em uma única razão para não fazer o mesmo.

Como era de se esperar, antes do decorrer de uma hora, ouço tiros acima do Ridge.

Eu deveria estar na cozinha, fazendo meus *quilts* para a primavera, criando novos modelos. Tenho pensado em bordar pinheiros ou cortar galhos bem branquinhos com troncos marrom escuro, forrá-los com tecido de enchimento e costurá-los em um fundo azul.

Quando começar o degelo e os dias ficarem mais quentes, vou colocar os *quilts* no parapeito da varanda e pedir a Willem para pendurar um varal entre os plátanos. Talvez eu vá com ele de carro, e leve um martelo e alguns pregos para tentar consertar aquela velha barraca na estrada. Tenho certeza de que ele não se importaria de ficar lá vendendo algumas colchas em um domingo à tarde, e ganhar por cada peça que vender.

Mas cá estou eu novamente fazendo planos, como se Willem fosse estar comigo na primavera. A verdade é que, se eu fizesse um escândalo e levasse Pauline ao tribunal, qualquer juiz o daria a ela, porque ela é a mãe. Isso me atormenta há muitos anos, como molho em excesso, transbordando do prato.

Capítulo 42

Não estou pensando nos *quilts*, mas nos caçadores. Nunca fui de ficar parada diante de algo que está me contrariando, portanto, poderia muito bem seguir adiante com isso e ver o que acontece. Mais uma vez, subo a colina com o rifle de Saul. A neve formou uma crosta, e as pernas doem muito. Esta terra é bastante íngreme o que, às vezes, não é nenhuma benção; talvez eu esteja ficando velha.

Continuo subindo. A tarde esquentou um pouco, mas não o bastante para fazer as pontas de gelo derreterem, o que me lembra de quando eu era criança, e de como costumava quebrar alguns pedaços de gelo pendurados na porta do Ruse's Café e chupá-los, no caminho para a escola. Isso foi há muito tempo; e o tempo não volta. Ouvi falar sobre a fonte da juventude, mas, se eu tivesse um pote dessa água, não a beberia. Na minha opinião, o que tiver que ser, será.

Tiro um pé da neve e enfio o outro... até o estampido de um tiro de rifle, nas proximidades, me fazer pular de susto. Levanto os olhos em direção ao topo, mas, de onde estou agora, não consigo ver nada. Willem deve estar na cozinha, com os filhotes nos braços, ouvindo os tiros.

Há rastros de sapatos no topo. E são recentes. Parecem ser de dois ou três homens. Sigo as marcas, por entre matagais e pinheiros, que me impedem de ver o céu. Os rastros levam à escuridão da floresta

Então, por entre os sempre-verdes deformados e decadentes, que combinam com os donos das pegadas e servem de pano de fundo para uma cena deplorável, dou de cara com Alton Phelps, de joelhos. Na frente dele está uma loba, com um buraco na lateral do corpo. Ela mal consegue respirar.

Em uma das mãos, ele segura a orelha direita do animal, e na outra, tem uma faca de pesca, que usa para fazer um corte rápido, como se estivesse cortando manteiga. O segundo corte arranca a orelha, por completo. Levanto o rifle e puxo o gatilho. A nuvem de fumaça se espalha, e a loba esperneia, quando a bala penetra o espaço entre os olhos. O estrondo é tão alto que eu temo começar uma avalanche. Phelps tomba para trás. Não o atingi de propósito, embora pudesse ter feito isso, com a maior facilidade. Estou tão perto dele que dá para sentir o cheiro do sangue nas suas luvas.

— Deus do céu, Sra. Cross! — diz ele, batendo na própria orelha, como se o gesto pudesse fazer o barulho cair de dentro dela. — Pensei que tivesse atirado em mim.

— Você não está me levando a sério, Alton. Estes lobos são a minha família. Agora largue esta orelha e levante essa bunda horrorosa daí.

Ele se levanta, lentamente, com as mãos abertas.

— Espere...

— Tenho todo o direito de atirar em você. As placas estão aqui há 20 anos. É aviso suficiente. Você pode atirar no que quiser, a 400 metros de qualquer lado. Mas parece que você tem preferência por minha colina. Pode me dizer por quê?

— Você sabe muito bem — diz ele, retraindo os lábios para que eu possa ver os dentes. — É olho por olho, como a Bíblia diz.

Respiro tão profundamente que o frio faz doer os pulmões.

— Sinto muito sobre seu irmão, se é disso que você está falando... O modo como James Arnold morreu. Foi um acidente. Estava escuro e a estrada estava escorregadia.

Ele aperta os olhos.

— Não me refiro àquela noite, Sra. Cross. Você tem coisas na cabeça que eu imaginava que já tivesse esquecido. Mas já que você está obstinada, fazendo perguntas e desenterrando coisas do passado, não tenho outra escolha a não ser apertar o cerco em relação a você e aos seus.

Coisas na cabeça?

Sem entender o que ele quer dizer, ameaço:

— Eu deveria arrancar sua orelha. Ou, pelo menos, fazer um buraco na sua perna.

Diante disso, ele empalidece.

— Ou poderia dar um tiro no seu pé com sua arma e ficaríamos quites.

— Você não pode...

Na realidade, não tenho a menor ideia do que vou fazer. Não saberei até a hora H. Não sei se vi ou ouvi algo relacionado aos Phelps e esqueci completamente. Com certeza, ele acha que me lembro.

Eu contra-ataco:

— Ah, eu posso sim. Ninguém gosta muito de você, Phelps. Até onde eu me lembro, você e seus irmãos causaram muito sofrimento por aqui. Posso encontrar uma dúzia de pessoas, antes do anoitecer, que jurarão que estava com eles, quando você levou o tiro.

Seu sorriso se alarga.

— Você me faz rir, Sra. Cross. Olivia... — Ele passa a língua sobre o lábio inferior, como se tivesse uma bolha.

Neste exato instante, sinto alguém me agarrar por trás e levantar a arma, mas meu aperto é tão forte, que ela dispara na direção das árvores. O tiro joga neve nas nossas cabeças, e Phelps grita:

— Cacete, Buford!

O homem chamado Buford e o outro, com um gorro vermelho, me dão um empurrão e caio no chão. Esforço-me para ficar de pé e vou para cima deles, mas os miseráveis conseguem se esquivar.

Phelps guarda a orelha no bolso e pega seu rifle, que estava sobre a pedra.

— Posso jogar esse jogo, também, Sra. Cross. Posso deixar Buford atirar em você, e juraremos que pensávamos que era um urso. Ou um lince enlouquecido, o que é mais próximo da verdade. Ou poderíamos apenas enterrá-la bem fundo e deixá-los procurar.

Cerro os punhos.

— Seu filho de uma puta.

— Bem, isso agora não ajuda em nada. Você percebe quem de nós está segurando a arma?

Buford ri uma longa gargalhada, e cospe tabaco na neve.

— Você tem que admitir — diz Phelps. — Tenho uma razão a mais para te enforcar.

Enforcar?

— Por quê?

Senti um calafrio e desejei que alguém aparecesse. Mas ninguém apareceu.

— Vocês, os Harkers, me causaram mais sofrimento do que um homem poderia suportar...

O homem de gorro vermelho assente e diz:

— Você sabe usar bem as palavras, Alton.

Phelps o ignora.

— Eu já disse que meu pai nunca faria mal a um ser vivo de propósito.

Completamente transtornado, Phelps vem na minha direção com os lábios retraídos e os dentes amarelados e cerrados, tal qual um cão raivoso. Até Buford se afasta. Phelps enlouqueceu, como Ida, só que mais rápido, e com um rifle Winchester nas mãos.

— Primeiro Tate Harker, e agora, a família dele — diz ele. — Parece que eu preciso fazer alguma coisa em relação a você e àquele garoto, Olivia.

Suas palavras apertam meu coração.

— De que diabo você está falando?

— Não banque a tola, mulher. Se não me disser o que sabe, eu vou atrás daquele garoto. Não me importo com aquela cadela louca da Ida, porque ela não junta lé com cré — vocifera ele, antes de dar uma sonora gargalhada.

A neve cai dos ciprestes. Logo vai estar escuro demais para se enxergar.

Se Phelps me matar agora, pelo menos Pauline está aqui para levar Willem. Quanto a Ida, o Estado pode cuidar dela.

Eu digo entre dentes:

— James Arnold morreu e você atirou nos meus lobos. Eu considero que estamos quites.

Ele sacode a cabeça em sinal de contrariedade e estende a mão para pegar meu rifle. Buford o entrega.

— Vou falar só uma coisa: se você disser uma palavra a alguém sobre nossa conversinha aqui, eu não só matarei aquele garoto, mas o farei de forma bem lenta. — Ele esvazia o carregador, põe a bala no bolso e joga a arma no chão. E dá um último pontapé no lobo. Então, os três se afastam e desaparecem entre as árvores.

Permaneço lá algum tempo. Então, pego a arma e cambaleio de volta para casa. Como prendi a respiração por um longo tempo, eu inspiro até achar que as costelas irão se partir ao meio.

Quando consigo avistar a casa e vejo Willem sentado ordenhando as cabras e soprando as mãos, me certifico de uma coisa: preciso afastá-lo de Phelps, tirá-lo daqui, até resolver a situação. E o único modo de fazer isso é mandá-lo com Pauline, quando ela se for.

Quando entro na cozinha, Ida está com Pauline, e as duas estão discutindo sobre as fatias de pão que Pauline está assando no forno.

— Estou tentando comemorar, mãe! — diz Pauline tremulando uma folha de papel. — Um rapaz acabou de trazer este telegrama. Vou fazer um teste daqui a três dias.

— Um teste — repito.

— Isso mesmo. Não está contente por mim?

— Eu estava explicando a ela — diz Ida — que não posso comer canela. Estava pedindo para ela não colocar canela na minha torrada, que prejudica a digestão.

Pauline joga as mãos para o alto, enquanto uma espiral de fumaça sai da porta do forno. Com um pano de prato, retiro o tabuleiro, abro a porta dos fundos e arremesso as torradas no quintal.

— Vou embora amanhã, mãe — diz Pauline. — Essa pode ser a minha grande oportunidade. Fique feliz por mim, por favor.

Feliz? Os lobos estão sendo mortos, Willem e eu estamos na lista de Phelps, a casa cheira a liquidação de artigos que restaram de um incêndio e meu menino está indo embora. Para piorar a situação, Willem está na porta do quarto, olhando para nós, como se estivéssemos dando-lhe chicotadas. Posso ver as veias pulsando nas suas têmporas. Ele está descabelado e seus olhos estão arregalados, parecendo um louco.

— Vocês aí! — diz ele, com a voz trêmula. — Um dos filhotes morreu.

Capítulo 43

Não há como consolar Willem. Estou tão triste com a situação que nem aguento olhar para ele. Trago papel do armazém e enrolo o filhote.

— Enquanto ainda estou de botas, vou pegar a enxada para enterrá-lo, depois do barraco de Ida. E vocês fiquem em suas cadeiras, como pessoas civilizadas. Quando eu voltar, servirei o jantar. Até lá, ninguém se move.

Willem põe o casaco e me segue. Ele ainda está fungando, mas não sei se é de tristeza ou por causa da fumaça da torrada queimada. Não posso esquecer de dizer a Pauline que ele está resfriado. Atravessamos o quintal e encontramos um lugar para enterrar o filhote.

— Deixe comigo — diz ele, tomando a enxada.

— Deus do céu, Willem, tem havido muitos enterros, ultimamente.

Ele põe o filhote no buraco e o cobre com a terra. Nós voltamos para casa, sem falar uma palavra.

— Era só torrada de canela — diz Pauline a… ninguém.

Tiro as botas e penduro a capa e o chapéu.

— Agradeço pela boa intenção, mas é inútil preparar algo especial para Ida.

— Bem, francamente — diz Pauline, ainda zangada. Seu cabelo está preso por uma rede.

— Que modo indecente de vir para a mesa! — diz Ida. — Dá pra se notar que ela não é da família.

— Ela é, Ida — argumento, batendo a caçarola no fogão. — Ela é sua neta.

Se fosse outra noite qualquer, eu os faria me ajudar. Ou Willem teria se oferecido para fazê-lo. Mas esta noite eu preciso de silêncio, porque isso, pelo menos, é uma espécie de serenidade. Num instante, coloco sobre a mesa uma pilha de broas de milho e algumas fatias de polenta frita. Aqueci sobras de feijão de lima e uma porção de verduras variadas, embora seja a única que irá comê-las.

Ida pega uma broa e passa sobre elas uma generosa quantidade de verduras. Eu gostaria de perceber sinais que me indicassem quando Ida fica realmente desequilibrada e quando é só encenação. Acho que, qualquer dia desses, vou fingir que sou louca, só para ver se isso traz alguma espécie de conforto.

Pauline ajeita os grampos do cabelo.

— É sexta-feira. Estava pensando em ir até o bar esta noite, mãe. E não me olhe desse jeito. É só por uma hora.

Willem fita o prato.

Aperto a xícara de café com tanta força, que quase a quebro.

— Não há nada de bom para se fazer naquele bar. Você sabe bem disso.

— Não seja boba — argumenta ela. — De manhã, arrumaremos a mala de Willem, e iremos embora.

— Willem — digo —, você não pode levar aquele filhote para Califórnia chacoalhando em um ônibus a noite toda. Ele vai ficar bem aqui. Posso cuidar dele.

Acho que ele sequer tocou na comida. Pauline mal consegue ficar quieta, e eu me dou conta de que acabo de dar permissão para ela levar o menino.

Também sinto a necessidade de ficar em movimento. Tiro a mesa, antes mesmo de Ida terminar de comer, e, quando mando Willem levá-la para casa, ele dobra a última broa e a enfia no bolso. Ele vai colocá-la debaixo do travesseiro de Ida, para quando ela acordar com fome, no meio da noite. Lavo a louça, enquanto Pauline penteia o cabelo loiro e passa ruge nas bochechas e batom nos lábios.

— Não fico bonita com este vestido, mãe? — pergunta ela, girando. — Esta cor de batom não é linda? Comprei-o em uma farmácia, no Hollywood Bulevard.

Isto me faz lembrar da noite em que eu e Ida lutamos no chão do quarto.

— Acho que o ruge poderia ser mais discreto.

As mãos de Pauline tremulam, como um pardal sem lugar para aterrissar.

— Ah, você não sabe de nada, metida aqui nestas colinas. Você deveria sair mais.

Não consigo entender por que eu iria querer sair mais. O que poderia haver de interessante em outro lugar? Apenas Willem, e caberia a mim visitá-los na Califórnia. A simples ideia da vida sem ele é mais do que eu posso aguentar.

Pauline puxa seus sapatos de salto alto que estão debaixo da mesa e os calça. Depois veste seu casaco de algodão.

— Imagino que o bar do Pete ainda esteja funcionando e que abra aos domingos — diz ela, referindo-se ao pequeno bar enfumaçado que fica na esquina, logo depois do Ruse's Café.

Na realidade, ele ainda existe. Eu não deixarei Willem perto de um lugar cujo interior é escuro como breu e cheira a cerveja velha. O Silty's, onde eu costumava ir antes de Pauline nascer, havia sido demolido há muito tempo.

Ela ajeita o cabelo e sai.

Ficamos somente o menino e eu; e a batida dos nossos corações, enquanto ele se senta, embalando o filhote. Willem gostava tanto do outro que chego a pensar que ele o apertou demais e acabou por sufocá-lo. Está ficando tarde, mas nenhum de nós vai dormir. Corro o perigo de cair morta, bem no meio da cozinha — Love Alice diria que isso é uma verdade. Mas, acima de qualquer coisa, preciso me certificar de que Willem esteja seguro.

Capítulo 44

Já é meia-noite e Pauline ainda não voltou para casa. Eu já deveria saber que isso aconteceria. Willem crescerá desatando os dedos da mãe de uma garrafa. Mas ficar aqui seria muito pior.

São quase 2 horas quando Willem, de camisolão, me acorda. Pauline está roncando na cama ao meu lado, embora eu não a tenha ouvido entrar.

— O último está morrendo, vó. Acho que está sentindo falta dos irmãos...

Com os dedos do pé encolhidos no chão frio de madeira, saio da cama e me enrolo em um xale grosso. Ele tem razão, o filhote está dando os últimos suspiros. Fico espantada que algo tão pequeno possa fazer um barulho tão grande quando está deixando este mundo. Sempre acreditei que, quando a alma decide ir para casa, não há muito que um corpo possa fazer. E tenho certeza de que estes filhotes têm almas, assim como todo ser vivo, e alguns seres inanimados.

Mas este é o meu menino, o meu Willem, que não deveria enfrentar mais sofrimento; e na cozinha, o fogão apagou. A lâmpada acima da caixa não é suficiente para aquecer, e o filhote está tremendo muito. Willem o segura, enquanto trago gravetos e madeira da varanda, e acendo um fogo. Deixo a porta do forno aberta e puxo uma cadeira.

— Traga-o aqui.

Ele senta na cadeira e eu desato três botões da parte de cima do seu camisolão.

— O que você está fazendo?

Retiro sua mão com um tapa e encosto a barriga do filhote no seu peito.

— Mantenha-o assim.

Eu abotoo seu camisolão, puxo uma cadeira para mim e jogo o xale em volta de nós três. Os olhos de Willem estão arregalados, como se estivéssemos esperando por um milagre.

Logo, ouço o suspiro do filhote, e Willem diz, temeroso:

— Vó?

— Bem — digo. — Acho que ele se foi.

Ele não queria, de jeito nenhum, afastar-se do filhote. Nem eu dele, e, com o xale, envolvi todos nós, como se quisesse evitar que um dos três pudesse voar para longe.

— Ele pode ouvir seu coração e sua respiração, Willem. E também ouve o ronco da sua barriga. Tudo isso o faz lembrar da mãe.

Willem se recosta em mim. Estendo o braço e apago a luz. Um encantador brilho alaranjado transborda do forno, aquecendo o soalho e nossos pés descalços.

— Quando eu era pequeno, você me abraçava desse jeito?

Acaricio seu cabelo.

— Bem, você não era tão pequeno assim, mas eu o embalava, sim.

— Mesmo não sendo seu filho?

Imagino o quanto foi difícil para ele dizer isso. Como é corajoso!

— Você é o meu menino. Tem meus ossos e meu sangue. Coube a sua mãe nos unir. Deveríamos ser agradecidos. Você e eu, Willem, somos unha e carne.

— Unha e carne.

— Sim.

— Mas por que Pauline me abandonou?

Ele a chama pelo nome. Eu admiro esta criança, o modo como percebe o que é capaz ou não de enfrentar. Ele vai ser um daqueles homens genuinamente bons.

— As mulheres transmitem coisas umas às outras — explico. — De geração em geração. Quando eu nasci, Ida enlouqueceu. Ela não agiu como mãe, em momento algum. Consequentemente, quando tive Pauline, não sabia como cuidar dela. E seguindo meu exemplo, ela também não sabia o que fazer com você.

— Mas você cuidou de mim.

— A pessoa aprende com o passar dos anos.

— Se pudesse voltar no tempo e fazer tudo novamente, vó, você faria alguma coisa diferente?

Encosto o rosto na sua orelha.

— Bem, aí é que está. Não podemos voltar no tempo. E mesmo se pudéssemos, suponho que cometeríamos os mesmos erros. .

— Mas — insiste ele esfregando o queixo na cabeça macia do filhote. — Se você pudesse modificar uma coisa, o que seria?

Isto é algo um pouco difícil de decidir. Penso em papai, naturalmente... Eu não teria soltado a matraca naquela noite, quando caímos no fosso. Ou Wing. Talvez tivesse sido mais compreensiva quando ele perdeu a mãe e o pai. E Pauline, e Ida... E um milhão de outras coisas.

— Se pudesse fazer tudo de novo, eu ficaria sentada, deste jeito, ao seu lado, todas as noites de nossas vidas.

— Então por que — diz ele, em uma voz que mal dá para ouvir — você quer que eu vá?

Uma pergunta não deveria carregar tanto peso. O único som que se ouve é o uivo do vento, em volta das calhas.

— Porque é o melhor.

Após um momento, ele pergunta:

— Por que é o melhor?

— Willem...

Ele se afasta de mim.

— Eu faço tudo por você. Ajudo o tempo todo.

— Eu sei.

— Não dou trabalho. Faço todas as tarefas da escola. Tiro notas boas.

— Isso não tem nada a ver...

Pauline está na entrada, de camisola. Mesmo sonolenta, está com uma expressão zangada.

— Ouvi tudo o que vocês falaram.

— Volte para cama — peço. — Ou pelo menos ponha algo nos pés. Tem um par de chinelos, debaixo da cama.

— Vocês estavam falando de mim, não é? Mãe, você não pode me dizer o que fazer com o meu filho.

Quero tanto esbofeteá-la que mal posso me segurar. Talvez seja por ela ter interrompido este momento.

Willem fala como se ela não estivesse ali.

— Quero saber por que eu tenho que ir.

Ele é teimoso e não o culpo por isso.

— Você está tentando envolvê-lo, para que ele fique do seu lado — diz Pauline.

Nenhum dos dois entende. Não há lado nenhum. Eu sempre ajusto as coisas do meu modo.

— Já que estamos todos de pé, vou preparar o café da manhã.

— Vó — diz Willem, antes que eu possa me levantar —, nós somos como a história da Bíblia, não é? A do rei Salomão e o bebê com as duas mães? E a que ama mais a criança acaba abrindo mão dela?

Meu Deus, ele consegue ler meus pensamentos!

— Pare com isso agora mesmo — diz Pauline, batendo o pé descalço. — Eu pari você!

— Ah, pelo amor de Deus, Pauline. Será que, mesmo depois de todos estes anos, você não amadureceu?

Ela cruza os braços.

— Você não tem o direito de falar assim comigo, mãe. Você nunca pensou... que eu também me sinto triste e solitária?

— Você poderia ter vindo para uma visita a hora que quisesse.

— Não, poderia não. Você não me queria. Depois que papai Saul morreu, ninguém me queria.

— Isto é conversa fiada. — Agora estou cuspindo as palavras, falando sem pensar. Abafo a chama, acrescento alguns gravetos e verto a água na panela.

— É isso? — diz ela. — Isso é tudo o que você tem a me dizer após todos estes anos?

— O que você queria ouvir?

— Algumas mães dizem para as filhas que as amam.

Pego uma caixa de cereais, abro a tampa, despejo uma porção na panela e mexo. Sinto os grãos se soltando da panela. Logo, Pauline irá sair daqui, e só voltaremos a nos ver daqui a muitos anos. Ida ensinou-me uma coisa: não é regra a mãe amar o que expele da barriga para o mundo. E Pauline só aparece quando quer algo.

— Se eu conhecesse você, Pauline, poderia vir a amá-la.

Ela se vira para o outro lado. Eu misturo o cereal e sinto o estômago revirar.

— Bem, o que *eu* penso deveria contar — diz Willem. — E eu não quero ir para a Califórnia.

— Hollywood é um lugar muito bonito, Willem — diz Pauline, mudando o tom de voz. Percebo que ficou assustada, de repente. — A gente esbarra em estrelas de cinema em todas as esquinas.

Há um longo silêncio, enquanto o cereal cozinha. Ponho a panela na mesa e sirvo a refeição. Pauline senta-se e mexe sua porção, com uma colher.

Como estou indecisa! Se Willem ficar aqui, Deus sabe o que acontecerá. Não tenho o direito de pôr sua vida em risco. Entretanto, Pauline não vai ser uma mãe melhor do que eu fui. Ela vai enfiá-lo em cima daquela loja de bebidas e o deixará sozinho dias e noites. E não há garantias de que ele terminará a escola ou terá comida suficiente. Uma outra coisa está me intrigando.

— Pauline, depois de todos estes anos, por que você o quer agora?

— Olhe que menino bonito ele é, mãe!

— Você o quer só porque ele tem um rosto bonito?

— Os filhos das estrelas estão na moda — diz ela. — Se os produtores lhe derem pequenos papéis, ele pode ajudar a pagar o aluguel. Se fizer sucesso, podemos nos mudar para nossa própria casa e eu vou poder ter um carro elegante. Posso ter uma empregada e...

Sinto-me ao mesmo tempo contente e com muita raiva de ouvir isso. Eu me jogo pesadamente em uma cadeira.

— Bem, já basta. Ele não vai com você, nem que a vaca tussa.

Willem arregala os olhos e abre a boca.

— Você está falando sério?

— Não fale de boca cheia. Claro que estou falando sério.

— Você não pode fazer isso — retruca Pauline. — Não pode simplesmente mudar de opinião.

— Posso fazer mais do que isso. Assim que acabar de comer, Pauline, arrume suas coisas e saia da minha casa. Nenhum juiz no mundo entregará o menino a você para usá-lo desse jeito.

Seus olhos enchem-se de lágrimas, e sua respiração torna-se entrecortada, enquanto eu fito um ponto fixo na mesa. Com algo que parece um soluço, ela se levanta e vai, enfurecida, para o quarto. Ouço-a jogando coisas e, logo depois, aparece, usando o mesmo vestido e casacão e os mesmos sapatos de salto alto que usava quando chegou. Fico achando que irá pedir desculpas ao filho, mas ela simplesmente pega a bolsa que está na pia e sai pelo armazém, batendo a porta.

Willem está perplexo.

— Tome o café — ordeno.

— Sim, senhora — diz, mas no fundo estamos ambos loucos para abrir um largo sorriso. No minuto seguinte, ele se levanta da cadeira e me abraça, aconchegando o rosto no meu pescoço.

— Bem! — Um suspiro explode do meu peito. — Unha e carne não devem jamais ser separadas. Além disso, não posso cuidar daquele filhote tão bem quanto você.

— Amo você, vó.

— Amo você também, Willem. Mas agora que você vai ficar, há coisas que tem que saber. Coisas ruins.

— Que coisas?

— Nós teremos problemas... mas não sei o motivo. — Ele se senta na cadeira que, há alguns minutos, Pauline estava usando.

— Diga-me. Quero saber de tudo.

— Willem, eu encontrei Alton Phelps no Cooper's Ridge ontem. A maior parte do que disse não fez sentido nenhum, mas ele nos ameaçou.

— Ameaçou como?

— Disse... que depois dos lobos, seria a nossa vez. E que não iria se preocupar com Ida.

— O que ele quis dizer?

Balanço a cabeça, demonstrando não saber a resposta, e pouso a colher. Omito a parte que Phelps disse que iria matá-lo, lentamente.

— Acho que ele se referia à noite em que James Arnold morreu; eu já contei essa história a você. Ele continua achando que papai e eu somos culpados. Eu disse repetidas vezes que sentia muito, mas acho que não adiantou nada. Talvez ele acredite que papai atropelou James Arnold de propósito.

— E foi? — pergunta Willem.

— Não consigo imaginar por que ele faria isso.

— O que você acha que ele vai fazer?

— Não tenho a menor ideia. Mas ele planeja nos prejudicar.

— É por isso que você queria que eu fosse embora?

Espero alguns segundos e, em seguida, admito que sim.

— Bem, agora que vou ficar — diz ele, esfregando as mãos de um jeito que me faria sorrir, se isto não fosse tão sério —, daremos um jeito nisso.

— Willem, isso não é um jogo. Temos que resolver essa situação, mas, enquanto isso, não posso colocá-lo em perigo.

— Teremos que proteger um ao outro, vó. Você poderia ficar em apuros, se ficasse completamente sozinha, enquanto eu estaria na Califórnia admirando palmeiras.

— Se algo acontecesse a você...

— Eu penso o mesmo em relação a você — diz ele.

— Bem, é o seguinte. Vou manter o rifle carregado. Se eu perceber algum problema ou notar alguma coisa estranha, você vai para a casa de Wing e fica lá até eu buscar você.

— Mas...

— Willem, eu levaria menos de cinco minutos para alcançar Pauline, você entende o que eu quero dizer? E então, estamos combinados?

Willem suspira.

— Estamos combinados.

Capítulo 45

Antes do meio-dia, eu já estou pronta. Na realidade, acabara de dar comida às cabras e às galinhas e tinha recolhido quatro ovos, quando Wing chegou em sua caminhonete.

— Olivia! — chama ele, descendo do veículo.

— Oi, Wing.

Subo os degraus e bato a neve das botas, sentindo-me um pouco tensa.

Ele dá a volta no quintal.

— Eu vi que tem madeira empilhada do lado de fora do celeiro. Está fazendo obras?

— Mais ou menos. — O que ele tem a ver com o que eu estou fazendo? Mas essa incoerência me bloqueia. — Limpei o porão e arrumei umas coisas...

Mesmo estando na varanda e longe do vento, Wing está tremendo de frio. Estou tão irritada com ele que poderia empurrá-lo escada abaixo. Então um pensamento me ocorre: o contrário do amor não é raiva, é indiferença. Mas qual deles eu sinto?

— Alguma chance de ter café no fogão? — pergunta.

Sob a capa, esfrego as mãos, rachadas, no avental.

— Entre. Vou fazer um fresquinho.

— Está mais quente aqui — diz ele, esfregando as mãos no fogão, que não estava totalmente apagado.

Penduro a capa no prego, ponho os ovos em um cesto junto com os dois que havia recolhido ontem e lanço no forno uma porção de madeira, alguns gravetos e refugos. Ponho água na panela e acrescento duas colheres de café. Depois, coloco a panela sobre o bico de gás e esfrego um pouco de sebo derretido nas mãos.

— A casa ainda parece a mesma — diz ele, puxando uma cadeira e sentando.

— Você não precisava esperar 30 anos para aparecer.

Durante todo o tempo que passei nesta cozinha, não me lembro da última vez que observei estas cadeiras: espaldar de madeira bruta, já fina de tão gasta. A mesa é a mesma. Devemos parecer muito pobres.

— Eu me lembro de ter vindo muito aqui — balbucia ele. — Vinha buscar você, e nós caminhávamos pela estrada, em direção ao rio. Acho que todo mundo na cidade sabia sobre nós. Lembro-me de Ida azucrinando a gente.

— Wing.

Ele olha para mim, mas eu me viro e ajeito a panela no fogão.

— Isso foi há muito tempo.

Tento não pensar no linóleo descascado, expondo a madeira furada. Não posso fazer nada se ele se deu bem na vida, enquanto eu... Trago o café e sirvo-me de uma xícara. Há duas semanas, eu teria desejado que ele ficasse; mas, hoje, estou louca para ele ir embora.

— Você tem conseguido fazer um bom trabalho por aqui, Olivia? Quero dizer, desde que Saul morreu, e tudo o mais.

— Saul morreu há 12 anos, Wing. — Sinto-me como se tivesse engolido um repolho e ele está preso no meu peito.

— O armazém está indo bem?

— Sim.

— Lembra-se dos piqueniques de 4 de Julho que fazíamos no rio? — pergunta, buscando um fio solto de memória.

Aceno com a cabeça, afirmativamente.

— A esposa de Dooby fazia o melhor sorvete de pêssego. A velha sorveteira... Os garotos maiores se revezavam girando a manivela. Uma linda garota chamada Olivia Harker chegava impaciente e sentava na tampa do congelador, enquanto eu girava a manivela. Depois, eu segurava sua mão e nós corríamos...

— Wing.

Ele levanta os olhos.

Olho pela janela, lembrando da cara ameaçadora de Phelps e engolindo o meu segredo.

— Olivia?

— Sim?

— Gostaria de ir a Buelton, ver um filme, sábado à noite?

Sábado à noite. Uma imagem vem à minha mente como uma sombra.

— Willem...

— Ele pode ir também. Ou ficar no hotel, se você preferir. Talvez ele queira ficar ouvindo rádio...

Eu vislumbro uma possibilidade, a mesma sobre a qual falei com Willem. Terei que ser agradável e mudar de assunto.

— Quanto ao filme... não, obrigada. Mas enquanto eu estiver às voltas com essas arrumações por aqui, você acha que Willem pode passar alguns dias na sua casa?

Wing esvazia a xícara e procura o bule.

— Claro. Eu adoraria. Quando eu estou fora, a mãe de Molly vai para lá e cuida de tudo. Então, Olivia, que tal um jantar?

Algo importante surgiu na minha mente e sumiu, mas não consigo lembrar o que é. Por um momento, pensei ter ouvido a voz de papai. E Phelps dizendo: *Eu sei o que você anda fazendo, e...*

O que foi mesmo que ele disse?

... E quero que pare.

É claro! Isso tem a ver com o dia em que pedi a Love Alice e Mavis Brown para se esconderem comigo na carroça. Os Phelps falaram com papai da mesma forma misteriosa que Alton falou comigo, no Ridge.

Levanto-me da cadeira e fico ao lado do fogão, fitando o vazio, apertando a barriga.

— Wing, por que você veio aqui?

Por um momento, ele se mantém em silêncio.

— Ver se você gostaria de assistir a um filme. Depois, tomar um café ou comer uma torta.

Eu me viro e olho seu rosto cansado, marcado por rugas profundas.

— Senti sua falta, Olivia — murmura ele. — Da mesma forma que uma pessoa sente falta de um braço ou uma perna.

— Isso não é justo.

Ele esvazia o conteúdo da xícara e se levanta.

— Não há nada justo na vida — diz ele. — As coisas são como são. Tenho amado você todos estes anos, e às vezes mal posso aguentar.

Sinto-me perdida. Há poucos minutos, eu queria empurrá-lo escada abaixo. Agora, tenho vontade de esmurrá-lo.

— Você se casou com Grace...

— Por que não iria? Você tinha encontrado alguém. E tinha um bebê. Perguntei a você, me ofereci para dar meu nome à criança.

— Dar um nome à criança? Que tipo de amor é esse? E, de qualquer maneira, não é justo você me contar tudo isso agora. Parece desdém incluir Pauline na história.

— Não me venha falar sobre desdém, Olivia. Você não pode imaginar como me senti em todas aquelas noites de sábado, tocando no Silty's, vendo a mulher que eu amava se depreciando. Desculpe, mas é a pura verdade.

Eu não deveria dizer nada. Em vez disso, retruco:

— Eu estava revoltada e solitária sem você, e não aguentava viver com Ida...

— Ver você dormir com vários homens...

Quis pegar a caçarola e espancá-lo, sem dó.

— ... Afinal, pertencíamos um ao outro.

— Nós éramos muito jovens! Como você pode ser tão insensível?

— Só porque éramos jovens o amor que sentíamos não significava nada?

Os joelhos estão tão fracos que mal consigo me manter de pé.

— Deus do céu, Wing, eu não fazia ideia do que era verdadeiro. Meu coração estava partido. Preferi deixar você fora de tudo aquilo, poupá-lo.

— Não acredito nisso.

— Só um tolo ficaria chorando o resto da vida!

Wing acena com a cabeça, lentamente.

— É mentira — digo com tristeza —, nunca deixei de amar você.

— Você não parece muito segura.

— Nem você.

Wing para de falar, pega o casaco e meneia o corpo para vesti-lo. Estou dando o fora nele mais uma vez. Mas não há outra saída. Todo o sentimento que tenho por ele não ajuda nada.

— Wing...

— Pode mandar Willem lá para casa. A hora que quiser. — Ele sai fechando a porta atrás de si.

Capítulo 46

Não contei a Willem a respeito da discussão que tive com Wing. Mas falei que o vira e que ele o convidara a ficar no hotel de vez em quando. O garoto ficou todo contente. No caso de algum problema, já me cerquei de todos os cuidados.

Após o jantar, depois de Willem levar Ida para casa e ler para ela, ficamos na cozinha tentando definir a situação. Não que haja uma solução. Algum tempo depois, Willem traz o caderno e anota algumas coisas na esperança de tornar tudo mais claro.

— Sabemos que — digo, enquanto ele escreve — Alton adora ou odeia nossos lobos. E está arrancando a orelha direita dos animais. — Levanto os olhos da musselina que estou bordando. — Molly disse que o grupo de caça vai para o hotel três ou quatro vezes por ano.

Eu arremato um intrincado ponto de costura.

— Engraçado. Não lembro de tê-los visto na colina aos sábados.

A palavra sábado, claramente, ficou gravada na minha cabeça.

Levanto a cabeça e olho para a janela fechada por tábuas.

— Vó? O que está olhando?

— Sábado.

— Como assim?

— Quando penso nesse dia, o que me vem à memória é a cabeça de papai.

— Vó...

— Papai falou algo sobre o dia de sábado. Então, perguntei a ele o que acontecia na casa dos Phelps nesse dia.

Willem permanecia em silêncio.

Estou pensando em voz alta.

— Ele me pediu para esquecer que tínhamos ido lá. Hum. Provavelmente os rapazes não estavam fazendo uísque; afinal, eles compravam bebida de papai. Quando papai resolveu interromper o fornecimento para eles, os problemas começaram...

— Que problemas? — pergunta Willem.

Será que tudo isso é por causa do uísque? Ou jogatina, talvez. Será que papai devia dinheiro a eles, de alguma forma? Entretanto, que diferença faz o que Alton Phelps fazia na sua casa há tantos anos? A menos que, naturalmente, ele ainda esteja fazendo. Aos sábados.

Não consigo imaginar papai envolvido nas mesmas atividades dos Phelps. Entretanto, contrabando de bebidas alcoólicas não era algo que se podia chamar de "legal". Será que isso tinha alguma coisa a ver com a morte de James Arnold na estrada? Será que James Arnold tinha vindo procurar papai naquela noite? Será que papai o viu saindo do fosso e, na última hora, decidiu se livrar dele? Mas papai nunca teria me posto em perigo, deliberadamente.

Phelps disse, lá no Ridge, que eu sabia de algumas coisas. O que, exatamente, ele pensa que eu sei?

Misturo a pasta de mostarda para o cataplasma de Willem. Ele não tem opção, além de levantar o camisão de dormir e deitar na cama. Aplico a flanela fedorenta no peito, beijo sua testa e vou para o quarto, onde visto a camisola e me enfio debaixo das cobertas. Eu queria muito compreender o que está acontecendo.

Capítulo 47

Na terça-feira à noite, quando Willem está melhor do resfriado, finalmente chego à conclusão que Phelps acredita que papai me revelou um segredo, não importa qual. Mas isso não aconteceu. Seguindo esse raciocínio, eu me pergunto se papai contou à Ida. Sempre suspeitei que ela soubesse mais do que dizia.

Na quarta-feira, enquanto Willem está na escola, fico costurando e atendendo os fregueses negros.

Nos fundos do armazém, tia Pinny Albert está escolhendo enlatados. Suas irmãs Iva e Wellette estão pechinchando linhas, elástico e peças de material vendido a metro.

— Tem uma peça de tecido vermelho, muito bonito — digo a elas. Conto quatro pontos de costura e enfio a linha no tecido. — Ficaria muito bem em você, Srta. Iva.

As irmãs estão boquiabertas.

— Algo errado? — pergunto.

— Este amarelo é muito bonito — diz a Srta. Willette, rapidamente. — Perfeito para a primavera.

— Meninas, a primavera é só daqui a dois meses — diz tia Pinny Albert, batendo de leve nas mãos das duas irmãs. — Não se esqueçam de que vamos comprar pouco hoje.

— Só estou dizendo que você ficaria muito bem de vermelho, Srta. Iva. E ficaria bem se completasse com um cinto ou um grande laço branco.

A Srta. Iva está perplexa e mal consegue respirar. A boca se contrai, como se eu tivesse cuspido em uma sepultura ou dito uma série de palavrões.

Eu me aproximo e dou uma olhada nas peças de tecido.

— Nadinha, menina — diz a tia Albert Pinny, batendo na mão da Srta. Iva.

Registro as compras. Elas pechincham bastante em relação ao que será pago e o que vai ficar na conta, embora estejam aflitas, e fico triste de pensar que lhes causei esse transtorno.

Entretanto, já tenho problemas o bastante para ficar remoendo. Pego de volta a agulha e rememoro o dia em que papai foi com sua carroça até a casa dos Phelps, e como eu enfrentei Alton. Ao cair da noite, meus olhos estão ardendo de cansaço; ou de olhar tão distante, para o passado.

Willem e eu concordamos em sentar esta noite, e tentar compreender a situação, mas ele está igualmente cansado, e, por volta das 20 horas, estamos prontos para dormir. Passei a colocá-lo para dormir como fazia quando era pequeno. Dou um beijo na sua testa e acaricio o filhote, antes de ambos fecharem os olhos. É um ritual que nos mantém equilibrados e nos faz lembrar quem somos.

Na quinta-feira, não há quase fregueses. Faço um pouco de chá e sento-me à mesa, prestando atenção ao sino da porta da frente. Dou alguns pontos no *quilt* azul brilhante e lembro-me de mais eventos. Quando voltei para casa, do hospital, Alton aparecia frequentemente, com presentes e dinheiro; eu sempre achei que fossem pagamentos pelos serviços de Ida. Mas talvez Ida soubesse de algo e Alton trazia presentes para mantê-la calada.

Outra coisa que não entendo: se ele se sente tão ameaçado, poderia simplesmente ter matado todos nós, há muito tempo.

Não consigo pensar em mais nada. Às vezes, compartilho alguns pensamentos com Willem, mas ele anda ocupado... depois de saltar, à tarde, do ônibus da escola, na cidade, ele dá uma passada no hotel de Wing para tomar uma xícara de chocolate. Depois, segue para a botica de Dooby ou para a loja do French, para ganhar 25 centavos arrumando as prateleiras e fazendo a limpeza, no final do expediente.

Só na sexta-feira me dei conta de que não havia trazido Junk para me ajudar, e não dera continuidade aos planos de mudança do local da sepultura de papai. Algumas lembranças não surgem na minha mente com clareza e, o que quer que sejam, seu peso me fez atravessar a semana sem pensar em outra coisa.

Uma noite, Willem chega tarde da loja do French, onde estava desencaixotando pregos. Enquanto janta, pergunto:

— Você deu uma passada no hotel de Wing, não é?

Com a boca cheia, ele acena com a cabeça, afirmativamente.

— Ele vai bem?

Willem espeta outra batata.

— Diz que está, mas... Você o tratou mal, vó?

Pouso a tesoura e aperto os cotovelos.

— Por que pergunta?

— Quando falei sobre você, ele ficou calado. Estava com uma expressão estranha...

Preciso mudar de assunto.

— O grupo do Phelps ainda está lá?

— Molly ficou falando das marcas de lama que deixavam, mas eu não os vi. Você ouviu algum tiro?

— Alguns — respondo.

Nesse momento, vejo claramente o que deve ser feito. Como um rio segue seu curso, as coisas se ajeitam, naturalmente. E isso é tão certo que jamais duvidei da sua importância.

Até aqui, compartilhei a maior parte dos pensamentos com Willem, mas estou com medo de que algo lhe aconteça. Assim que amanhecer, irei falar com Wing e, se as coisas se encaixarem, será um sinal de que estou no caminho certo. Wing e Willem tornaram-se amigos rapidamente, e, se Willem estiver melhor do resfriado, a proximidade dos dois servirá ao meu objetivo.

Na tarde do dia seguinte, estou uma pilha de nervos. Willem está feliz de ficar no hotel, e, embora nunca tenhamos ficado separados uma noite, não posso tirá-lo daqui rápido o bastante. Acabo mandando ele ir para lá uma hora antes do combinado com Wing. Eu justifico minha decisão dizendo que dessa forma ele pode ver Molly antes de ela ir para casa. Ele gosta dela, e isso é motivo para outras preocupações, mas nenhuma que eu possa pensar neste momento.

Em uma sacola, coloco seu camisão de dormir e acrescento uma maçã e um pãozinho, e espero que ele não conte a Wing. Ponho, também, algumas ceroulas limpas para ele vestir de manhã, além de uma camisa lavada e passada. No último minuto, dou-lhe um abraço que ele atura e retribui, resignadamente.

Quando sai, fecho o armazém e passo a hora seguinte andando para lá e para cá, pisando nas tábuas rangedoras do cômodo da frente. Atravesso a cozinha e vou até a varanda, onde o frio me atinge com força. Então, dirijo-me à porta dianteira e começo tudo novamente. Pela única janela da cozinha, olho o sol se pôr, como se a base estivesse em chamas, e posso jurar que o crepúsculo está mais brilhante do que o meio-dia.

Preciso esperar até escurecer totalmente, já que é sábado, e esta noite eu vou ver o que acontece no celeiro de Phelps.

Mas um forte nevoeiro gelado se aproximava.

Capítulo 48

Se eu pegar Phelps gerenciando prostitutas ou jogatina, chamo o xerife, tranquilizo a mente e volto a me ocupar da mudança da sepultura de papai. Vi Junk duas vezes esta semana, mas tenho certeza que ele está torcendo para que eu tenha esquecido ou desistido da ideia. Ou que eu tenha feito o serviço, sozinha.

Entretanto, algo simplesmente não está fazendo sentido. E Phelps disse que o xerife Pink era amigo dele.

Mesmo com a escuridão total, esta não é uma noite preta. O nevoeiro está iluminado por partículas de gelo e a neve no chão deixa tudo uma espécie de branco prateado que, da porta dos fundos, só me permite ver os degraus da varanda. Entretanto, é um cenário perfeito para espionar.

Dou marcha a ré no caminhão e me dirijo para o leste. Os faróis não ajudam em nada. Na verdade, dificultam. Normalmente, esse trajeto demora cerca de vinte minutos, mas esta noite leva pelo menos 45. Não organizei um plano, mas digo a mim mesma que está tudo bem... Não há como prever o que vou encontrar, se é que vou encontrar alguma coisa. Decidirei na hora H; adquiri muita prática em relação a isso.

Para minha surpresa, há dois carros à minha frente na estrada, que normalmente tem pouco tráfego. Ambas as pistas foram limpas, portanto o chão está quase seco. Fico agradecida, já que isso acaba com a possibilidade de Phelps me encontrar em um fosso perto da sua casa, quando amanhecer. Estou levando tudo na brincadeira. É claro que a estrada não foi limpa para mim, mas para o grupo de caça, o que provavelmente explica os carros, à minha frente. Eles se encaminham pela entrada para carros e desligam os faróis. Este detalhe, na verdade, desperta minha curiosidade. Talvez sejam hóspedes, e estejam, apenas, agindo educadamente. Duvido. Passo direto.

Quatrocentos metros depois, sem tráfego à vista, faço um retorno e me aproximo novamente. A essa altura, meus olhos conseguem definir contornos, e, entre espirais de nevoeiro, vejo que há carros estacionados atrás do celeiro e da sebe, e ao longo da estrada que vai até os estábulos. Penso em apagar os faróis, entrar e seguir os outros. Mas mudo de ideia. Nem adiantaria estacionar na estrada, porque, se alguém chegasse depois, poderia reconhecer meu caminhão. A única fonte de luz, naturalmente, vem do celeiro.

Dirijo mais uns 400 metros, piso forte no freio e derrapo; então dou marcha a ré e acho a estrada secundária, que está coberta de gelo, mas parece o único modo que tenho para me aproximar. Entretanto, não tenho obrigação de seguir adiante. Poderia deixar as coisas acabarem por aqui, mas Alton Phelps não agiria da mesma forma. Ele não está disposto a me perdoar por algo que eu esqueci ou nunca soube, enquanto, na realidade, ele é quem deveria me pedir perdão.

Reduzo a velocidade e prossigo com os faróis apagados. Para permanecer na estrada, abro a porta, inclino-me para fora e sigo a vala, rezando para que ninguém venha na direção contrária. Continuo por mais uns 3 quilômetros, até achar um lugar largo o bastante para retornar, sentindo meus olhos arderem do esforço para conseguir enxergar.

Deve ser aqui. Não há portão, somente um intervalo nas trilhas e marcas de pneus na neve. Contemplo o local por um instante. Lamento não ter lembrado de pôr uma pá e alguns sacos de alimentos na carroceria do caminhão. E de não ter sido inteligente o bastante para deixar um recado, porque, se eu atolar daqui até o celeiro, sou uma mulher morta. Nem Willem nem Wing jamais saberão o que aconteceu comigo.

A cada metro percorrido, os pneus rompem uma nova crosta e afundam até a neve quase atingir o estribo. Não estou bem certa do que estou fazendo, não sei onde estou, e não há como encostar. Desligo a ignição, e saio do caminhão.

A pé, o trajeto não é mais fácil, e agora não há nenhuma luz. Se atravessar o campo, não sei no que poderia tropeçar. Eu avanço até ouvir gente falando alto. Gente bêbada. Seja o que for que Phelps esteja aprontando, por que está fazendo isso aqui? Como ele se permite ser tão óbvio, violar a lei de forma tão aberta; a menos que não esteja. Estou terrivelmente cansada desses pensamentos que levam a outros pensamentos. Mas, se for somente uma maldita festa no celeiro, pelo menos vou ficar sabendo ao certo.

Mas não é isso; há algo muito estranho quando uma família com quem eu nunca tenho contato nutre tamanho ódio por mim. E com Phelps, ele não só nutre esse ódio, mas se delicia com ele. Revira a raiva na boca, como uma enorme goma de mascar.

Eu me aproximo da cerca viva. As botas estão cobertas de neve, e os dedos dos pés doem como dentes estragados. Eu me abaixo, enquanto mais dois carros chegam, com cinco pessoas que não reconheço. Dentre eles, uma mulher. Os homens puxam lenços escuros dos bolsos traseiros e os sacodem para abri-los. Depois, abrem a imensa porta do celeiro e desaparecem no seu interior.

Fazendo o mínimo de barulho, ando pela sebe, e entro na área entre arbustos e o muro da parte sul. Quase nenhuma neve se acumulou aqui.

Quando aproximo o rosto das tábuas, vejo uns vinte homens se divertindo, segurando garrafas e copos. De um lado, há vários fardos de feno; fora isso, este lugar não tem nada que lembre um celeiro. Sob as luzes, três jovens, usando vestidos apertados e brilhantes, dançam com os cotovelos junto ao corpo e batendo os quadris. Eu nunca tinha visto, em toda a minha vida, sapatos com saltos tão altos.

Phelps sobe em uma plataforma. Todos se viram para olhar para ele. O único além de Phelps que consigo identificar, pela fresta, é Doyle Pink, o xerife do condado. O disco arranha até a música parar, mas as mulheres continuam dançando. Phelps está falando, e, embora eu ouça as palavras, não consigo entender o que está sendo dito. Neste momento, todos cobrem a cabeça, e eu percebo imediatamente que os quadrados de tecido são, na verdade, capuzes pontudos e vermelhos. O sangue para de fluir em meus braços e minhas pernas, enquanto meu coração salta do peito e cai aos meus pés. E lá no celeiro, acima dos fardos de feno, há um laço de cânhamo pendurado, preso com um nó.

Então, sinto alguém tampar a minha boca, e dou uma mordida na mão do agressor e um pontapé.

— Psiiiu! — diz Elizabeth Phelps, baixinho. — Saia daqui!

Nos seus olhos, vejo pavor. Eu a sigo para dentro da casa até a bonita cozinha, agora cheia de sombras. Não há nenhuma luz acesa.

Ela tira o casaco e diz, baixinho:

— Daqui a meia hora eles estarão totalmente bêbados e urinando na neve. Você teria sido pega como um rato em uma armadilha.

— Eu já estou.

Por um momento, ela não diz nada, mas logo suspira e senta-se, pesadamente, em uma cadeira da cozinha.

— Ah, Olivia. Por que você tem que fazer isto agora?

— Porque seu marido está matando os meus lobos.

— Bem, é lógico que você não veio aqui para ser iniciada. Seu pai não concordaria com isso, e espero que você também não.

— Iniciada? — Meus olhos estão se ajustando, e consigo ver o branco dos olhos dela. — Iniciada em quê?

— Você não sabe do que estou falando, não é?

— Já estou ficando cansada de ouvir isso — digo.

— Seja qual for o motivo que a trouxe aqui, Olivia, você poderia ter poupado a si mesma. Evitado sofrimento.

— Já sofri, Sra. Phelps. Então, vá em frente e me conte tudo.

— Não há ninguém para ajudar você, Olivia. Você viu o xerife esta noite lá fora no celeiro. French, Andrews. Os irmãos Detwieler. Todos fazem parte disso, assim como os pais deles faziam.

— Parte de quê? — Puxo uma cadeira e sento de frente para ela. Nossos joelhos se tocam. — Quem são eles? O que são eles? Fale agora ou irei até Paramus e trarei um policial federal.

Ela ri, produzindo um som esquisito.

— Até ele chegar aqui, não haveria um manto vermelho sequer.

— Manto vermelho?

— É o que eles usam quando realizam os *Cotton Trials*.

Cotton Trials. Julgamentos de algodão. As palavras não me parecem muito animadoras.

— Eu mesma fiz todos aqueles mantos — diz ela, sem emoção. — Esta noite, eles estão recebendo novos membros, portanto só usarão capuzes.

Os lenços que pensei ter visto nos bolsos...

— Eles acham que você descobriu o segredo deles — diz ela. — Você não pode simplesmente ir para casa agora, cuidar do seu armazém e fazer seus *quilts*. Não há volta. Olivia, os *Cott'ners* são a escória da Klan. Homens tão cruéis que nem a Klan perdoaria o que eles fizeram.

O meu estômago se revira.

— Fale-me sobre o meu pai.

Sua voz torna-se apática.

— Ele veio espionar, exatamente como você estava fazendo. Só que foi o Booger que saiu e o escondeu nos arbustos.

— Booger!

— Sim. Naquela mesma noite, James Arnold atirou na nuca do pobre rapaz.

— Por quê?

Ela dá de ombros.

— Eles devem tê-lo visto com seu pai. Talvez ele fosse delatá-los, quem sabe? Olivia, eu trabalhava para a mãe de Alton. Um dia, encontraram Booger na cama, fitando o teto, com o que restou dos olhos. Eles disseram a todo o mundo que ele mesmo havia feito aquilo. Mas eu sabia a verdade.

Ela desvia o olhar.

Booger salvou a vida do meu pai.

— Por favor, Olivia, esqueça o que você viu esta noite.

— Eles virão atrás de mim e do meu menino.

— Eles não vão... porque você não é negra.

Um lampejo de remorso me atinge. A dor e tão profunda como a da noite em que eu implorei a Deus para mudar a cor da minha pele.

— Ele me ameaçou.

— Ele já prejudicou muita gente para chegar aonde chegou. É extorsão, Olivia, pura e simplesmente. Como tirar o dinheiro do leite das crianças. Ele exige pagamento das famílias e, quando elas não pagam, ele as maltrata. O pai dele fazia isso antes dele. — A sua voz torna-se vaga, e ela fita o vazio. — Talvez seja isto o que ele esteja planejando fazer com você.

Sei que ela está mentindo.

— Elizabeth...

— Chega, Olivia! Entre no caminhão e afaste-se daqui! Rápido!

Capítulo 49

Não consigo fechar os olhos, muito menos dormir. Mesmo acordada, sonho com homens de mantos longos invadindo a casa. De certo modo, gostaria de ter ficado observando pela fresta, na parede do celeiro. Talvez eu tivesse testemunhado um homem sendo iniciado neste *Cotton Club*. Queria saber quem é o novo membro.

Quer dizer, então, que papai descobriu algo. Ou, talvez, já os tivesse visto, ou desconfiado de alguma coisa, e naquele dia, quando entregávamos os garrafões, ele deixou claro que sabia de tudo. E o xerife de Pope County é o estúpido Doyle Pink, um *Cott'ner*.

Quem mais faz parte desse grupo? Gostaria de saber.

Antes do amanhecer, já estou de pé, sem ter trocado de roupa. É domingo e não há nada para fazer hoje. Por volta do meio-dia, Willem chega da cidade, com uma edição do *Buelton Sunday New*, que trouxera do hotel de Wing. O jornal informa que metade da escola está faltando com resfriado e *influenza*, portanto eles fecharam o local por uma semana. Willem não fica triste com isso, e pergunta se pode ficar no hotel mais uma noite, porque Wing irá mostrar-lhe como se fazem os famosos pães doces. Willem pergunta se podemos vendê-los no armazém.

— Por uma porcentagem nos lucros — respondo. — Wing poderia ter vindo e perguntado ele mesmo.

Sirvo o café. Passei a manhã inteira fazendo um *quilt* listrado de vermelho e branco, enfiando e puxando a agulha e dando dezenas de pontos vermelhos. Entretanto, o trabalho não impede que eu fique tentando compreender esses homens tão cruéis, que foram rejeitados pelo tribunal mais implacável da história humana. E sei quem eles são.

— Ele disse que você está zangada com ele, vó.

— Não estou zangada com ele. Não estou... *nada*.

— Está sim.

Olho para Willem. Na casa de Wing, ele estará seguro por mais uma noite...

— Diga a ele que os pães devem vir frescos, todos os dias de manhã. No segundo dia, abaixo o preço. Depois disso, viram comida para as cabras.

Willem sorri.

Consigo dormir naquela noite, porque estou esgotada. Na manhã seguinte, levanto antes da alvorada e vou a Buelton. Pensei em ir a Paramus, mas não quero ficar longe do armazém mais tempo do que o necessário. Não consigo lembrar de nenhum telefone público em Aurora que seja seguro e não confio em ninguém. Wing tem telefone, mas ele deve ser poupado de tudo isso. Um pensamento súbito invade a mente: será que Wing é um *Cott'ner*?

Chego a Paramus uma hora e meia antes de o lugar abrir. Então, acho um restaurante e tomo algumas xícaras de café. Finalmente, dirijo de volta, estaciono em frente à porta e entro. Falo com uma moça, em uma escrivaninha, que preciso de um número de telefone. Ela me indica outra moça sentada atrás de um balcão.

A funcionária me pergunta se é uma chamada de longa distância, mas não sei. Sou tremendamente estúpida em relação a telefones. Sou enviada a uma sala nos fundos, para falar com um jovem de óculos. Mal posso vê-lo atrás das pilhas de catálogos.

— Qual é a cidade? — pergunta ele.

— Não sei.

— Bem, o número que você está procurando é neste estado, no Kentucky?

Não sei isto também. Provavelmente os agentes federais só tenham escritórios em Washington D.C. Papai costumava falar sobre agentes da Secretaria da Fazenda. Homens do governo, era como ele os chamava. Mas não vou telefonar para denunciar bebida destilada ilegalmente.

— Preciso falar com um agente federal.

— Estados Unidos... agente — diz ele, folheando um catálogo, até parar em uma página. — Doze centavos por três minutos. Pode usar aquele telefone, ali. Ponha o receptor no ouvido. Eu farei a ligação.

Concordo, em silêncio, abro a bolsa e dou-lhe o dinheiro, que ele guarda em uma gaveta. Sento-me na outra mesa e ajusto o receptor na cabeça. Em seguida, ouço alguns cliques, um zumbido e o ruído de discagem, e então uma mulher diz: — Serviço de agentes federais dos Estados Unidos.

— Desculpe — digo. — Meu nome é Olivia Cross e gostaria de saber onde fica o escritório de vocês.

— Wheeling, West Virginia. Como posso ajudá-la?

A única coisa que sei sobre ajuda vinda de West Virginia é que, pelo menos, vem do lado direito do país.

— É o único escritório que vocês têm?

— Ah não, senhora — diz ela, com uma voz perfeita. — Temos agências em todos os estados. De onde você está ligando?

Respondo à sua pergunta.

— Temos escritórios em Lexington e Bowling Green. De que cidade está falando?

— Aurora.

— Desculpe, não conheço essa área. Você poderia dar mais detalhes?

— Fica bem ao norte do Tennessee... aproximadamente 80 quilômetros a leste da Rota 65.

— Estou olhando no mapa — diz ela. — Exatamente. O nosso escritório mais próximo fica em Nashville. Gostaria de anotar o número?

Nashville. Quase 100 quilômetros de distância.

— Sim, por favor. Só um minuto.

Procuro o jovem, mas ele não está por perto. Pego um bloco de anotações e arranco um pedaço de papel. Depois, abro uma gaveta, acho um lápis e anoto o número.

— Se você aguardar um momento, posso fazer a conexão...

Atrás de mim, ouço uma voz.

— Olá, Sra. Cross. Que bela surpresa!

Pulo da cadeira e o fone de ouvido cai no chão.

— Sr. French! O que o senhor está fazendo aqui?

Ele me seguiu naturalmente.

— Problemas com minha conta telefônica. E você?

— Estou pensando em instalar um telefone no armazém — respondo, aliviada, por ter conversado a respeito disso uma vez com Willem. — Seria bom para receber pedidos dos fregueses... fazer entregas.

— Eu pensei — diz ele, olhando ao redor — que esta fosse a sala de chamadas de longa distância. Mas devo estar enganado. Bem... — diz ele, estendendo a mão para mim.

Eu me abaixo para apanhar o fone de ouvido e aproveito para enfiar o pedaço de papel na bota. Aperto a mão fria e ossuda e murmuro:

— Prazer em vê-lo.

Penso: *teria sido melhor tê-lo visto no sábado à noite.*

Nunca gostei de Henry French. Agora sei que ele não passa de um sujeito desprezível.

Saio apressadamente e subo no caminhão tão nervosa que, no início, não consigo ligá-lo. Vou embora. O rapaz de óculos será facilmente subornado a contar tudo a French. Afinal, são tempos difíceis para todos.

Capítulo 50

Não sei se cheguei à cidade antes de Henry French. Abro o armazém, ponho uns trocados na caixa registradora e olho rapidamente em volta, para ver se há alguma arrumação a ser feita. Porém, como faço isso no final de cada dia, as coisas estão em ordem. Mas ao mesmo tempo, não estão.

Tenho que olhar duas vezes, e mais uma vez, ir até o balcão, levantando e pousando coisas, e olhando tudo novamente.

A peça de tecido vermelho desapareceu.

Estou me acostumando a ter medo, a olhar nos cantos escuros da loja, debaixo dos balcões, da minha cama e no quartinho da cozinha, embora eu não saiba, ao certo, o que estou procurando. No final, a peça de tecido continua desaparecida.

Mantenho o armazém aberto pelo resto do dia, depois resolvo algumas coisas e apanho o menino na botica de Dooby. Willem equilibra a caixa com o filhote, nos joelhos. Levá-lo consigo foi a única forma que Willem encontrou de trabalhar e mantê-lo constantemente alimentado. O filhote adora se aninhar atrás da orelha do garoto.

— Estou pensando em dar um nome a ele — diz Willem. — Não fiz isso antes porque não tinha certeza...

— Não tinha certeza de quê?

— Que ele iria sobreviver.

As palavras foram bem colocadas. Vamos para casa. Mas, quando viro na entrada, posso ver que há mais coisas erradas do que somente a peça de tecido que havia desaparecido. É impossível viver 40 anos sob um teto e não perceber quando a casa foi remexida. Saio do caminhão. Seja quem for que esteve aqui, deixou a porta dos fundos aberta, e, da varanda, vemos a desordem de pratos quebrados, sal e gordura de toucinho derramado, facas e garfos espalhados, e posso apostar que French ligou para Phelps, do posto telefônico. É de admirar que Phelps tenha esperado até eu ir embora. Levarei dias para limpar o que provavelmente levou 10 minutos para ele fazer. E, quando eu passo pelo lixo até o armazém, onde sacos de farinha e açúcar estão rasgados, e cada caixa esvaziada no chão, sei que chegou a hora de contar algumas coisas ao meu neto.

Em primeiro lugar, entretanto, verifico o cofre, na gaveta: seis notas de 1 dólar, uma de 5, 80 centavos trocados; exatamente o quanto deveria haver. Mando Willem raspar melaço da porta do forno com uma lâmina, por dentro e por fora, para podermos, pelo menos, acender uma chama. Então, sem tirar o chapéu e a capa, sento no chão e começo a colocar o sal derramado em uma xícara e café moído em outra.

— Isto é o melhor que dá para fazer — diz ele, quando acaba de limpar. Suas mãos estão completamente lambuzadas. — Vou me lavar e depois arranjo alguns gravetos. Está gelado aqui, e acho que vamos ficar com cheiro de fábrica de bala durante algum tempo.

Concordo.

— Ponha uma tora pequena, rapaz, já vai dar para aquecer.

Na varanda, há sacos que fiz de musselina não branqueada. Vou usá-los para colocar o que for possível aproveitar da farinha e do açúcar.

Mas, primeiro, preciso contar a Willem o que aconteceu. Aproveito para contar-lhe como eu me escondi na carroça de papai, anos atrás, e o que ouvi na ocasião.

— Você está dizendo que o Sr. French foi simpático com você hoje?

— Lá mesmo, no escritório, ele apertou minha mão.

— A senhora Phelps deve ter se confundido. Talvez tudo o que estes *Cott'ners* fazem é caçar coelhos.

— E lobos. Santo Deus, Willem! Com todas as perdas que você sofreu, as coisas que neguei a você, as centenas de vasilhas de aveia que você comeu, como é que você ainda pode pensar o melhor das pessoas?

Ele se vira e começa a recolher os cacos.

— Olhe em volta de você, Willem! Há maldade nesse mundo! Agora me dê a vassoura e deixe isso comigo. Vá vestir seu camisão de dormir. De manhã, começaremos no armazém. Ver o que podemos salvar.

Capítulo 51

E, antes do raiar do sol, começamos o trabalho no armazém. Eu empilho as latas mais amassadas em um engradado para vender três por 1 níquel. A farinha e o açúcar ganham um novo aspecto em sacolas amarradas com barbante. Os fregueses irão se perguntar o que está acontecendo com o armazém Harker. Esfreguei quase todo o chão e estou pronta para me servir de uma xícara de café, quando olho para fora e vejo Junk subindo a rua, usando um macacão grosso e carregando duas enxadas. O quarto ainda está em desordem e não fizemos muita coisa na despensa da cozinha. Ponho a capa, um lenço na cabeça e vou ao encontro dele, na entrada.

— Acho que estou pronto, Srta. Livvy — diz ele, demonstrando estar pronto para qualquer outra coisa, exceto desenterrar os mortos. — Não quer mostrar primeiro onde vamos colocá-lo?

Eu o guio morro acima. O dia está extremamente frio, mas não diferente de qualquer outro. O céu está cinza metálico, e a respiração congela no ar. Aperto o passo, porque já sinto dor na única parte exposta do rosto. Ajeito o lenço. Junk está usando duas calças e um casaco de exército grosso, esburacado no cotovelo. As abas de orelha pendem do gorro tricotado, e os lábios estão secos e rachados.

Escolho um lugar não muito longe da sepultura de Saul, e Junk o marca com a enxada.

— A senhora num acha melhor esperar até a primavera, quando o solo não estiver congelado?

Tenho que admitir que, quando o vi chegando, mais cedo, eu considerei esta hipótese. Mas quero acabar logo com isso. Além do mais, já estamos aqui. Não acho que os capangas de Phelps voltarão tão cedo. O garoto deve estar seguro na loja, por hoje.

— Não vai ser tão complicado, pelo menos sob a neve, Junk. É um ponto sombreado, mesmo no inverno. Estes cedros...

Ele concorda, e começamos a cavar. É um trabalho danado de difícil. Finalmente, quando o sol está a pino e ele entra no buraco e o mede com seis dos seus grandes passos, consideramos o trabalho encerrado. Pegamos as enxadas e voltamos para casa. Fico contente pela possibilidade de me certificar que Willem está bem, e um simples olhar de relance me diz que ele limpou a despensa.

Agora ele está feliz por tomar uma sopa na companhia de Junk. Ponho um pão inteiro na mesa e observo Junk cortar várias fatias grossas no prato. Então, Love Alice aparece na porta dos fundos e pego mais um prato. Nós quatro nos damos muito bem. Lamento não ter feito um manjar com os ovos de ontem, porque sei o quanto Junk adora essa sobremesa. Mas Love Alice trouxe uma lata de biscoitos e peço a Willem para pegar geleia no armazém. Mentalmente, calculo que devo à caixa registradora mais 8 centavos.

Quando terminamos, digo a Willem que, se ele vir Phelps chegando, ou alguém que não conhece, deve trancar a porta dianteira e gritar na porta dos fundos.

— Algum daqueles Phelps tem filhos? — pergunta Willem.

— Não. Mas Alton e James Arnold tinham um irmão pequeno... Booger.

— Booger? — *repete* Willem.

— Ele tinha problemas. Caiu de costas no dia em que nasceu.

— Booger — diz Willem novamente. — O que aconteceu com ele?

— Ele morreu há muito tempo. Eles o enterraram na terra dura.

— Por que você diz isso desse jeito?

— Que jeito?

— Terra dura. Você disse de modo esquisito.

Não preciso dele para me dizer isso. Só estou repetindo o que Alton (ou será que foi James Arnold?) falou quando papai perguntou se podia ajudar a enterrá-lo.

— Vamos voltar ao trabalho.

No quintal, Junk diz que precisa de uma picareta. Então, vamos até o paiol. Love Alice, com os ossos finos e falta de gordura, treme debaixo do grosso casaco de lã, enquanto Junk procura a picareta.

— Srta. Livvy?

Com um nó no estômago, me pergunto se deveria ter esperado um pouco, e tento entender o porquê desta necessidade de arrumação. O que eu quero, na verdade, é apagar da mente este estranho problema com o Phelps. Por outro lado, se eu adiar o trabalho, Junk terá que cavar duas sepulturas, ou três, em vez de uma. Ou, talvez, mais. O branco dos olhos de Junk é enorme e os lábios grossos sopram círculos de respiração ansiosa.

— Que época do ano a Sra. Ida o enterrou? — pergunta Junk.

— No inverno.

— Então ele está no lado sul. De que forma você acha que ela colocou o corpo, transversal ou ao comprido?

Não tenho a menor ideia.

Junk olha para Ida, enrolada na manta.

— Calculo que ela também não nos dirá nada.

— Provavelmente não.

Espero que Ida esteja de botas por debaixo da manta. Por volta da semana passada, ela perdeu a maior parte do cabelo. Havia sempre muitos tufos no travesseiro de manhã, e o que restou está solto e precisando de lavagem. O cachimbo está preso nos dentes, soltando um espiral de fumaça.

— Vamos cavar e ver o que encontramos — digo.

Junk concorda, enfia a borda da enxada na neve e usa o pé. Eu cavo também. Durante mais de uma hora, reviramos o solo, e logo há duas pilhas de terra, ao nosso lado. Junk e eu estamos em um buraco que vai até a cintura. Love Alice faz chá na cozinha e traz um pouco para nós. Bebemos rápido, porque os pés estão congelando, mas a bebida quente nos faz bem. Ida recusa o chá, pega um fósforo e reacende o cachimbo. Ela traga com força e um arco azulado rodeia sua cabeça.

Começamos novamente. As costas ultrapassaram o estágio de dor, e os braços se recusam a erguer outra pá. Jogando terra para cima da borda do buraco, Junk uiva como um elefante adulto, enquanto Love Alice, usando mais de um agasalho de lã, se agacha na borda.

Inspeciono a largura e o tamanho do buraco que cavamos.

— Junk?

— Pois não.

— Ela disse que ninguém veio ao enterro dele.

— Sim, senhora — diz ele, baixinho.

— Portanto, ela deve ter cavado a sepultura sozinha. Mas era inverno; ela não pode ter cavado nada mais profundo do que isso.

— Não senhora.

— Ele... não está aqui.

— É o que parece.

— Ela não cavou nada aqui. Então, onde ele está?

Olho para Love Alice, e na sequência, para Ida. Naquele instante, faíscas pulam do cachimbo, e a parte de baixo da manta está envolta em fumaça. As chamas alcançam a bainha da camisola e formam um círculo acima das botas. Antes que eu possa sair do buraco, o fogo lambe a roupa e queima o cabelo. Ida sequer abriu a boca.

Imediatamente, Junk pula do buraco. Love Alice está gritando. Eu jogo Ida no chão, enquanto Junk joga neve sobre o corpo. Rasgo o que restou da camisola, e nós a rolamos, nua como veio ao mundo, sobre a crosta fina de neve. Ela é tão leve que nem quebra a crosta.

Com esforço e desajeitada, tiro a capa e a uso para envolvê-la. Como se ela não pesasse nada, Junk a levanta e, enquanto corremos, grito para Willem trazer as chaves do caminhão. Leva um tempão até o motor pegar. Love Alice embala Ida, que parece adormecida.

Junk sobe na parte de trás. Quando dou marcha a ré, meu coração está quase saindo pela boca, por deixar Willem sozinho. Ele fica observando, junto ao celeiro. Nossos olhares se encontram e, em seguida, ele se vira e corre para dentro de casa. Peço a Deus para que tranque a porta.

É uma distância de apenas 2 quilômetros até a casa do Dr. Pritchett. Estaciono bem perto dos degraus da varanda e, antes que eu saltasse e desse a volta, Love Alice já havia corrido para buscar o médico e Junk está tirando Ida do caminhão.

Ninguém diz uma palavra. Enquanto seguro a porta, Junk carrega Ida, passando por alguns curiosos que estão esperando a vez da consulta. No consultório, o médico a põe sobre a mesa. Em seguida, ele retira a capa de lã, observa as queimaduras, levanta as pálpebras de Ida, examina a parte de dentro da boca e põe o estetoscópio no peito dela.

— Bem — diz ele finalmente. — Como isto aconteceu?

— O cachimbo... — respondo.

— Pobre velha Ida.

— É verdade — diz Junk. — Ela queimou como um graveto.

Love Alice assiste a tudo com a mão na boca.

O doutor traz uma bacia e um pedaço de sabão.

— Vou limpar isso enquanto ela está desmaiada. Vocês podem sentar-se na sala de espera. Eu chamarei, quando souber da gravidade da situação e tiver feito curativos nestas queimaduras. Podem ir, agora.

Junk e Love Alice saem, mas eu não consigo. Caio sobre um banco, entorpecida, como se tivesse congelado naquele buraco. Quando o médico tira as botas de Ida e está limpando as manchas pretas nas pernas, digo:

— Eu deveria saber que isto aconteceria, com ela fumando aquele cachimbo. É de admirar que ela não tenha se queimado na própria cama.

— Era um dos seus últimos prazeres, Olivia. Ela teria feito um escândalo, se você a tivesse impedido de fumar. Vocês não iriam conseguir viver com ela.

— Eu mal podia viver com ela de qualquer maneira.

— Bem, isto provavelmente irá levá-la à insanidade total. Ela não será capaz de se cuidar sozinha.

— O que é que eu vou fazer? Não posso olhá-la a cada minuto.

Com o auxílio de pinças, o médico retira pedaços de algodão que grudaram nos joelhos dela e aplica uma pomada.

— Bem, alguém vai ter que fazer isso.

Resignada, fecho os olhos.

— Deixe-a aqui esta noite, Olivia. Vou mantê-la sob o efeito do láudano e observá-la. Amanhã, saberemos o que fazer. Ouvi dizer que você e Junk andaram cavando no quintal.

— As notícias correm rápido.

— Como sempre — diz ele. — Você e o menino precisam descansar esta noite.

Ele passa unguento na testa de Ida, de um jeito que me faz lembrar o período em que eu estava no hospital, com o rosto desfigurado.

O médico explica:

— Não restou cabelo, nem pestanas.

— Doutor. — Eu sei que estou falando, mas minha voz parece distante. Acho que o frio prejudicou minha audição. Ou minha língua. — Estávamos levando a sepultura de papai para outro lugar, hoje. Eu ia colocá-lo na colina, ao lado de Saul, mas, quando cavamos, não havia nada lá. Nenhum caixão, nem um caco de osso; nada. Você... você sabe onde ela o enterrou?

Ele suspira profundamente.

— Acho que você teria de perguntar isso a ela.

— Mas você disse que... mesmo voltando a si, ela não terá noção de mais nada.

— Talvez não — diz ele. — Isto vai levar muito tempo.

— Mas... se ela não voltar a si, como vou saber o que aconteceu com a sepultura de papai?

— Talvez você nunca saiba — diz ele. — Volte pela manhã, e veremos como ela reage.

Capítulo 52

Willem lava dois pratos, dois garfos e seu copo. Nenhum de nós quis comer e, embora ele bebesse o leite, acabei dando o jantar para as cabras.

— Não conseguimos fazer nada hoje — digo —, exceto cavar um par de buracos enormes, lá fora... e ver Ida arder em chamas.

Willem balança a cabeça.

— Sabe de uma coisa?

— O quê?

— Não ouvi nenhum tiro hoje.

Um tremor atravessa meu corpo. Com certeza, Phelps tem outras coisas em mente.

— Se contássemos a Wing a respeito de Phelps — diz Willem, pendurando o pano de prato —, tenho certeza de que ele nos ajudaria.

— Phelps e seus amigos são hóspedes de Wing. Não posso culpá-lo por alugar quartos a eles.

— Mas Wing é bem esperto em relação a essas coisas, e não diria a ninguém...

Demonstro não estar de acordo.

— Eu me arrependo de não ter perguntado à Sra. Phelps o que fazem aqueles *Cott'ners* e o que significam aqueles julgamentos. Mas contar qualquer coisa a Wing o colocaria em perigo também.

Como se soubesse que falávamos dele, Wing entra com a caminhonete no quintal. Willem o convida a entrar. Estou surpresa com a visita. Seus óculos se embaçam com o calor da cozinha.

— Oi, Willem — diz ele. E, em seguida, acena com a cabeça na minha direção. — Junk me contou o que aconteceu com Ida. Como ela está?

— Nada bem — respondo.

Wing observa Willem pegar o filhote, desabotoar a camisa e aconchegá-lo junto ao peito. O ronronar do bichinho é alto, o bastante para ser ouvido em outro cômodo.

— Deus do céu! — diz Wing, incrédulo, sorrindo para Willem. Ele ainda não olhou para mim. — Então, o que diz o médico?

— As queimaduras não são tão profundas quanto poderiam ter sido — explico. — O pior é...

Finalmente, ele se vira e olha para mim. Os óculos escorregaram para a ponta do nariz e ele me observa por cima deles. Diante do meu silêncio, ele diz:

— Entre todos os acidentes possíveis...

Um acidente. Isso é algo que não considerei. Se foi acidente ou não, a regulação do tempo foi extraordinária, já que a próxima pergunta que eu faria a Ida teria sido: *Onde diabos você enterrou o meu pai?*

Wing estica a mão e acaricia o filhote.

— Olivia... eu gostaria de ajudar. Se houver algo que eu possa fazer.

Recuso a oferta. Ele é um homem de coragem.

— Escute, você e o menino precisam ficar no hotel esta noite. Vocês ficariam mais próximos da casa do médico, cada um no seu quarto. Há um telefone lá, e posso levar vocês até o consultório, rapidamente, se houver necessidade.

Willem arregala os olhos.

— Não poderíamos... — Não consegui terminar a frase.

— Você enfrentou dois choques hoje, é claro que poderia. Além disso, seria bom descansar um pouco.

Dois choques; com certeza, Junk falou com ele sobre a sepultura vazia.

Wing puxa uma cadeira e senta de pernas abertas... parece estar em casa, e eu me pergunto como ele consegue depois da nossa última conversa.

Descansar. Em algum momento, eu superei a necessidade de usufruir um alívio de Ida, e meu corpo apenas foi levando a situação. Por fim, esqueci o quanto tudo foi difícil. Mas outras coisas ultimamente me deixaram esgotada, também.

— Pauline esteve aqui.

Após um momento, Wing diz:

— Eu gostaria de tê-la visto.

Trago a vassoura da varanda e varro em volta dos seus pés, como se tivesse acabado de cortar seu cabelo ou algo assim.

— Ela veio para buscar o menino. Não deixei.

— Melhor para vocês. — Tenho a impressão de que ele quer falar mais, posso sentir isso no ar. — Por favor, vá para o hotel, Olivia.

— Vó...

— Você tem que pegar o ônibus de manhã, se estiver melhor do resfriado. Aliás, tenho que fazer seu emplastro de mostarda. E não pode deixar o filhote. E amanhã é dia dos negros fazerem compras. Por falar nisso, não esqueça de anotar que Love Alice tem crédito...

— Já fiz isso — diz Willem com firmeza, segurando o filhote e a camisa com uma das mãos, e vertendo leite em uma panela com a outra. Mas seus olhos estão fixos em mim.

— Há muita coisa para fazer... o buraco precisa ser tampado. Estou cansada demais para resolver tudo isso esta noite, Wing.

— Então vá para lá e deixe-me cuidar de vocês dois. É só por uma noite.

A maior parte de mim quer que ele vá embora. Eu deveria estar concentrando meus pensamentos nas ameaças de Phelps. Mas com Wing sentado na minha cozinha, passando o dedo por cima de uma fenda no topo da mesa, a ideia de uma ameaça foge da mente. Não consigo entender o que sinto em relação ao Wing. Uma hora, eu sou uma coisa; no momento seguinte, sinto-me completamente diferente. Mais uma vez, recuso a sua oferta.

— Bem — diz ele, levantando-se. — Você quer que eu dê uma passada no médico, para ver como Ida está?

— Eu vou para lá assim que amanhecer.

Ele concorda.

— Se precisar de qualquer coisa. Willem, Olivia.

Olho para Willem, que está fazendo bico, exatamente como Pauline costumava fazer. Pela sua expressão, já sei que vou aturar poucas e boas, quando Wing for embora.

Capítulo 53

De manhã, Willem ainda está aborrecido comigo. Mas eu o deixo encarregado do armazém, ligo o caminhão e vou até a casa do médico. A luz está acesa na cozinha e na pequena sala dos fundos, que ele usa para pacientes que ficam internados. Foi ali que o médico retirou as amígdalas de Pauline.

— Entre, Olivia. — Ele mantém a porta aberta.

Ida está na cama, na sala dos fundos, e o médico e sua esposa estão no meio da troca dos curativos. A pele dela é uma imagem chocante: enrugada e vermelha onde está queimada e o resto do corpo, velho e encarquilhado. E ela é tão pequena! Com ataduras novas, parece uma criança na guerra; um soldado, na volta para casa. Pobre Ida. Que vida terrível ela teve, pelo menos depois que casou com papai. Talvez ele devesse tê-la deixado pregando o Evangelho, montada no burro. Não sei se, na época, era sã, se Deus realmente a protegia. Mas isso é um pensamento incorreto. De acordo com Ida, Deus protege a todos, e ela é não diferente. O que poderia sua alma estar pensando quando se ofereceu para ocupar este corpo? Talvez tenha sido o parto que a fez enlouquecer.

— Olivia — diz o médico —, ela não voltou a si. Parece que mergulhou em um estupor catatônico. Isso acontece com vítimas em estado de choque.

Se as coisas fossem diferentes, eu poderia até chorar. Mas tenho odiado Ida há tanto tempo que não conheço outro sentimento. Mesmo agora, a única razão para eu desejar que ela volte a si é para perguntar onde enterrou papai.

— Não posso mantê-la em casa comigo, doutor. Eu iria enlouquecer.

— Ninguém está dizendo que você deve fazer isso, Olivia. Acho que você deve pensar em colocá-la onde ela irá ter o cuidado de que precisa.

— Onde seria isso?

— Uma instituição — responde ele.

Embora o sol esteja brilhante, a sala parece sombria.

— Que tipo de instituição?

— Bem, há um sanatório...

Ele está se referindo ao asilo, onde Ida ficou há muito tempo.

— O hospício.

Ele faz uma careta, como se eu tivesse dito um palavrão.

— Eles cuidarão das queimaduras, também.

Nunca fui ao tal lugar, mas ouvi muita história a respeito. Há muito tempo, eu afastei aquelas histórias da minha cabeça, mas sempre me perguntei como os médicos lidam com a mente das pessoas. Como conseguiram recuperar Ida; pelo menos por todo este tempo.

Fico envergonhada em falar: *Não posso pagar pelo tratamento.*

— Posso dar um telefonema.

Então, atrás de mim, Wing diz:

— Se quiser, posso ir com você até lá, Olivia. — Eu não tinha ouvido ele entrar.

— Bom dia, Wing, Olivia — diz a esposa do médico, entrando na sala.

Wing olha bem no meu olho. Ele não dormiu um minuto a mais do que eu.

— Ouça — diz ele em tom resoluto —, você pode ficar aborrecida o quanto quiser, mas, na minha opinião, você precisa de ajuda.

Você é teimosa demais para admitir, portanto eu fui até a estrada e enchi o tanque da caminhonete.

— Eu...

— Acho que Willem está cuidando do armazém e, quando fechar, ele pode ir para a casa de Molly. Vou falar com Marta.

A casa de Molly é outra opção de esconderijo, desde que não coloque aquela família inteira em perigo.

— Boa ideia, Wing — diz o médico, satisfeito. Seus olhos estão cheios d'água e seu rosto parece papel enrugado. — Olivia... escute. Você era apenas uma pirralha quando apareci na sua casa com aquele carro. Tate e eu a levamos. Não havia outro jeito. E vou dizer uma coisa: eu fiquei surpreso quando ela voltou para casa.

Ele andou lendo meus pensamentos? Olho para o chão, para os armários esmaltados e para as espátulas para língua, desejando que alguém leve tudo isso para longe de mim. Nunca dei atenção à Ida, odiei-a desde o momento em que ela chegou. Rezei tanto para que Deus a levasse de volta, e agora, que o médico diz que posso fazer isso, não entendo por que não aproveito a oportunidade.

— Você é adulta, Olivia. Sabe tomar decisões, mas estou sendo franco. Pelo menos vá até lá e veja por si mesma.

— Muito bem — assenti.

Wing acena com a cabeça, como se tudo estivesse resolvido.

— Não se impressione com o lugar — diz o médico. — E me avise o que decidir.

Capítulo 54

— Combinei com Molly que Willem passaria a tarde na casa dela — diz Wing.

No banco dianteiro da caminhonete verde, olho para ele.

— Não se preocupe. Marta e o marido cuidarão dele. Molly tem duas irmãs; elas vão adorar o garoto.

Lembro-me de Molly, da conversa incessante que encantava Willem e de como ela o influenciava.

— Não é com *isso* que estou preocupada.

Wing ri, e fico envergonhada com a possibilidade de ele se lembrar.

O asilo é, na verdade, o hospital Stipling State, cercado por um muro alto de tijolos, com cacos de vidro incrustados no topo. Um porteiro anota meu nome, dá uma olhada na lista que tem nas mãos e, com um gesto, nos deixa entrar. O prédio em si é uma caixa de granito. Contei seis fileiras de janelas fechadas por grades, empilhadas como engradados de leite. Estacionamos e saímos do carro.

Não tomo o braço de Wing, embora ele o ofereça. A porta está destrancada, então, entramos em um saguão com um escritório envidraçado, e vemos uma mulher se levantar e sair correndo por uma porta interna. Wing toca meu braço e sugere que sentemos.

Em algum lugar, uma vitrola toca um som lamentoso e esmaecido.

Um homem com corpo oval sai do escritório. Está usando um terno marrom com uma franja de pelo claro e sapatos não engraxados. Até sua pele é desprovida de cor.

— Sou o Dr. Baird, da Avaliação e Indicação — diz ele, apertando primeiramente a mão de Wing e, em seguida, a minha. Ele carrega uma prancheta. — O Dr. Ed Pritchett telefonou de Aurora e disse que você precisava de uma internação imediatamente.

— É para minha mãe — explico, para que ele não pense que é para mim ou Wing.

— Bem — diz ele —, naturalmente teremos que arranjar um lugar para ela. Somos uma instituição estadual, embora estejamos com escassez de pessoal e recursos.

Isso é algo que ele diz o tempo todo.

— Ida Harker. Pelo que entendi, ela teve um acidente com fogo. Vários pacientes chegam até aqui por isso. Cabelo chamuscado, sem dedos, os dedos do pé gangrenosos. Ela ficará na enfermaria do hospital, até que se recupere ou venha a falecer. Suponho que você queira conhecer o lugar.

Ele é o homem mais direto e objetivo que já conheci.

— Nós providenciaremos os medicamentos — diz ele. — E três refeições por dia.

— Ela é exigente com comida — digo.

— Todos são. — Ele nos conduz por um corredor. — E, se ela conseguir chegar ao nível Um ou Dois, oferecemos atividades para mantê-la ocupada.

Não posso imaginar Ida envolvida em atividades.

— Temos quatro psiquiatras — explica. — Eles veem os pacientes sempre que podem. Mais adiante, ficam as cozinhas e o refeitório. Trazemos os pacientes do nível Um aqui para fazerem as refeições. Os pacientes dos níveis Um e Dois lavam e passam a própria roupa.

— Quantos pacientes estão internados? — Wing pergunta.

— No momento, 514, embora nossa estrutura nos permita acomodar 250. O Estado determina que a gente receba o excesso.

— Quantos voltam para casa? — pergunto.

— O pessoal se reúne a cada três meses e libera 25 de cada vez. Vinte e cinco pessoas, curadas ou não.

Baird olha a prancheta.

— Ida Harker era jovem quando esteve aqui. Quanto mais jovens, mais chances de recuperação.

Lembro-me de como papai trabalhou para pagar as contas.

— Temos cinco níveis aqui. — Baird está explicando a Wing. — A Sra. Harker estava no Dois, depois foi colocada no nível Quatro.

— Eu gostaria de dar uma olhada, por favor.

Ele suspira.

— Muito bem. Venha por aqui.

Ele deve estar se perguntando: *Quanto tempo falta para que tenhamos que internar a filha também?*

Ele nos leva por corredores e aperta um botão. Em seguida, empurra uma grade e entramos no elevador. As paredes e o teto são forrados de lona e acolchoados. Quando o elevador para, ele retira uma chave do bolso e abre a porta.

— O nível Três é a parte dos que ficam sedados e dormem o dia todo. Esta é a ala masculina.

Um longo corredor se abre diante de nós, com camas enfileiradas e colchões. O lugar é velho, e grande parte do gesso saiu das paredes. O cheiro de antisséptico é tão forte que faz meu estômago doer. Há pelo menos cinquenta homens aqui, rijos como cadáveres, embora poucos estejam dormindo. Os olhos estão perdidos em buracos fundos, maxilares caídos, a maioria, sem dentes. Os lençóis, desbotados de tanta lavagem, expõem braços ossudos e com manchas roxas. As enfermeiras deslizam para cima e para baixo com sapatos emborrachados. O ronco é terrível. Busco a mão de Wing.

— Alguns são comatosos — diz Baird. — Outros, catatônicos. A maioria acorda e volta a desmaiar. Nós retiramos as dentaduras para que eles não se sufoquem com elas.

— Quero conhecer o nível Quatro.

— Sra. Cross — diz ele —, isto é um tanto prematuro.

Acontece que Ida pode ter que passar o resto da vida aqui e, neste momento, sinto-me deprimida.

Voltamos ao elevador e subimos um andar. Imediatamente à nossa frente, há uma tela de grade grossa, e, atrás disso, um rádio ligado.

— Esta é a sala de estar — diz Baird. — Como vocês podem ver, reduzimos o tamanho a fim de acomodar mais celas.

Celas.

Na sala de estar, os pacientes sentam com o corpo ereto, em cadeiras de espaldar reto, ou ficam zanzando, de um lado para o outro, de pijama ou roupões de banho. Um homem idoso corre e encosta o rosto na tela. Seus olhos são claros e as pupilas, apertadas. Sua cabeça está raspada, e há marcas de tinta roxa nas suas têmporas.

— Por que estou aqui? — pergunta-me ele.

Baird diz:

— O Sr. Frank pergunta isto a todo o mundo. Ele sabe por que está aqui.

— Por quê? — Wing pergunta.

Baird suspira.

— Ele estrangulou a esposa com uma meia de náilon, depois colocou-a na cama, no quarto de hóspedes, e a deixou lá por três semanas. Quando a polícia a encontrou, ele tinha comprado 81 pares de meias para compensá-la.

"A sala de estar feminina é do outro lado. E lá adiante ficam as mulheres do nível Quatro que não se socializam."

"Lá adiante" é um corredor estreito com portas igualmente estreitas e com portinholas baixas e perfuradas. Fico imaginando para que servem as perfurações.

Atrás de quase todas as portas, vejo rostos pálidos e esqueléticos. O barulho é ensurdecedor. É impressionante como todos são parecidos: terrivelmente envelhecidos, inclusive os jovens. Vários dedos sobressaem pelos buracos. Dois pacientes encostam os lábios na grade. Um deles manda um beijo.

No final do corredor, um funcionário enfia uma chave em uma fechadura e, em seguida, ouve-se um grito e uma discussão exasperada.

— Hora do banho — diz Baird com um suspiro.

Tento imaginar Ida aqui, enquanto eu e papai enfaixávamos patas feridas e mascateávamos bebida. Ou plantávamos milho e feijão e comíamos panquecas com melado, tão doce que fazia o dente doer.

Os enfermeiros arrancaram da cela a mulher que estava gritando. Dentro do banheiro, algumas banheiras são cobertas por chapas de borracha. Uma mulher velha treme violentamente em uma tina cheia de gelo, e uma enfermeira enfia um pano torcido na sua boca. Ao longo da parede, há cadeiras de couro, com buracos para as pernas, como as que se usam com bebês. Uma mulher está na privada. Ela está usando um casaco de lona, de manga comprida presa com correia. Camisa de força, imagino. À minha direita, há uma escadaria.

— Há outro nível? — pergunto.

No final do corredor, Wing está perguntando sobre os funcionários; quantos isto, que número aquilo. De cima, vem um gemido, como fazem gatos machos. Eu subo, dou a volta no corredor e presto atenção. Gritos e choro ecoam no lugar, em diferentes graus de intensidade.

Aqui há várias fileiras de cercados de arame, cada um com aproximadamente vinte mulheres. Os queixos estão molhados de saliva, e o nariz, cheio de crostas. Uma delas não tem olho, apenas pálpebras fechadas por pontos, e desvio o olhar. Sem exceção, os rostos são ossudos, algumas têm a cabeça tosquiada, outras têm cabelos longos desgrenhados, mas não por muito tempo, imagino. Elas serão amarradas, banhadas, tosquiadas e Deus sabe o que mais.

A maioria se veste de sacos, com buracos para a cabeça e os braços... ou absolutamente nada. Suas expressões não são apáticas, como as dos sedados do nível Três, nem como as dos que ficam zanzando o tempo todo, do Quatro, mas retorcidas por um riso, ou contraídas em um terror pessoal que surgiu e se instalou. Seus gritos preenchem as fendas no gesso das paredes e ricocheteiam nas vigas. Quando uma dúzia para de chorar, outra dúzia começa, e elas se movem o tempo todo, como um pote de algo vivo e agitado. Os olhos são buracos escuros preenchidos por vidro estilhaçado.

Dentro da jaula, alguém grita:

— Lucy, volte aqui! Lucy!

Uma mulher bate as mãos; a outra desata a chorar.

— Não consigo dançar esta música!

— O que você quer dizer com cobrar caro? Eu nunca cobrei 1 centavo a mais... — grita uma jovem agachada.

Como um macaco de circo, uma jovem magra sobe a cerca de arame, até o teto.

— Chega de bebês, Albert! Não posso, não posso!

Um funcionário vem com um balde e um esfregão e bate na grade. Elas sacodem a cabeça, como se seus cérebros precisassem ser esvaziados, e talvez isso seja verdade. Ou talvez tenham ferido alguém, ou esquecido coisas do tipo... Como assar o pão ou ordenhar a vaca. Então, não havia onde colocá-las, exceto no nível Cinco. Toda a minha vida, eu tive medo da insanidade, e agora estou olhando para ela, bem na cara. Lembra a Ida. Phelps. Lembra a mim.

Uma das enfermeiras se apressa. Será que vai arrancar minha carteira e os grampos do meu cabelo, me enrolar em uma manta e me trancafiar? Espero que haja um aparelho sanitário, para que não tenha que me agachar no chão.

E se esta doença corre na família? Talvez Ida a tenha herdado da mãe, e assim por diante. Tremendo desperdício de gerações! Gostaria de encontrar a primeira mulher que teve um filho e o abandonou. Talvez ela não tenha sido a traidora que sempre a considerei. Talvez, na sua cabeça, algo simplesmente se desfez.

Dentro da jaula, uma mulher gira sobre os calcanhares, com a cabeça levantada, como se ouvisse algo que ninguém mais ouve. Quando engancho os dedos no arame, as mulheres se aproximam, como patinhos em busca de migalhas. As mãos são garras pálidas, rígidas, mas têm calos e unhas quebradas, exatamente como as minhas. Uma moça miúda, com o cabelo desgrenhado, senta-se no chão, com os cotovelos afastados, balançando o corpo. Ela olha para cima, me vê e diz:

-- Mamãe quer que vá para casa agora mesmo.

Outra murmura:

— Esta é Bernice, embalando seu bebê...

Acho que o bebê de Bernice morreu. Ou talvez ela o matou e esqueceu onde o deixou.

— Não acorde o bebê!

— Olivia — diz Wing, pegando meu ombro, e me virando delicadamente. Eu o ouço inspirar, como se ele fosse dizer algo, mas nenhuma palavra sai de sua boca.

Mamãe quer que vá para casa agora mesmo.

Estou angustiada demais para chorar.

— Ah, Wing, agora eu entendo... Mesmo quando ficamos adultas, nunca deixamos de ser garotinhas. Nunca deixamos de querer nossa mãe. Eu sempre desejei que Ida recobrasse o raciocínio, agisse como se nos amasse. Mas ela não conseguiu. Provavelmente, também queria a própria mãe, ou alguém que lhe dissesse que tudo ficaria bem.

Wing me envolve no seu cheiro de sabonete. Meus lábios tocam o botão da sua camisa e sinto seu rosto no meu cabelo.

— Isto é exatamente o que papai costumava fazer, sempre me dizendo que tudo acabaria bem. Ah, como eu sinto falta daquelas palavras. Se conhecesse este lugar, o quanto era ruim, poderia ter facilitado as coisas para Ida.

— Olivia, você era criança. Não era responsável por ela. E nem um dia na sua vida você foi diferente de como Deus a criou, o que é maravilhoso, precioso e belo.

Apoio a testa na clavícula dele.

— Mas não fiz o meu melhor ou nada perto disso.

— Olivia, fazer o melhor, o tempo todo, esgota qualquer um. Não importa o que se faça... as coisas são o que são.

— Como se sabe o que é o suficiente? — pergunto, olhando para ele.

Seu sorriso é torto.

— Deus me disse.

— Da mesma forma que ele lhe disse para tocar trompete?

Wing abotoa minha capa. Lembro-me da noite em que eu e Willem sentamos abraçados, ouvindo a respiração irregular do filhote.

O Dr. Baird diz:

— Sra. Cross... posso mandar buscar a Sra. Harker, então?

Wing levanta o meu queixo e olha bem nos meus olhos. A vida nos é dada, e fazemos o que podemos. Ida não pode fazer nada.

— Amanhã de manhã? — pergunta ele. — Por volta das 9 horas?

— Está bem — respondo.

As enfermeiras cacarejam, como galinhas em uma manhã fria. Wing me conduz pelas escadas até a rua. Minha respiração vira gelo. É espantoso ainda estarmos no inverno. A visão da caminhonete é algo reconfortante. Entramos no veículo e nos afastamos daquele lugar.

Capítulo 55

O hotel Kentuckian está silencioso. Não há ninguém aqui, além de mim e de Wing. Ele me cede um quarto florido, no segundo andar. Aquele com uma janela frontal e cortinas de veludo.

— Assim que você se instalar, desça que servirei o chá — diz ele. — Fiz pães doces de damasco esta manhã; ainda estão frescos.

Pego a minha camisola e a escova de cabelo. A última vez que passei a noite fora de casa foi para dormir na casa da Sra. Hanley, há muito tempo. Lembro também de uma vez, na casa da Srta. Dovey. Pensando melhor, uma vez eu dormi na casa do reverendo e da Sra. Culpepper, quando papai estava viajando a serviço. Serviço de bebidas. Papai gostava de dizer isso. E, uma vez, fiquei na casa da Sra. Hanley. A verdade é que nunca dormi na casa de uma pessoa branca.

Desço para tomar chá. Wing colocou algumas colheres de prata, guardanapos e um bule de chá de porcelana na mesa. Dois enormes pães doces de frutas estão arrumados em uma bandeja. Ele serve o chá. Eu como pouco; sinto-me abatida pelos últimos acontecimentos: hospitais estaduais e sepulturas vazias, o desaparecimento de Ida e Alton Phelps envolvido em algo mais violento que a Klan. E agora estou tomando chá na melhor louça de Wing e dormindo no seu hotel. Só consigo piscar os olhos e observar a xícara.

— Acho que sei como você se sente, Olivia — diz ele. — A vida toma os rumos mais esquisitos.

Como Love Alice diria, isto é uma verdade. Eu começo a falar. Falo sobre meus *quilts* e os planos para reconstruir a barraca na primavera.

Ele fala sobre o hotel e a ideia de acrescentar um restaurante e uma loja de presentes, e que acha, ou melhor, sente, que coisas boas acontecerão em Aurora, em breve. Diz também que foi ao cemitério, retirou as flores mortas da sepultura de Grace e pretende erguer uma lápide. E isto me remete a papai e ao problema que estou enfrentando. Talvez nunca venha a descobrir onde Ida o enterrou.

— Velha louca — digo, revoltada. — Não há como saber o que ela fez. Foi há tanto tempo.

— Vamos viver um dia de cada vez — diz Wing, como se fôssemos sócios. — Preencher os espaços vazios.

Há mais significado nessa afirmação do que sou capaz de perceber. Trinta anos sem nos falarmos deixou grandes lacunas no que sabemos um sobre o outro, no que sentimos.

No saguão, o telefone toca e Wing se levanta para atendê-lo.

— Era Marta Havlicek — diz ele ao voltar. — Willem e o filhote estão bem, mas a neve fechou a ponte e a estrada que levam até a casa deles. Eles acham que ele deveria ficar mais algumas dias.

Olho para ele em silêncio.

— Eu disse que perguntaria a você — prossegue Wing. — Mas as linhas telefônicas provavelmente cairão logo. Então, se você não concordar, tenho de telefonar para ela agora.

Fico agradecida por Willem estar fora de alcance. Concordo e empurro a cadeira.

— Se você não se importa, Wing, vou dormir.

— Claro que não me importo. Você quer outra manta? Mais um travesseiro?

— Não preciso de nada.

Ele assente e completa:

— Só dormir.

— Seria bom. E Wing...

— Sim?

— Não sei como lhe agradecer...

— Não precisa — diz ele. — Não há o que agradecer. Vou levá-la à casa do médico por volta das 8 horas, logo depois do café da manhã. Tudo bem?

Sim. Isso me faz pensar em como passei todos estes anos sem ninguém. Não posso, agora, tornar-me dependente dele. Até que tudo isso acabe, preciso manter certa distância.

Depois de escovar o cabelo e me preparar para dormir, aperto o interruptor e o quarto escurece. Não posso evitar de ir até a janela e olhar para o lado de fora. Abaixo, tudo está adormecido na brancura de uma nova camada de neve, que cai densa e preguiçosa. Por entre os flocos espessos, vejo que um caminhão está estacionado em frente ao Ruse's Café. Há alguém no banco do motorista: um homem gordo e usando um gorro. Buford.

Meu estômago revira e dá um nó. O peito dói com cada batida do coração. Phelps o enviou para me observar. Ele provavelmente acha que Willem também está aqui.

Deus abençoe a tempestade e Molly. Deus abençoe o primeiro amor, sobre o qual eu tenho sentimentos confusos, porque o meu primeiro está dormindo a menos de 6 metros de distância.

Capítulo 56

De manhã, a neve diminuiu, mas o céu permanece cinzento. O caminhão em frente ao café desapareceu.

Wing prepara ovos mexidos, café e torra pão de canela. Nós comemos, praticamente em silêncio. Depois, vestimos os agasalhos, Wing liga a caminhonete e saímos.

Alguém teve o cuidado de limpar a entrada da casa do médico e, neste momento, a esposa dele está com Ida. A Sra. Pritchett diz que ela está fraca. A boca está aberta e a respiração está arquejante. Isso me lembra a respiração dos filhotes, quando estavam prestes a morrer. Por um lado, fico triste por Willem não estar aqui para se despedir da bisavó. Por outro, fico contente que ele não a veja deste jeito. A alma dela já se despediu do corpo.

O médico me traz café com creme. Wing agradece, mas recusa a bebida, e o médico volta a se concentrar em seu trabalho. Há meia dúzia de pacientes na sala de espera, e tenho certeza de que, a essa altura, todos sabem o que está acontecendo. Após alguns minutos, vou para o lado de fora e fico andando, de um lado para o outro.

Logo, uma caminhonete com uma cruz vermelha brilhante pintada na lataria se aproxima, e para. Corro para dentro, para o quarto dos fundos. Talvez pensando que eu queria ficar um momento sozinha com Ida, a Sra. Pritchett se afasta apressadamente. Toco o ombro de Ida e sacudo-a levemente.

— Ida?

Ainda bem que não há ninguém por perto para me ouvir, porque, embora talvez eu devesse dizer adeus, ou dizer que ela será bem cuidada, há algo mais que preciso saber.

— Ida, diga-me o que você fez com o corpo de papai!

Dois homens de uniformes brancos entram no quarto. Um deles tem nas mãos um lençol dobrado; o outro carrega uma maca. Eles levantam Ida, que está de boca aberta e os braços pendurados. Com um gesto rápido, o enfermeiro abre o lençol, e enrola o corpo dela, enquanto a esposa do médico se apressa em cobri-la com uma manta. Recebo um papel para assinar e os sigo até o lado de fora.

Love Alice está lá, na rua, e se aproxima para ficar ao meu lado. Nós ficamos observando Ida ser erguida, a neve branca caindo sobre as pestanas pálidas. Nesse instante, seus olhos se abrem, e ela olha diretamente para mim. De repente, volta a fechá-los e eles a colocam no interior do veículo.

— Ida! — grito, correndo em direção ao carro.

Mas eles seguram meus braços, confundindo minha reação com sofrimento.

— Ida, diga-me! Diga agora!

— Senhor Jesus — diz Love Alice, e sua voz se eleva docemente, em algum hino distante.

A porta do carro se fecha com um estrondo e permaneço imóvel, enquanto a caminhonete branca com a cruz pintada de vermelho avança a rua branca, em direção à estrada. As nuvens estão escuras, como uma fornada de biscoitos queimados.

Ida jogou a última cartada. Estaria fingindo? Ou é possível, conforme disse o Dr. Baird, que ela perca e recobre a consciência. Talvez, em Stipling, ela mantenha os olhos abertos, vá para o nível Quatro e passe o resto da vida de camisola, vagando. Nada muito diferente da vida que teve até agora. Neste momento, estou tão furiosa, que espero que vá parar no nível Cinco. Uma coisa é certa: ela nunca ficará abaixo do Três, porque nunca conseguirão que dobre a roupa lavada.

O olhar de Love Alice passa por mim e se fixa na vala.

— Sei muito bem o que significa perda, O-livvy.

Eu a abraço bem forte.

Ela choraminga no meu ouvido:

— A minha menininha, que eu chamo de bebê, ela me faz ver as minhas Verdades. Ela me deu este dom.

Ah, querida Love Alice. Eu nunca soube. Queria saber o que mais eu deixei de perceber, absorta nas tristezas da minha própria vida.

Wing se aproxima, e põe os braços em volta de nós duas.

Capítulo 57

— É muita gentileza sua levar-me para casa.

— Você insiste em fazer isto — diz Wing em tom suave.

— Fazer o quê?

— Deixando-me ficar próximo para depois... agir formalmente. — Após alguns minutos, acrescenta: — Não se preocupe. Você já está passando por muitas coisas.

— Você também — murmuro. — Essas últimas semanas... Últimos anos, eu acho.

Ele assente, empurra os óculos para perto dos olhos e vai em direção à cidade.

— Wing, tenho que cuidar do armazém e das cabras; recolher os ovos.

— Olivia, neste ponto eu bato o pé. Mais uma noite. Você merece.

É difícil argumentar quando sou praticamente uma mera refém no seu carro. A boca está aberta, para dizer: *Então, proteja-me por uma hora, enquanto faço umas coisinhas.* Mas permaneço em silêncio, porque me lembro da surpresa que eu e Willem tivemos ao voltarmos para casa, anteontem. Se acontecer mais alguma coisa, Wing irá desconfiar.

Eu fico me perguntando: que tipo de relacionamento Wing tem com os hóspedes?

Ele entra no beco, ao lado do hotel, e estaciona o carro.

— Você descansa um pouco e à noite iremos ao Ruse's Café para jantar.

Wing pede que Junk vá ordenhar a cabra e jogar milho para as galinhas. Além dele, não tem ninguém tomando conta da minha casa, o que a deixa vulnerável, em condições perfeitas para mais um ato de vandalismo, enquanto bebo chá e observo Wing preparar pães doces. Ele joga canela e noz-pecã sobre os pãezinhos e coloca 48, de uma vez só, no enorme forno. Enquanto assam, ele verifica a massa que está descansando. Suas mangas estão arregaçadas e ele espalhou farinha por toda a cozinha. Wing sova a massa e a põe na cumbuca. Depois, serve-se de um pouco de café, mas o *timer* dispara e ele se levanta rapidamente para retirar os pães do forno. Enquanto estão bem quentes, espalha um glacê de açúcar mascavo sobre eles. Olha para mim e diz:

— Olivia Cross sorriu. Acho que o mundo vai parar de girar. Tome estes pegadores de panela, por favor, e pegue este tabuleiro.

Ele apanha uma segunda bandeja e, em pouco tempo, estamos atravessando a rua.

— Venha, mulher! — grita, por cima do ombro. — Há uma fila de pessoas no Ruse's Café à espera destes pães.

E é verdade. Este é um negócio e tanto que Wing começou. Ele deveria anexar uma lanchonete ao hotel. Eu o ajudo a limpar a cozinha e, ao meio-dia, ele corta o pão quente para comer com pedaços de peixe que fritou, empanado no fubá. Enquanto trabalha, ele fala que o filho de Samson, que tem quase 60 anos, vai pescar no gelo, no norte. Wing traz mais linguado do que uma pessoa pode embrulhar e enterra tudo na neve.

— Preciso arrumar três quartos — acrescenta ele. — Alguns hóspedes chegarão tarde, esta noite. Eles irão querer sanduíches e café, um doce...

— Eu vou ajudá-lo.

— Ótimo. Mas você já fez muito por hoje. Por que não liga o rádio e ouve Ma Perkins ou algo que vocês, mulheres, gostam?

No fim das contas, acabo adormecendo e Wing tem que me acordar para o jantar. Lavo o rosto e prendo o cabelo em uma trança. Discuto com ele que, o dia todo, não fiz nada além de comer. Entretanto, ele me abraça e, mais uma vez, atravessamos rapidamente a rua, sem agasalhos, até o Café, onde pede bife com batatas e torta de noz-pecã. Sentamo-nos na mesa do canto, debruçados sobre os cotovelos e falando em voz baixa, como se fizéssemos isso há anos. Wing me conta coisas engraçadas sobre as pessoas da cidade. Eu confesso a ele que sinto falta de Willem. Ele fala da noite de sábado, quando Willem esteve no hotel, de como alimentou o filhote com creme de leite batido com gema de ovo. *Não é de admirar que o diabinho peludo esteja crescendo,* pensei. Sinto-me envergonhada por tanto desperdício de boa comida, mas Wing ri diante da minha preocupação. Não sei se ele sabe como o filhote veio parar em nossas mãos, o modo como seus irmãos morreram de fome ou de solidão, e que Ida matou a mãe deles.

Voltamos ao hotel, e, embora sejam 20 horas e esteja quase na minha hora habitual de dormir, Wing corta pão e passa maionese sobre as fatias. Eu arrumo pedaços grossos de presunto e rosbife, corto os sanduíches transversalmente, e os ajeito sobre uma travessa. Ele faz o café.

Quando estou dispondo quadrados de bolo de gengibre amanteigados, a porta do saguão se abre e uma rajada de vento, e de pessoas, invade o hotel. Wing vai dar as boas-vindas aos hóspedes. Sua vida parece ser agradável. Não sei se é pelo conforto e pela elegância do hotel, ou pelo fato de ter alguém, hoje, para compartilhar a carga de trabalho. Talvez seja por não ter que se preocupar em como terá que arranjar o próximo centavo.

No saguão, as vozes aumentam. Homens barulhentos apertam vigorosamente a mão de Wing, dando tapinhas nas suas costas. Vozes irritantes contam piadas obscenas... que eu ouvi sábado à noite no celeiro de Alton Phelps. O grupo de caça está de volta. Dessa vez, não está aqui para atirar nos meus lobos e levar as orelhas para casa. Ao que parece, o aviso que deixaram na minha casa não foi o bastante. Eu procuro na cozinha um lugar para me esconder, mas, mesmo se eu saísse pela porta dos fundos, eles poderiam me avistar da entrada. Devem ter visto Elizabeth conversando comigo. Com certeza, havia alguém observando o local, e agora, se eles vieram para me pegar, o que será que já fizeram com Elizabeth?

O elevador se abre e Wing os leva para o andar de cima. Em alguns minutos, eles descerão, querendo este jantar que ajudei a preparar. E a minha capa está lá em cima, no quarto. Dou a volta até a entrada, entro no primeiro cômodo e abro o guarda-roupa, procurando um dos casacos velhos de Wing. Vazio. Mas lá, dobrado sobre a cama, está o *quilt* bordado com botões de rosa que dei a Grace Harris. Eu o enrolo em volta do corpo, corro pelo saguão e saio na calçada, que está coberta de gelo. Um granizo fino queima meu rosto quando entro no beco, correndo entre as construções, então atravesso para a quadra seguinte e dirijo-me à ponte. Eu puxo o *quilt* por cima da cabeça. Hoje de manhã eu estava observando Wing preparar pães doces; agora, estou andando com dificuldade, na noite fria, sem casaco e sem saber o que vai acontecer. Sinto-me envergonhada por, mais uma vez, imaginar que Wing é um *Cott'ner*.

Capítulo 58

É bom estar em casa. Subindo os degraus, fico contente por ter trancado a porta dos fundos. Procuro pela corrente que fica pendurada acima da mesa e a puxo. Nada acontece.

No armazém escuro, ouço o tilintar da caixa registradora, e meu coração dispara. Neste momento, Alton Phelps afasta a cortina e para na entrada. Lembro, agora, que dentre todas as vozes que ouvi no saguão do hotel de Wing, não ouvi a dele. Seu rifle está escorado no canto, ao lado do fogão.

— Saia da minha casa.

— Ora, Olivia, isto não é nem um pouco amável — diz ele, em tom irônico.

Ele está usando um casaco de pele de carneiro. E pega a arma. Neste instante, um homem barrigudo sai da despensa. Tem nas mãos três ovos cozidos que esmaga sobre a pia, descascando-os.

— Espero que você perdoe o meu primo Doyle Pink — diz Phelps tranquilamente. — Ele pode ser o xerife, mas não sabe o que são boas maneiras.

O medo rasteja pelos meus braços, franzindo a pele. Eles não devem perceber que meu coração está preso na garganta.

Tentando ser delicada, reúno forças e digo com a voz trêmula:

— Vocês dois vão embora, agora.

Phelps mantém a arma apontada para o chão, como se não fosse usá-la. E assovia, como se o que falei fosse a coisa mais estúpida que já ouviu.

— Quando você foi à minha casa no sábado à noite, minha senhora e eu não estávamos brigados, nem um pouquinho.

Pobre Elizabeth. Meu estômago revira.

Ele faz um gesto com a mão e Pink lhe passa uma corda.

— Se eu fosse você, Olivia, eu me sentaria naquela cadeira.

Eu obedeço e estremeço, quando ele amarra minhas mãos atrás dela e, em seguida, meus pés.

— Você não é amável como Ida — diz Phelps. — Eu achava que prostitutas geravam prostitutas.

De repente, me vem um estalo:

— Não vou passar nem mais uma noite com medo. Se você veio aqui para me matar, tudo bem, mas pelo menos diga-me o porquê.

— Matar você? — diz ele antes de sorrir, como se não tivesse pensado nessa hipótese. — Eu disse que viria atrás de você e do menino, Olivia. Você tem algo que eu quero. Ou sabe onde está.

Pink enfia, de uma só vez, o último ovo na boca.

Phelps olha em volta e diz:

— Porra, Doyle! Olha a bagunça que você está fazendo!

— Aqueles negros não iam tolerar se ela levasse um tiro — anuncia Pink. — Não iam aceitar se achassem ela com um buraco na garganta.

A expressão de Phelps torna-se sinistra.

— Eles vão tolerar o que eu mandar.

Estou lembrando do que Elizabeth disse.

— Você e seu clube são tão arrogantes. Tão cruéis que até a Klan os rejeita.

Phelps dá um passo, joga o braço para trás e me esbofeteia com força.

Meus olhos enchem-se de lágrimas. O que será que estão procurando? Clorofórmio? Bordado de seda, casinhas de cachorro, pinças em seis tamanhos diferentes? Deito meu rosto latejante sobre o ombro e calo a boca.

— Vou perguntar mais uma vez — diz Phelps.

Meus ouvidos estão zunindo e não consigo raciocinar com clareza.

— O quê?

— Nós vamos botar esta casa abaixo se for preciso, Olivia; uma lasca de cada vez.

Durante quase uma hora, permaneço imóvel, enquanto cada centímetro do lugar é, mais uma vez, revirado, destruído e os colchões, rasgados. Eles arrancam o fogão e atiram latas da despensa. No armazém, ouço vários potes de vidro sendo quebrados. Deve ser assim a proximidade da morte, e me deixa mais exaurida do que uma surra. O xerife também parece fatigado.

— Porra, Alton! — diz Pink. — Cansei.

Phelps se esforça para manter-se sob controle.

— O que diz de fazermos o julgamento dela aqui mesmo, Doyle?

— Não tem fardo de algodão, Alton.

Isto significa que estou prestes a descobrir o que é um *cotton trial.*

Phelps põe a mão no bolso de trás, retira um rolo de tecido vermelho, vira os dois buracos para a frente e o passa por cima da cabeça. O mesmo tom de vermelho que a tia Pinny Albert não queria comprar. Pelos buracos, ele olha bem nos meus olhos, avaliando o meu medo.

Pink resmunga:

— Merda, Alton, não trouxe o meu capuz.

— Tudo bem, Doyle, você pode ver melhor sem ele. Só estou me exibindo um pouco. Por que você não vai até o porão e dá uma olhada. Veja se consegue achar uma viga...

Uma viga.

Agora eu sei como isto vai terminar.

Pink tenta abrir a porta do porão, mas está trancada. Ele acha a chave.

— Jesus Cristo, como é escuro lá embaixo.

— Bem, acenda uma maldita lâmpada.

Enquanto aguardamos, Phelps olha ao redor e diz:

— James Arnold e eu costumávamos vir aqui. A gente se alternava com Ida. Ela tinha um gênio exaltado; cara, a gente adorava aquilo!

— Eu nunca... vi... James Arnold.

— Ah, ele gostava da pele de Ida — diz ele com um grunhido. — Você não lembra porque estava quase morta em Buelton.

O quê?

— Alton, não consigo encontrar merda nenhuma aqui embaixo! — grita Doyle do porão.

Phelps olha para mim e diz em voz baixa:

— Não é nenhuma surpresa.

— Está muito frio e tudo vazio. Mas as vigas são firmes. Vou subir!

Não posso dar conta dos dois, e não há como me livrar do mais forte. Eu molho os lábios.

— Tire o Pink daqui.

Phelps se aproxima.

— O que foi agora?

— Mande o Doyle ir embora. Quando estivermos só nós dois, eu lhe direi o que você quer saber.

— Por quê, Olivia?

— Faça o que estou dizendo.

Ele afasta o capuz, tenta um sorriso e vai até a porta.

— Ei, Doyle. Tudo bem, pode subir.

O xerife aparece com as orelhas vermelhas e o ar zangado.

Phelps tira um palito de dentes do bolso.

— Leve o caminhão de volta para minha casa. Eu e Olivia vamos ter uma conversinha.

— Mas nós íamos enforcá-la, nos divertir um pouco.

Phelps carranqueia.

— Por Deus do céu, que modo de falar é esse? Pode ir agora.

— Acho que deveríamos colocá-la no porão, Alton. Trancar a porta e levar a chave.

Meu estômago se revira.

— Ia levar um tempão até a encontrarem. A gente podia apreender o caminhão dela e eles iriam pensar que ela se mandou. Depois, pegamos o garoto... — Pink parece satisfeito consigo mesmo.

Phelps limpa os dentes.

— Como já disse, leve o caminhão. Você está sempre querendo dirigi-lo.

— Mas está estacionado junto à estrada...

— Andar vai fazer bem a você. Agora vá.

Quando ele se vai, Phelps diz:

— Não confio em você nem um pouquinho, Olivia. Mas só para ver se seu coração está no lugar certo... — Ele se aproxima e encosta os lábios no meu cabelo.

— Desamarre-me — digo com firmeza.

— Isto seria pura estupidez.

— Só assim eu vou falar... o que você quer saber. Senão, morrerei calada. Estou falando sério.

Ele sorri e anda atrás de mim. Ouço-o pousar o rifle, sinto suas mãos desatarem os nós e esfrego os pulsos.

— A meu ver, Olivia, eu não tenho como perder. E você não pode ganhar.

Ele deu a volta e agora está diretamente alinhado à porta do porão. Com os pés ainda amarrados, pulo em cima dele, enfio as unhas no seu rosto e faço um longo rasgo, até ele berrar e me imobilizar, agarrando meus pulsos e me dando um empurrão, me fazendo cair de costas. Em seguida, ele vem para cima de mim, mas eu reajo, dando um pontapé na sua virilha. Ele aperta meu maxilar com tanta força que ouço meus dentes rangerem. Então, ele cai de joelhos tateando, à procura do rifle.

— Filha da puta — ele rosna entre dentes.

Com os tornozelos ainda amarrados, luto para ficar de pé e tento, desesperadamente, desatar os nós.

Ele resmunga, agarra a minha bota e caio no chão, sobre o ombro. Eu estendo o braço para alcançar o pé da cama de Willem, o balde de batatas, o batente da porta. Mas ele tapa meu nariz e minha boca, apertando os ossos. Nesse instante, mordo a mão dele e viro bruscamente o balde, atingindo-o em cheio.

— Puta maldita!

Ouço meu vestido rasgar ao me desvencilhar dele.

Ele vem atrás de mim.

— Isto é por James Arnold — rosna, me esbofeteando com força. Eu caio contra a quina do quartinho e sinto a nuca quente e molhada. Meus joelhos fraquejam e escorrego na parede.

A expressão de Phelps é assustadora: seus olhos estão tão sombrios que as órbitas parecem vazias.

— Vou dizer uma coisa a *você*, garota! Tate Harker matou meu irmão, sim, senhora. Mas não foi na noite que você pensa. — Ele fica de joelhos e levanta o rifle. — Alguns meses depois do acidente, seu pai voltou para casa. Pegou James Arnold com as ceroulas jogadas bem onde você está neste momento, e a mão na vulva de Ida, foi isto.

Não consigo respirar. Não consigo respirar.

— É isso, Srta. Honrada e Sagrada Olivia Harker. Seu pai atirou no meu irmão e o matou.

Capítulo 59

— Está ouvindo o que estou dizendo, Olivia?! — grita Phelps como se estivéssemos longe um do outro.

A dor derruba meu braço. O ar está carregado.

— A porra da noite estava tranquila — diz ele. — Deu para ouvir o barulho na estrada. As pessoas vieram e ficaram de boca aberta, quando viram James Arnold esvaindo em sangue, neste chão que você está pisando.

— Papai... morreu naquele... acidente.

— Porra nenhuma. O chão estava tão duro que Ida não conseguiria enterrar nem um osso de frango. Isso não quer dizer que ela não fosse ruim como o diabo. — Ele levanta a cabeça, como se tivesse contado uma piada e esperasse uma risada.

Fico de joelhos.

— Por que... por que você... está me contando isto?

— Porque Olivia Harker jamais faria algo errado. Esta cidade tinha você e Tate em um maldito pedestal. Você viveu na ignorância, garota. Aquela noite... Merda, eu queria que Tate corresse. Só para poder caçá-lo.

— Alguém... teria me contado.

— Porra nenhuma. Todos sabiam. Ida tinha a cidade inteira aos seus pés. Uma pena que eu tenha que matar você. Queria ver você agora enfrentar aqueles negros mentirosos, olhar eles no olho.

Papai com o rifle, um tiro perfeito. Love Alice. Junk cavando, mesmo sabendo que não encontraríamos nada. Ida com o corpo em chamas.

Phelps está de pé e se aproxima, cambaleando. Minhas narinas estão impregnadas com seu cheiro.

— O que... o que aconteceu...

Seu sorriso é horrível. O rifle está na sua mão.

— O que aconteceu ao seu pai? Cacete, esperei tanto tempo para dizer isto. Ele está na prisão, em Kingston. Esteve lá todo esse tempo.

— Kingston. — Eu engasgo ao falar.

— Sempre soube que seria eu quem lhe contaria. Você é igualzinha a ele. Fica dando murro em ponta de faca. — Ele pressiona o corpo contra o meu, me forçando a sentir sua ereção. — Você tem um cheiro bom, Olivia. Cheira a sabonete de bordel.

— Eu...

— Aposto que você se divertiu na noite passada com o tal do Wing Harris. — Ele encosta a boca na minha orelha e aperta meu braço. — Você é uma mulher forte, do tipo que eu e os rapazes gostamos. Aposto que gosta de brigar, como Ida fazia. — Ele apalpa meu peito. — Sabe de uma coisa, Olivia, podemos acertar tudo isso...

Dou uma cuspida no rosto dele e sinto minha cabeça estalar para trás. Seus punhos são fortes. O sangue enche a minha boca de um gosto desagradável e escorre pelo queixo. Então, me curvo e dou uma cabeçada, atingindo, em cheio, sua patela, fazendo-o gritar de olhos fechados e retorcendo a boca. Pego o rifle, ergo a coronha e ouço o corpo dele estalar. Ele xinga e se revira, com a mão aberta. Mas fico de pé e enfio a arma, com toda a força, na barriga dele, que arregala os olhos, enquanto tenta se agarrar e passa, de costas, pela porta do porão. Ele dá um grito e cai, quebrando vários degraus, até parar, deitado, na base das escadas, com os braços e as pernas curvados de um modo inimaginável, com a cabeça inclinada para trás, como se estivesse procurando algo.

Tudo está mudado e errado. Meu cabelo está solto e meu vestido balança, no lugar onde está rasgado. Saio cambaleando em direção ao caminhão. Entro, viro a chave de forma incorreta, e tento novamente.

Nenhum barulho. Salto e aperto os cotovelos. A neve aumentou. Tropeço pelo campo, desço a colina e atravesso a ponte, onde até o gelo no rio engana uma pessoa desavisada. Na Main Street, tudo o que era familiar está agora sombrio e riscado de vermelho. Paro em frente ao Ruse's Café e berro:

— Todos vocês venham aqui fora! Digam a maldita verdade!

Ninguém aparece. Nem mesmo Wing. Nem os Ruses, nem ninguém do *Cotton* Club. Eles estão esperando Phelps aparecer com a minha orelha. Que ironia! Tate Harker está vivo e Olivia, morta.

Olho por entre as árvores, sem folhas por causa do inverno, para a Rowe Street. Com dificuldade, avanço pela neve, entro em uma varanda e bato na porta.

— Mentirosos! Vocês me deixaram pensar que ele estava morto! Bando de traidores desgraçados!

Demonstrando toda a minha raiva além das palavras, atiro uma pedra em uma janela e quebro a outra com a mão. Estou curvada de dor, não consigo dar nem mais um passo. Seguramente, se eu olhar para baixo, verei um enorme buraco no lugar onde ficava meu coração. Verei a vida se extinguir, o sangue de toda uma época que passei aqui, amando, aprendendo e brincando com bebês.

Em nome desta terra eu te batizo...

Traidores. Judas miseráveis.

O único som que se ouve é o da neve caindo. Em algum lugar, uma porta se abre e uma mulher aparece. É Love Alice, e suas mãos queimam onde tocam meu corpo. Logo, surge a Srta. Dovey envolta em um xale. Além delas, há velhos, pele preta, gente sem dentes. Mentirosos.

Sinto como se estivesse morrendo.

— Não toquem em mim!

Junk me toma nos braços.

— Entre, Srta. Livvy. Diga o que aconteceu.

— Vocês mentiram, isso é o que aconteceu!

— Jesus amado! — exclama sua mãe.

Love Alice cantarola. Eu sento em uma cadeira e eles ajeitam meu vestido, enquanto eu fixo o olhar nos veios do piso de madeira limpo.

— Phelps me contou tudo.

— O Sr. Alton Phelps fez isso?

— Ele está morto. No porão da minha casa.

— Ah, meu Deus! Tem certeza?

— Não.

Passos derrapam nas tábuas molhadas da varanda e depois se afastam correndo, como se eu tivesse uma doença contagiosa, isolada em quarentena na própria pele. Sinto um calafrio. Ouço mais sussurros. Portas se abrem, se fecham e voltam a se abrir. Alguém limpa o sangue do meu queixo. Há tantas pessoas, todas falando, mas ninguém fala comigo. Por fim, eles me agasalham e me levam para o lado de fora. A neve cai no meu rosto, enquanto me forçam a prosseguir. Onde estariam me levando? Gostaria de poder pensar; ainda bem que não consigo.

De repente, o frio diminui. Sinto cheiro de suor e de lã, e o bafo no meu rosto me remete à comida. Meu estômago se revira.

Uma porta se fecha e ouço Junk anunciar:

— Ele realmente estava lá. Nós o carregamos para fora.

Acho que é a Srta. Dovey quem diz:

— Sabe Deus o que vem por aí.

— Longfeet — grita Junk —, desça e diga ao Sr. Wing para manter o menino escondido.

Será que eles sabem onde está Willem? Eles sabem de tudo.

Willem. Isto significa que Wing não está envolvido. Mas ele não saiu para falar comigo; ou saiu, quando eu estava gritando, na rua...

O reverendo Culpepper pergunta:

— Srta. Olivia, havia mais alguém com ele?

— O quê?

— Com o Sr. Phelps. Quando foi à sua casa, ele estava sozinho?

— Não. Estava com o xerife.

Alguém ri, baixinho.

— Eles sabia que ia carecer de dois homem adulto pra lidar com você.

— O xerife foi embora — diz Junk.

Em silêncio, todos tentam compreender o que isso pode indicar. Em toda a minha volta, vejo expressões tão abatidas que é possível ver o formato dos ossos da face de cada um.

— O que o Sr. Phelps lhe disse exatamente?

Fecho os olhos.

— Não, O-livvy. Agora você precisa falar conosco.

Eu digo:

— Love Alice. Não olhe nos meus olhos.

— Não vou fazer isso, menina — diz ela. — Mas você tem que dizer o que sabe.

— Ele disse que Tate Harker está na prisão. Que ele matou James Arnold. E que todos vocês sabiam.

O silêncio é tão profundo que parece que me afoguei.

— Foi para o seu próprio bem.

— Aquela Ida Mae. Tínhamos medo do que ela poderia fazer.

— O que ela poderia fazer?

— Junk — diz o reverendo. — Conte-lhe a verdade.

Junk não aceita.

— Diga agora — insiste o reverendo.

Junk me lança um olhar triste.

— Srta. Olivia... nós prometemos ao seu pai.

— Você prometeu...

— Cada um de nós devia muito a ele.

Eu não consigo pensar no momento.

— Phelps está morto?

— Sim senhora, agora está.

Só há espaço para isso na minha cabeça.

— Mas, lá na minha casa, ele estava morto?

— Isso você não precisa saber.

— Preciso sim! Quero saber se o matei! — Levanto da cadeira e agarro a camisa de Junk. — Não minta mais para mim!

Eu descubro agora onde estou: na Igreja Episcopal Metodista Africana, que está cheia de gente olhando para mim.

— Não sei se foi a senhora — diz Junk, olhando para o chão. — Mas, cum certeza, agora tá.

Eu dou alguns passos para trás.

— Não cheguem perto de mim, e nem falem comigo; nunca mais.

Ainda bem que todos se mantêm em silêncio.

Junk franze o cenho. Em seguida, levanta o queixo, dá uma fungada, e todos olham para o alto, para os arcos de fumaça preta que lambem o teto seco. A igreja irrompe em chamas.

Capítulo 60

Por mais que tentasse, não conseguia raciocinar. Em minutos, as portas são destruídas pelo fogo e a parede da frente cai, trazendo consigo parte do telhado. Do lado de fora, fileiras de homens brancos correm, empunhando tochas chamejantes. Eles abrem caminho à força, empurram e gritam palavras obscenas, criando faixas de neon com as chamas na escuridão.

Começo a tossir.

— Eles estão atrás de mim.

— Você está enganada — diz o reverendo. — Eles estão atrás de *nós*. Sempre estiveram.

Algumas pessoas correm para a cozinha dos fundos, enchendo o pequeno cômodo. Outras invadem as salas de aula de domingo e os bancos do coral. Os bebês choram. Acima de nós, vigas de madeira rangem e despencam. A mãe de Junk tropeça. Ele a ergue nos braços, carregando-a com carinho, exatamente como fizera com Ida.

Jesus amado! Por que o fogo sempre é o prenúncio do fim? Ida pôs fogo em si mesma para me fazer parar de cavar. E agora, a igreja na Rowe Street. Será que já lançaram uma tocha na minha casa; se ainda não o fizeram, vão fazer. Imagino que eles nos deixarão queimar, depois virão, de manhã, para cobrir nossos corpos, ou nos empilhar em uma carroça e jogar todos em um único buraco. Depois, irão riscar outro fósforo.

Junk grita:

— Temos que tirar estas pessoas daqui!

Mas não há para onde ir. Estamos presos neste crematório. Além daqui, há somente uma noite fria e inóspita; e covardes, escondidos sob capuzes.

O reverendo quebra as janelas com o cotovelo, remove cacos de vidro e empurra as pessoas para o lado de fora. Os cordeiros de Deus caem na neve.

— Ajudem a levantá-los! — grita ele. — Eles podem congelar!

Ele acha que a vida é uma opção. Imagino os *Cott'ners* lá fora, rindo e esperando para atirar em nós.

Do lado de fora, na neve, a Srta. Dovey está usando seu chapéu de domingo com véu e flores cor-de-rosa, e um casaco de lã abotoado sobre o vestido. Por cima do crepitar das chamas, ela grita:

— Eles se foram por enquanto, reverendo! Marque as minhas palavras: eles irão voltar.

Mais janelas se quebram com o calor. Junk me empurra por cima de um peitoril.

— Não temos para onde ir — diz Wellette.

— Permaneçam juntos — ordena Junk. — Vamos ficar mais seguros deste modo.

Talvez, mas duvido.

Love Alice está olhando diretamente nos meus olhos.

— Você pode ajudar nós, O-livvy.

Como ela consegue contar comigo depois de tê-la ofendido? Ainda quero bater nela.

— Não faça isso comigo, Love Alice.

Tia Pinny Albert está batendo os poucos dentes que tem.

— Reverendo, está menos de 6 graus negativos. Não vamos aguentar mais que alguns minutos.

— Fiquem juntos — insiste o reverendo.

E todos se juntam, abraçados, segurando uns nos outros, com os bebês no peito.

Acima de nós, o céu está totalmente preto. Acho que os *Cott'ners* estão no hotel de Wing, tomando café e aquecendo as mãos. Seguramente, Wing sabe de tudo. Como não saberia?

Como *eu* não sabia?

Junk enviou-lhe a mensagem: "Mantenha o menino escondido." Eu rezo a Deus para que Willem esteja com a Molly.

A mãe de Junk pergunta:

— Que vamu fazer, Srta. Livvy?

Phelps é mais perigoso agora do que quando estava vivo. Estes homens são vingativos a um ponto que não podemos imaginar. Uma coisa eu sei: não vão permitir que vejamos a luz do dia.

Nesse meio-tempo, como estas pessoas podem contar comigo? Não sou o herói que Tate Harker foi. Mas isso também não é verdade. Ele nunca foi herói. Depois do acidente, passaram-se dois meses inteiros até ele atirar em James Arnold. E depois disso, foi para a prisão, onde está, há 35 anos, acovardado, atrás das grades. Além do mais, se ele quisesse realmente me ver, nem Ida poderia impedir. Mas tudo bem. Nesse período, eu aprendi a pensar por mim, ter ideias próprias... ou não. Afinal, enfrentei os problemas; ou será que apenas os acumulei até agora, e eles se transformaram em uma montanha? Não faz diferença. Eu não posso, não vou... *ver* Tate Harker. Ele que se *dane*!

Mas a mente não se concentra e continuo voltando ao passado, perguntando-me o que papai teria dito, naquele tempo, quando eu achava que o conhecia.

Corra, Olivia?

Fique e lute?

É insano desafiar pessoas que cometeram sabe Deus quais e quantos crimes. Todas as minhas angústias jorram ao mesmo tempo, inflamadas, urrando no peito e nas vigas de madeira, atrás de mim. Aquele que criou as mentiras, o único que poderia saber o que está acontecendo aqui, está a 80 quilômetros de distância, além de estradas que se transformaram em placas de gelo escuro. E meu caminhão não quer ligar.

Olho em torno do que restou da igreja, a chama baixa, a silhueta das pessoas desenhadas contra os escombros.

— Reverendo, preciso do seu carro.

— Está sem gasolina, Olivia.

— Então, o ônibus. Preciso do ônibus da igreja.

— Só Longfeet sabe dirigi-lo — diz Junk, batendo os dentes. — Traga-o então, Longfeet. Leve-nos a Buelton.

A Srta. Dovey se manifesta de forma lenta e irregular:

— Uma das igrejas de Buelton pode ajudá nós.

Não vou permitir isso.

— Ninguém em Buelton vai ajudar vocês! Todo mundo está envolvido ou com medo!

— Não temos escolha. Não podemos ficar aqui.

O ônibus está estacionado no quintal da casa do reverendo e Longfeet já está atravessando o campo a passos largos. A roupa lavada da Sra. Culpepper ainda está pendurada na corda, e uma nuvem de fumaça se ergue, no quintal de alguém.

Ouço o motor do ônibus engasgar. Depois, ele se arrasta morro acima, na nossa direção. Longfeet freia. Quando a porta se abre com um chiado, eles sobem no veículo.

O reverendo senta-se atrás de Longfeet. É uma das poucas ocasiões em que o vi sem chapéu. Na verdade, a única outra ocasião foi na noite em que ele foi até o Silty's, tentar me tirar de lá; e eu não aceitei. Eles se deslocam dentro do ônibus, escolhendo lugar nesta viagem para... onde? Sou a única que permanece do lado de fora na neve.

Junk se abaixa para pegar a mão de Love Alice e ajudá-la a subir.

— O Senhor Jesus nos salvará, O-livvy — diz ela.

Eu concordo.

— Você está muito machucada, Olivia — diz o reverendo. — Venha conosco.

O sangue ainda escorre pelo canto da minha boca. Eu limpo com a língua. Sinto dor nos ossos das face e um leve incômodo instalou-se atrás da orelha.

— Não posso. Não deixarei Willem.

Ele concorda.

— Eles irão atrás de vocês, não importa aonde. Vocês sabem demais. Papai sabia, e eles armaram para que ele pegasse Ida com James Arnold e o matasse.

Até eu falar sobre essas coisas, eu não tinha realmente analisado todos os aspectos da situação. Phelps dissera que queria que papai corresse, para que ele pudesse acossá-lo. Eu observo as sombras oscilarem na neve e rememoro o jeito com que Phelps rolou, repetidas vezes, pelos degraus do porão. Os *Cott'ners* vão querer vingança por sua morte. Depois disso, nem sentirão falta dele. Pensei que Alton fosse o líder, mas agora sei que o grupo é muito maior; na verdade, tão grande que várias vezes por ano seus membros se encontram, abertamente, no celeiro de Phelps, e, em todo esse período, ninguém impediu que isso acontecesse.

Vejo, também, como isto acabará. Eles ameaçarão papai para conseguir tudo o que querem de mim. Depois, torturarão Willem. Usarão várias maneiras, esquemas e métodos, enquanto destroem nossas vidas e exploram nossos temores. Sinto-me perplexa com a cegueira de Olivia Harker Cross, que mentiu para si mesma dizendo que sabia tudo.

— Reverendo — chamo. — Vocês podem me deixar em Kingston?

— Sim, senhora.

Finalmente, subo no ônibus. O reverendo abre passagem e me sento ao seu lado, enquanto observo Longfeet controlar o acelerador e a embreagem. O veículo avança devagar sobre o gelo. A noite parece breu, e eu me sinto asfixiada com os diferentes odores: lã molhada, bebês, e outras coisas.

No assento em frente a mim, Junk abraça Love Alice. O mesmo grandão e digno Junk, que me levou para casa e comeu pão e geleia comigo. E agora, como todos os outros, está fugindo.

Love Alice recosta a cabeça no ombro do marido e diz:

— Você tem razão, O-livvy. Estamos fugindo para salvar nossas vidas.

Eu olho em outra direção, para a janela escura e me pergunto se as únicas verdades que sabia eram as que Love Alice me transmitia.

O ônibus escorrega no gelo e morre. Longfeet xinga. Tenta a ignição novamente. O motor volta a funcionar e o ônibus se move lentamente.

Eu me viro no banco e, mesmo na escuridão, me arrependo de ter feito isso. Até onde sei, eles estão amontoados em bancos de metal, pelo chão, no corredor e vestidos com casacos ou xales ou simplesmente em mangas de camisa. Rostos negros, rostos enrugados, cansados além da conta. Love Alice acaricia a mão de Junk. Sorte dele tê-la ao seu lado.

Não entendo por que, há anos, o médico não suturou a orelha dele, como eu fiz com o lobo. A mesma orelha, a direita. E então lembro de papai dizendo: *Cuidado para o xerife não trazer um policial federal ao seu celeiro em um sábado à noite.*

— Junk? — chamo, baixinho. — O que aconteceu com sua orelha?

Todo o burburinho se extingue lentamente.

A voz dele é distante.

— Eu já era assim antes de você nascer, Srta. Livvy. Você nunca perguntou nada.

— Estou perguntando agora.

— Chega de mentiras?

— Foi Phelps, não foi?

— Ele e o irmão.

— O que aconteceu?

Ele suspira.

— Nós era muito pobre. Era 12 se revezando na mesa e nas camas. Quando o pai deles era jovem, eu fui trabalhar com ele, espalhando esterco. Um dia, eu tava limpando o estábulo e vi a espora de prata pendurada lá. A coisa mais brilhante que eu já vi.

Ah, Junk.

— Eu devia ter uns 10 ou 11 anos. Aí, eu puxei a camisa para fora da calça, para polir a espora. Mas o Sr. Phelps entrou correndo e gritando: "Você tá roubando as minhas esporas, rapaz?" E me despediu na mesma hora.

Não consigo compreender por que o branco culpa o negro com tanta rapidez. Talvez o medo o leve a pôr a culpa no negro. Dessa forma, após achar um *bode expiatório*, o branco não precisa chicotear outro branco.

— No sábado seguinte, à noite — acrescenta Junk —, o Sr. Phelps enviou seus capangas com uma corda à casa da minha mãe. Eles me levaram para o celeiro e me amarraram, bem assim, ó — diz ele, com a mão em volta do pescoço.

Na parte de trás do ônibus, ouço alguém chorando. É a Sra. Hanley.

— Mas este velho pescoço não quebrou. Eles me deixaram balançando lá um tempão, enquanto ficavam tomando conta. Finalmente, o velho Phelps disse que tinha que tirar todos dali antes do raiar do sol, porque sua esposa estava pronta para fugir. "Já vai tarde", ele disse. Mas eles me cortaram.

A voz dele torna-se embargada.

— O Sr. Phelps pegou uma faca e cortou minha orelha. Mas eu recuperei os sentido. Levantei num ímpeto e corri de lá, como o diabo foge da cruz. Aquele rapaz, o Booger, assobiou para mim dos arbustos e corri pra lá. Ele me escondeu até o sol nascer e todos os outros ir embora.

"Um dia eu contei isso ao Sr. Tate."

Só Elizabeth sabia como Booger morrera. Lembro-me dos Phelps dizendo que ele tinha se matado. E de papai, se oferecendo para ajudar a enterrá-lo, mesmo sabendo os monstros que eles eram.

— Eles voltaram atrás de você?

— Ah, sim. Mas levaram Samuel, o filho mais velho da minha mãe.

— Eles estavam... usando capuzes com uma cruz, Junk?

— Sim, senhora, estavam.

Eu me viro no banco e observo a Srta. Pinny Albert e a Srta. Dovey com suas irmãs. Olho para a mãe de Junk consolando as filhas, Mettie e Doll, cujos maridos fugiram... Ou será que não? Há uma meia dúzia de crianças e alguns velhos, de barba grisalha. O Sr. Radney Holifield, que tem quase 80 anos, e é diácono vitalício na Igreja Metodista Africana que não deve ter mais que a sua idade. Duas mulheres com bebês adormecidos nos braços. Mais uma dúzia de pessoas.

O ônibus está chacoalhando, como se estivesse parado.

Mas preciso saber.

— Quantos mais?

O Sr. Holifield se levanta.

— Sim senhora, eles enforcaram meu irmão John. O velho Phelps disse que ele havia roubado uma ovelha dele.

A Sra. Iva grita:

— O meu filho Lavelle, quando ele trabalhava na padaria. Eles o enforcaram e depois espalharam que ele tinha roubado pão.

— ... O meu pai, quando foi à cidade comprar jornal e meu tio.

Um gemido terrível sai de dentro de mim.

— Vocês nunca tentaram detê-los?

Alguém diz:

— Meu pai e seus amigos tentaram quando voltaram da guerra. Mas os Phelps disseram que pegaram meu pai observando a mãe deles por uma janela. Eles o levaram e o devolveram: cego.

— Quando sabíamos que eles estavam na cidade, rezávamos e ficávamos tomando conta para ver se eles iam invadir nosso quintal.

— Não é somente o nosso condado — diz o Sr. Holifield. — Eles atravessam a fronteira estadual. Tudo o que as famílias recebiam de volta era uma orelha, para que nós soubéssemos o que tinha acontecido.

Minhas palavras são frágeis e sem substância.

— Sra. Dovey, Sra. Hanley. Como... como eu nunca soube de nada?

— Você não poderia, Olivia — diz a Sra. Dovey. — Você não tem a pele preta.

Olho as minhas mãos. Se Deus tivesse atendido às minhas preces quando eu era pequena, eu também teria medo do pôr do sol de sábado.

— Vocês poderiam ter me contado.

— Pra quê? — pergunta a Sra. Hanley.

— Foram vocês que levaram a peça de tecido vermelho da minha loja, não é?

— Fomos nós — diz ela. — Não diminuiu o que eles faziam, mas... serviu para alguma coisa.

Eu suspiro.

— O que acontecerá agora que o Phelps está morto?

— Acho que os outros apenas irão seguir em frente.

— Vocês sabem quem são eles?

— Ninguém sabe com certeza. Os *Cott'ners* são um grupo secreto.

Quero pedir a Longfeet para ir mais rápido, mas ele já está debruçado sobre o volante e pisando fundo no acelerador.

Capítulo 61

Chegamos cedo ao prédio da penitenciária. Os outros se recusam a ir embora. O reverendo sugere que fechemos os olhos para dormirmos um pouco; ninguém vai nos incomodar aqui. Afinal, estamos perto das torres altas de vigilância da prisão. O prédio é enorme; o muro branco avança por vários metros, encimado por arame farpado. Às 8 horas, o reverendo toca o meu ombro e diz que os outros esperarão e me levarão com eles, depois da visita.

Não discuto, porque não tenho outro lugar para ir, nem como voltar para casa. Eu não havia pensado no que faria depois da visita. Damos a volta até chegarmos a um portão, onde quatro homens de uniforme cinza empunham rifles na altura do peito. O reverendo inclina o corpo pela janela e pergunta alguma coisa, ao que o guarda assente, com um gesto de cabeça.

— O horário de visitas começa daqui a pouco, Olivia.

É uma boa distância até o portão, mas talvez não tão longa quando se leva em consideração os anos que se passaram. Love Alice solta minha trança e enrola meu cabelo em um coque. Depois, belisca as minhas bochechas para que fiquem rosadas.

Desço do ônibus e subo a rua, mas, ao chegar no portão, não consigo lembrar-me por que vim. Que lugar é esse, com vários prédios de granito, pátios cercados e fileiras de caminhões cinza? Eu deveria voltar para o ônibus, pedir ao reverendo para irmos embora. Mas agora estou aqui. *Estou* aqui.

As pessoas atravessam rapidamente o portão. Algumas com crianças. Os negros vão atrás, para entrarem por último. Dou meu nome ao guarda. Ele pergunta quem vou visitar. Estou com o coração na boca.

— Tate Harker.

Espero ele dizer: "Ninguém *jamais* vem visitá-lo."

Mas ele não faz isso; apenas escreve algo em um cartão com um buraco. Depois, mostra como devo pendurá-lo no casaco... Casaco de quem? Todos os outros parecem saber o que estão fazendo, para onde estão se dirigindo. Andamos em fila indiana por um corredor de ligação. Outro guarda verifica os cartões. Um a um, eles nos conduzem a uma sala cinza e úmida. Embora não esteja chovendo, a água mancha as paredes e se espalha em poças, no chão de concreto. Sigo os outros por um corredor circular. Assino o nome em uma lista e sento em uma cadeira de metal cujas pernas estão retorcidas.

Não sei mais o que sinto. Lembro de ter ficado com raiva pelo fato de papai simplesmente querer sua esposa de volta e levá-la para casa. Então, quando as coisas ficavam ruins, ele tomava partido e ficava do lado dela. Todos esses anos, eu o culpei por não sobreviver ao acidente. Agora, esses detalhes parecem tolos e sem importância, diante da mentira sobre sua morte.

Por um alto-falante, alguém chama os visitantes. Sinto-me presa em uma armadilha. Mas, quando a mulher ao meu lado soluça e corre para a porta, eu percebo que também tenho a opção de ir embora. Decido ficar. Espero com as mãos no colo e a dor no peito até ouvir: *Olivia Cross!*

Um guarda espera por mim, em frente a uma porta de aço. Com um intenso ruído metálico, a porta se abre. Quando entramos, a porta se fecha fazendo barulho, e outro corredor se descortina à nossa frente.

A sala em que entramos é longa e estreita, com paredes em um tom verde pútrido. Uma fileira de janelas corta todo o corredor ao meio e, de cada lado das janelas, há cadeiras. O guarda me mostra onde devo me sentar, e noto que as janelas são, na verdade, duas placas de vidro com uma grade de arame no meio, e um buraco metálico que, suponho, serve para permitir a comunicação. Há um guarda posicionado em cada extremidade da sala, e outro observa de uma sacada.

Quando as cadeiras de todos os visitantes estão ocupadas, uma porta se abre do outro lado. Um preso usando calças e camisa listradas, com as mãos algemadas na frente, entra na sala. Com um estalo, o guarda prende a corrente a um aro no balcão, que fica duas janelas depois, e o homem se senta.

— Trinta minutos — diz ele. Na parede, um relógio grande marca o tempo.

A mulher à minha esquerda inclina-se sobre o peitoril de comunicação, põe a mão no vidro, aguardando ansiosa. Eu olho em outra direção.

Mais dois presos entram.

Então, a porta se abre e eu reconheço o homem que aparece diante de mim. Seu cabelo está branco, e ele está mais magro. Mas anda com o corpo erguido, como Tate Harker sempre fazia; e fica olhando para mim, até o guarda dar-lhe um empurrão. Ele se senta. *Um estalo*. Pronto: ele está preso ao balcão. Meus olhos estão fixos nas listras da sua roupa, e percebo um pedaço de tecido costurado na sua camisa, formando a letra M.

Levo a mão ao rosto. Qual seria o significado daquela letra?

Do outro lado, há um gemido terrível, e temo que o guarda o leve embora.

Após alguns minutos, ele diz:

— Ida morreu. — Sua voz não mudou. — Se você está aqui, significa que Ida morreu.

— Ela está em Buelton.

Após um momento, ele demonstra entender o que eu disse.

Mais alguns minutos se passam antes que eu consiga falar alguma coisa.

— Eu acho... que matei Alton Phelps, ontem.

Pelo buraco na placa metal, ouço seu suspiro.

— Nós somos realmente farinha do mesmo saco.

— Há muito tempo, ele tentou enforcar o Junk.

— Eu sei.

— E outros...

— Trinta e quatro, no dia em que me mandaram para cá.

— Trinta e quatro! E você nunca disse nada?

— Exatamente.

Ouço riso, choro, murmúrios. Queria escalar este vidro e bater nele, sem dó.

— Você poderia ter me dito que estava aqui.

— Ida Mae deve ter mudado muito.

— Ela nunca mudou.

— Então você é capaz de entender. Se eu tivesse contado a você, ela teria feito da sua vida um inferno.

Quero rir disso, produzir um som feio e estridente.

Ele diz:

— Seja o que for que ela tenha feito, ela teria feito cem vezes pior.

— Eu dormia no cercado de cachorros.

— Eu também — diz ele, olhando ao redor.

— E quanto ao *Cotton Club*? Diga-me o que você sabe.

— Não vai dar tempo.

— Pelo menos, comece.

Ele respira fundo.

— São homens cruéis, que cometem atos cruéis.

Sem ter como argumentar, arrisco uma olhada no seu rosto.

— Eles estão me observando, Olivia. Ouvindo tudo.

Lembro-me da conversa no ônibus:

Vocês sabem quem são eles?

Ninguém sabe com certeza. Os Cott'ners são uma sociedade secreta.

— Uma coisa eu posso dizer — diz papai, chegando mais perto. — Eu testemunhei enforcamentos. Uma noite, fui fazer uma entrega e vi o que acontecia no celeiro. Rapazes não muito mais velhos do que você...

— Diga-me quem. Eu vou...

Seus cotovelos estão sobre o balcão, as mãos agitadas, as unhas arranhando a pintura. *Covarde, eu penso.*

— Por que você não *fez* nada?

Ele me olha por um longo tempo.

— Com Phelps e o grupo dele a poucos metros de você? E depois, quem daria ouvidos a um condenado?

O guarda grita:

— Cinco minutos.

Ele olha para mim novamente. Em seguida, abaixa os olhos, arranha o vidro e levanta os olhos novamente.

— Quem contou a você?

Lanço os olhos aos guardas e abaixo a voz. A esta altura, Pink já contou tudo aos membros do clube de caça. Posso me considerar uma mulher morta.

— Alton Phelps, pouco antes de ser empurrado por mim pela escada do porão.

— Deus todo-poderoso!

— Não sei se o matei. Junk e os outros foram pegá-lo e disseram que ele está morto.

— Bem, então é isso.

— O que você quer dizer com *é isso*?

Ele balança a cabeça, como se estivesse terrivelmente cansado.

— Olivia, deixe que eles façam isso por você.

Enrijecida e com frio, eu me recosto na cadeira.

— Deixe as coisas como estão, esqueça tudo — repete ele.

— Muitas pessoas levarão a culpa...

Ele junta o polegar e o dedo indicador. Observo suas mãos, o tempo todo irrequietas. O movimento constante está me deixando com dor de cabeça. Talvez acabe com uma perturbação mental, como Ida.

— Olivia, você se lembra do velho Jackson Winnamere chegando na nossa casa, montado na mula?

Sinto como se tivesse levado um solavanco.

— Mais ou menos. Lembro que ele costumava sacudir o chapéu...

— Uma vez, você perguntou por que ele fazia aquilo.

— Você explicou... que era um sinal.

Ele assente e pergunta:

— E...?

— E que era importante aprender a interpretar os sinais.

E então, eu vejo o sinal. Ele não está descascando a pintura ou procurando rachaduras no vidro. Na verdade, ele está segurando um lápis invisível, desenhando letras. O que ele quer dizer... papel? Uma carta? Ele percebe que eu entendi.

Mas na realidade, não entendi: pelo menos não completamente.

Ele passa uma das mãos da direita para a esquerda, à toa, como se estivesse afastando algo. Ou passando batatas para alguém, durante o jantar... Ou virando uma página.

Eu o via fazendo isso com seus livros de medicina, folheando-os, fazendo anotações.

A voz de Phelps me vem à mente: "Eu sei o que você está fazendo, e quero que pare."

O que eu estou *fazendo* é tentar resolver tudo isso. Como papai fez há muito tempo.

Ele diz baixinho:

— Tudinho, Olivia. Cada detalhe.

Balbucio algumas palavras, acrescento outras, troco mais algumas e finalmente, em um desfraldar magnífico, eu mato a charada; a verdade explode na minha cabeça, conforme os livros, os capuzes e o feno, tudo se encaixa. Mal consigo evitar de gritar que havia compreendido os sinais.

E eles pensam que eu sabia. Pensam que papai havia me contado.

— Psiiiu — diz ele, baixinho, do outro lado do vidro.

Esforço-me para me controlar e me aproximo do orifício de comunicação.

— Contrataremos um advogado, eu e Willem. Wing ajudará.

— Isso não adianta, filha. Eu matei um homem.

— Eu também!

— O que está feito, está feito, Olivia.

Ele pergunta se estou vendo a insígnia, a letra *M,* na sua camisa.

Sim.

É de "médico" da prisão. É ele quem ajuda os internos. Agora, eu mesma, preciso me acalmar, pensar com clareza e respiro lentamente.

— Papai, você amava Ida... quando casou com ela?

— Sim.

— E... ela o amava?

— Acredito que sim.

Ele responde, de antemão, à pergunta que não consigo fazer:

— Às vezes, Olivia, ela a amava também. Nesses momentos, nós éramos uma família feliz.

O guarda berra:

— De pé! — Em seguida, solta as correntes presas ao balcão e leva os presos embora.

Papai arrasta os pés pela porta, sem olhar para trás.

Capítulo 62

Eu acabo de ter um vislumbre.

Quem contou a você, Olivia?

Phelps.

Não foi bem assim. O segredo começou a ser revelado quando cavamos no quintal e não encontramos nada; nenhum caixão, nenhum osso. Senti isso no momento em que a camisola de Ida foi tomada pelas chamas. Agora, estou sufocada com tudo que sei; e tudo que não sei, porque ainda não achei o que estou procurando.

Preciso de ajuda, imediatamente, e bato no vidro do guarda.

— Desculpe, por favor! Eu preciso dar um telefonema!

— Não temos telefone público — diz ele.

— É uma emergência!

— Todos dizem a mesma coisa. Há um telefone no final da rua, naquele cruzamento.

Eu corro até o ônibus, subo e ouço o chiado das portas sendo fechadas. Eu os vejo, nos seus lugares, encolhidos de frio, esperançosos; alguns embalando bebês.

— Longfeet, ligue esta coisa. Tenho que ir até o telefone público.

Ponho a mão no bolso e conto as moedas.

— Preciso de 12 centavos!

Eles procuram nos bolsos e bolsas e juntam alguns níqueis. Então, eu avisto a estrada, e Longfeet para o ônibus.

Eu desço e, na cabine, apanho o receptor e aguardo a telefonista, mas nada acontece. Os segundos se passam. Meu Jesus! A que distância deve ficar o próximo telefone? Agarro com firmeza as moedas nas mãos, olho pela janela e vejo um carro preto e brilhante descer a estrada e virar a esquina. No interior do veículo, há dois homens cujos olhos estão sombreados pela borda do chapéu.

— Telefonista.

— Escritório do delegado federal em Nashville, Tennessee.

— Deposite 10 centavos, por favor.

Outro carro! É nesta cabine que vou ser cruelmente assassinada. E depois, cada homem, mulher e criança negra em Aurora.

— Escritório do delegado Evan Quaid.

— Aqui é Olivia Harker Cross — falo subitamente. — Eu moro na Farm Road One, em Aurora, Kentucky, e tenho provas de 34 linchamentos em Pope County.

— A senhora... pode aguardar um momento?

Os carros param atrás do ônibus.

— Não posso...

O delegado Quaid atende:

— Sra. Cross?

— Estamos no ônibus em um cruzamento em Kingston. Precisamos de ajuda, imediatamente.

— Quantas pessoas há no ônibus?

As portas dos carros se abrem. Eles vão nos matar, e motivo é o que não lhes falta.

— Umas trinta. Sr. Quaid, eu sei onde estão enterrados os corpos dos *cotton trial*. Eu sei...

— Fiquem onde estão. Há uma pista de aterrissagem em Kingston.

Eles virão de avião?

— Nós não podemos...

— Então vocês precisam vir para cá. Nós interceptaremos...

— Não temos dinheiro para a gasolina.

— Vocês conseguem… voltar para Aurora?

— Talvez.

— Estamos a caminho.

Um terceiro carro se aproxima. A ligação cai. Será que eles cortaram a linha, ou Quaid desligou?

Homens que eu reconheço saltam dos carros, conversando e decidindo o melhor modo de nos executar.

Deposito a última moeda.

Eles não vão nos matar, mas nos seguir e nos empurrar em uma ribanceira. Depois, ficarão olhando o ônibus rolar e atirarão em nós, enquanto somos arremessados das janelas despedaçadas. Talvez, como Ida, iremos todos arder em chamas.

— Hotel Kentuckian. É Molly.

— Molly, chame o Sr. Harris. Rápido.

— Sim, senhora.

Agora, eles estão vindo em direção à cabine telefônica: French, o xerife, e mais alguns. Eles não parecem assassinos, mas agora conheço a cor dos seus corações.

A voz doce de Wing atende o telefone:

— Oi, é a Olivia. Eu…

— Olivia? Onde você está?

— Em Kingston. Wing?

— Sim.

— Eu nunca deixei de te amar — falo sem pensar. — Há muito tempo, quando me revoltei quando seus pais morreram, e quando você se casou com a Grace, agi de forma egoísta e imatura, mas…

— Olivia, querida…

— Wing… — Eu tento ir direto ao assunto: — Willem está com você?

— Ele está aqui.

— Cuide dele.

Do outro lado da linha, consigo ouvir o medo de Wing. Largo o telefone. Antes de fechar a porta do ônibus, Longfeet põe o veículo em movimento. Os *Cott'ners* batem na lateral do ônibus, depois correm para seus carros.

— A ajuda está a caminho — digo a Longfeet. — Mas temos que voltar.

Dois carros emparelham com o ônibus e o outro se mantém atrás de nós. O reverendo se afasta da janela e manda todo mundo se abaixar.

— Só Deus pode nos ajudar agora — diz ele, acrescentando: — Longfeet, leve-nos à igreja metodista.

O ônibus avança na estrada.

— Não! Você não pode pôr em risco a vida de pessoas que não têm nada a ver com isto. Escute, eu posso provar que os *Cott'ners* mataram aquelas pessoas, seus irmãos e filhos. Mas temos que voltar!

Eles parecem tão cansados!

Eu prossigo:

— Reverendo Culpepper, lembre-se do que Deus disse: "Faça por onde que eu te ajudarei."

Ele suspira e esfrega o rosto.

— Vamos fazer uma votação.

Sentado de cócoras, abraçando Love Alice, Junk diz:

— Eu prefiro encontrar Jesus a caminho de casa.

A Sra. Hanley completa:

— Num carece de votação, reverendo. Se Tate Harker diz que devemos ir para casa, nós vamos para casa.

Longfeet acha um ponto largo na estrada e faz a volta, mas o ônibus faz um chiado altíssimo, engasga e morre. Ele arranha a marcha e liga o motor novamente. Agarro-me com firmeza e vejo mato e cascalho passando pela janela. Abaixo a cabeça, quando os carros começam a ultrapassar. Ao aproximarmos de um retorno, percebo que um sedã preto está parado no caminho, bloqueando a estrada.

— Agarrem-se! — grita Longfeet, pisando no acelerador.

O meu último pensamento, antes de batermos, foi o de torcer para que não houvesse ninguém no interior daquele veículo. Junk e o reverendo me seguram para que eu não caia. Com um enorme ruído de metal e cheiro de borracha queimada, Longfeet empurra o carro, e ele desaparece. Pelo espelho, vejo o riso dentuço de Longfeet. Atrás de mim, há choro e gritos, à medida que avançamos rapidamente, em direção a Aurora. A qualquer momento, seremos cercados novamente. O ônibus chacoalha tanto que temo que se quebre. Ninguém pisca, nem as crianças que estão no colo e debaixo dos bancos. Grande parte do choro foi substituído por orações.

O único lugar capaz de nos abrigar é o hotel de Wing. Por outro lado, Willem está lá, e eu estaria levando os *Cott'ners* diretamente até ele.

Capítulo 63

O ônibus faz a curva. Este tanque velho não vai muito longe sem gasolina. Quando ele parar de funcionar, os *Cott'ners* irão surgir do nada, abrir a porta e invadir o ônibus. Imagino que eles nos espancarão sem piedade, depois nos jogarão na neve em Capulet. Então, avisto a última subida na estrada, antes da cidade.

Em algum lugar, atrás de nós, está o justo e honrado clube do Phelps, Judas Iscariotes, que admirava lobos de focinho prateado e depois atirava neles, por esporte. Além disso, eles se escondem sob mantos, promovem julgamentos arbitrários e quebram pescoços. E Wing, inocentemente, lhes fornece estadia. Se formos para o hotel agora, os *Cott'ners* destruirão o lugar, e todo o trabalho de Wing será arruinado. O que restou da memória de Grace Harris irá se resumir a uma pilha de destroços.

Por enquanto, os *Cott'ners* estão mantendo distância.

— Vamos para minha casa — digo a Longfeet.

Ele entra na Farm Road One.

— Vire na entrada, está bem? — recomendo, antes de contar-lhe o resto do plano.

Longfeet escuta e concorda.

Os carros dos *Cott'ners* não apareceram. Talvez estejam dando telefonemas, procurando armas, cavando sepulturas. Ou dizendo às esposas que chegarão tarde em casa.

Deus, *quando a ajuda irá chegar*?

A temperatura deve estar subindo, porque o chão está coberto por uma grossa camada de neve derretida. Entramos no quintal, e Longfeet para o ônibus ao lado do puxadinho dos fundos, o paiol, onde outrora funcionava o alambique de papai. Abro a porta do barracão. Longfeet e eu afastamos sacos de alimentos, alguns barris e uma meia dúzia de engradados. Junk ajuda, puxando o aro de ferro no chão e levantando o alçapão. Abaixo, fica o túnel que papai cavou. Um forte cheiro de mofo, decomposição e terra putrefata invade o local.

Longfeet e o reverendo estão ajudando as pessoas a saírem do ônibus e entrarem no paiol, mas elas gritam e se recusam a ficar. Enquanto isso, corro para acender o lampião na varanda. Mas, quando a porta dos fundos se abre, e Willem aparece segurando o filhote, sinto que estou a um passo das lágrimas; a um passo do fim. Não consegui salvar nada.

Junk olha a neve derretida.

— As pistas conduz direto a nós.

— Vou abaixar a tampa do alçapão — diz Longfeet. — A Srta. Livvy está certa. Vou passar pelo celeiro, por aquele barraco velho, e ficar dando volta com o ônibus. Assim que eu avistá eles, eu vou para a estrada. Talvez eles me siga... talvez não. Mas vocês vão ter que se apressar.

O reverendo abraça a filha.

— Longfeet, se eles o alcançarem...

— Não se preocupe — diz Longfeet à esposa.

— Muito bem então — Junk diz. — Reverendo, você leva o lampião e vai na frente. Love Alice e eu iremos por último, com a Srta. Livvy.

Onde estão os policiais?

Um a um, o reverendo e sua tropa desaparecem no buraco. Do outro lado do quintal, Junk e eu entramos na sepultura enlameada, que começamos a cavar há dois dias. Junk pega a enxada. Eu cavo com as mãos. Em alguns minutos, será a nossa vez de seguir os outros no alçapão. Fico imaginando, agora, que papai fez aquele túnel mais no caso de precisar escapar do Phelps do que por qualquer outro motivo.

Então, Junk bate em algo com a enxada, se ajoelha na lama e usa as mãos para cavar mais. É a primeira vez que ouço Junk xingar. Com um barulho de sucção, uma caixa de estanho se solta da terra, e ele a entrega para mim.

Longfeet grita:

— Vocês têm que se apressar! Preciso sair com este ônibus!

Com dificuldade, saímos do buraco. Seguro a mão de Willem. Por entre as árvores desfolhadas, eu avisto a oeste da estrada uma longa fileira de carros escuros reduzindo a velocidade para fazer a volta.

Corremos para o paiol, descemos vários degraus para dentro do ventre da terra. Meu coração está quase saindo pela boca, e eu mal consigo respirar. Willem está logo atrás de mim. No nono degrau, chegamos ao piso de madeira, mas ele está amolecido, lascado, e minando água. As escoras estão podres e as paredes são lama pura. Há muita lamentação e algumas pessoas, à nossa frente, estão chorando. Eu tento, a todo custo, não pensar no chão acima das nossas cabeças, em como deve estar fervilhando de insetos, vermes e nos aprisionando aqui embaixo. Um dia, o reverendo me batizou em nome desta terra. E agora eu estou contando com ela para nos salvar.

Mesmo na lama, mando todos sentarem, passando o recado adiante. Se não o fizermos, muitos logo desmaiarão, e não podemos fazer barulho. Willem e eu nos sentamos, e, ao meu lado, a Srta. Willette se encolhe na poça. Eu sei que muitos pés, pernas e joelhos velhos estão com cãibras, e não sei como as crianças estão se mantendo tão quietinhas. Eu passo adiante, também, que a outra extremidade é só madeira e, na pior das hipóteses, eles poderiam passar para o porão. O retorno deste aviso não é falado. Eles morrerão aqui, antes mesmo de serem enforcados no celeiro de Phelps.

Junk e Love Alice descem os degraus com dificuldade. Longfeet fecha o alçapão e empilha coisas em cima, para cobrir nosso esconderijo. Ouvimos o ônibus roncar e se afastar, deixando todos presos aqui embaixo, na companhia do mofo e das orações. Love Alice está nos braços do marido.

Ouço alguns sussurros e rompantes de choro, mas, depois, eles se acalmam. Posso ouvir a respiração, e me pergunto quanto tempo resta até o lampião do reverendo apagar. Abraço Willem.

A Srta. Willette põe a mão na cabeça dele: uma última bênção.

— Tudo vai acabar bem — digo com firmeza.

A verdade é que ficaremos sem ar e congelaremos. Estamos aqui para sobreviver e, provavelmente, para morrer. Neste ventre da terra, lamento não poder ver os olhos acinzentados de Willem. Sei que ele aninhou o filhote sob a camisa, junto ao peito.

— Vó? Quando os policiais chegarem — diz ele, baixinho —, será que eles vão saber que estamos aqui embaixo?

Eu o aconchego no casaco, que nem é meu, e fecho os botões. O ar está quente e viscoso. Ele deita a cabeça sob meu queixo e fecho os olhos. Não poderia pedir mais que isso: eu vou para o céu, embalando Willem.

Capítulo 64

Os primeiros a chegar foram os senhores French e Andrews, e o ae rosto gordo, Doyle Pink, que um dia jurou nos defender e proteger. Eram seguidos por aproximadamente uma dúzia de homens, e quando se organizaram e arrancaram o alçapão, Junk estava pronto. Ele se lançou sobre eles e, usando os punhos, sangrou os quatro ou cinco primeiros, antes de ser derrubado.

No momento em que está quase perdendo a consciência, Willem jura que está ouvindo sirenes na estrada.

Não faço ideia de quantos ajudantes o delegado Quaid trouxe, mas eles irromperam no quintal e cercaram os *Cott'ners*, que tinham arrastado alguns de nós, inconscientes, para fora do buraco. Esse foi o erro deles. Eles deveriam ter deixado todos lá.

Nesse momento, Junk e eu estamos olhando para o buraco perto da casinha, onde eu pensava que encontraríamos o que restara dos ossos de papai. Love Alice está ao meu lado junto de três policiais federais vestidos com capa de chuva amarela, porque estava chovendo forte. Mas agora o sol saiu.

— Deixe o delegado Quaid levá-lo ao hospital, Junk — sugiro.

— Silêncio, O-livvy — diz Love Alice, segurando um guarda-chuva.

Wing também está aqui.

Entramos em casa e eu ponho a caixa de estanho na mesa antes de levantar o trinco. No seu interior, há um embrulho de oleado e, dentro dele, duas pastas pretas de papel, que me lembro como sendo os livros de papai. O delegado Quaid observa, enquanto tiro o primeiro, abro e viro as páginas. Na letra cursiva de papai, há datas e relatos dos enforcamentos que testemunhou. Ele escreveu sobre os capangas de Phelps atirarem em Booger, sobre as cerimônias e julgamentos que aconteciam no celeiro. As páginas estão repletas, frente e verso, vítimas e juízes, e quem atuou como jurado. Nome por nome dos homens que estavam envolvidos, e, para minha surpresa, de algumas mulheres, inclusive Elizabeth Phelps. Há desenhos de negros com o pescoço suspenso por cordas, apoiados apenas sobre os dedos do pé, sobre fardos prensados, enquanto os homens de capuz chutavam o algodão debaixo deles. Aqui estão os mapas das suas sepulturas, na parte norte das terras de Phelps, o mesmo campo onde agora o Sanderson II espanta os coiotes.

Com um suspiro profundo, paro de olhar os livros. Wing me abraça. Com cuidado, Quaid enrola os livros no oleado e os coloca de volta na caixa. Em seguida, ele a põe debaixo do braço e aperta a minha mão. Depois, cumprimenta Junk.

Então, o ápice dentre todos os milagres: o delegado faz uma saudação com o chapéu para Love Alice.

Ela olha nos olhos dele e diz que ele anda comendo muita torta de pecã no jantar. E *isso*, ela diz, sorrindo, é uma verdade absoluta.

Capítulo 65

Embora eu esteja esgotada, não consigo parar de falar. Contei a Wing a respeito de Alton e James Arnold Phelps, e sobre as mortes infligidas pelo *Cotton Club*; de como eles escolhiam as vítimas aleatoriamente e, depois, faziam um trabalho tão completo, que não sobrou sequer um jovem negro em Aurora. Junto com nomes que eu dei, os registros de papai são o bastante para condenar mais de cem homens. Creio que, a esta altura, muitos deles já sejam velhos rabugentos e caquéticos.

Wing diz que gostaria de ter tomado conhecimento desses fatos anteriormente, só para poder me ajudar. Eu o amo por isso e não menciono a inutilidade de tal pensamento. Ele tinha seus próprios problemas.

Quaid diz que o escritório vinha investigando os *cotton trials* há muito tempo. Uma pena, ele acrescenta, que meu pai não sabia disso.

Por enquanto, eles não encontraram pista de Elizabeth. Provavelmente, Phelps afogou-a no Capulet, onde o número de pessoas ali batizadas bastaria para santificá-la para a eternidade.

Willem está feliz por não ter "perdido a parte mais importante". Eu preferia que tivesse, e, assim que for possível, iremos conversar sobre nosso momento naquele túnel. Estou feliz por ele ter salvado o filhote.

Wing escuta tudo por várias horas. Não chamo atenção para o fato de que os *Cott'ners* se hospedaram nestes quartos. Os olhos de Wing já carregam tristeza suficiente. Da maneira mais clara possível, repito as cenas com Alton e Doyle Pink, a verdade sobre papai e o incêndio na igreja. Conto também sobre a visita na penitenciária. Quando falo que vi papai, Wing fecha os olhos. Não sei se ele está tentando imaginar toda a cena ou se a grandeza e a importância de tudo aquilo são demais para ele. Eu continuo a falar, e chego na parte do telefonema, ao qual ele se refere como sendo um presente.

— Acho que estou devendo uma moeda a alguém — diz ele.

Seguro a escova que ele está usando no meu cabelo.

— Ah, não — diz ele, puxando a mão. — Todos esses anos, eu quis soltar seu cabelo. Como se, fazendo isso, pudesse desfazer todas as mágoas entre nós.

Eu mordo o lábio. Estou do lado de fora da banheira de pés dourados, aquela que fica ao lado do vaso com descarga de correntinha, que eu apontei quando o hotel foi inaugurado. Não consigo entender por que Wing quer modificar alguma coisa aqui. Estamos sentados na cama, no quarto com a cortina de veludo. Ele me vira de frente para ele, levanta meu queixo e encosta os lábios nos meus. Nós atravessamos rios de tempo e nossa paixão é tão intensa que mal posso respirar diante disso.

Por mais que tentemos, não conseguimos intimidade o suficiente, mas nos abraçamos com tanta força que, por milagre, um de nós não quebra. Wing tira a roupa e me deita na cama. Então, se ajeita, facilmente, em cima de mim, beija o meu pescoço, aninha o rosto no meu cabelo e levanta minha camisola.

Uma visão de nós dois, nus na floresta aos 13 anos, me faz sorrir. Faz tanto tempo desde a última vez que senti o toque das suas mãos que estou tremendo como uma heroína aflita, na botica do Dooby. Engraçado como um corpo se ajusta para atender a essa necessidade. Abro as pernas e dobro os joelhos. Em seguida, elevo o corpo para entregar-me a ele.

— Ah, Olivia. Eu te amo, te amo.

Quando acabamos, tudo o que quero é ficar aninhada, com a cabeça no seu peito. Depois, adormecer lentamente. Em algum momento, no meio da noite, ele me acaricia.

— Psiiiu! — diz, baixinho, no meu ouvido.

Sob a luz do luar, observo os músculos dos seus ombros, o prazer estampado no seu rosto. Houve alguma noite que não fizemos isto? Ficar ofegantes, experimentar outros beijos, descobrir novas carícias? Eu me mexo ligeiramente, convidando seu corpo, seu carinho. A paixão aumenta até eu implorar, aos gritos, para ele me possuir novamente, mas ele pousa o dedo nos meus lábios, e não se apressa. Queria saber se Deus o instrui nisso também. Em todo o caso, Love Alice está certa sobre a torta de noz-pecã.

Epílogo

Willem fez 12 anos no mês seguinte. Dei-lhe o rifle de Saul de presente. Ele soprou as velas de aniversário em uma festa organizada pela Srta. Dovey, que acabara de celebrar o dela. Na noite do incêndio, ela completou 82 anos.

Quando os assistentes de Evan Quaid prenderam Henry French, a loja de ferragens fechou. Ironicamente, o local se tornou a nova Igreja Episcopal Metodista Africana. A neta de French, Eloise, não se opôs.

No domingo de Páscoa, os médicos de Stipling telefonaram para o Dr. Pritchett para informar que Ida havia falecido. Espero que, da próxima vez, ela escolha uma vida mais fácil, se é que se escolhe esse tipo de coisa. Nós a enterramos no cemitério metodista, não muito longe de Alton e James Arnold Phelps. Eu estava certa: todos as coisas vêm e vão; são cíclicas.

Quando o verão chegou, houve boatos de que uma nova estrada seria construída mais perto de Aurora, e isso nos fez acordar. Acho que as pessoas deixaram de ter medo. Um dos Nailhow reabriu a velha padaria e o outro, o banco. Eloise French está abrindo um salão de beleza, onde cobrará 3 dólares por uma permanente. Willem vai se formar na escola, um ano mais cedo. Não sei se Molly estará com ele, ou talvez um bando de garotas irá tentar seduzi-lo, como faziam com Wing. Ele lê muito e fala em instalar um forno à lenha e acrescentar duas salas e uma varanda grande, na frente da casa. Ocasionalmente, mas não com frequência, ouvimos um lobo uivar no alto da montanha.

Por fim, enterramos o último filhote. Um ano depois de desenterrarmos os livros de papai, ele atacou um transeunte, em defesa de Willem. Aos prantos, Willem atirou entre os olhos do animal. Mas seu coração tem muito espaço para os bichos. Ele agora possui quatro periquitos bem inteligentes, uma ovelha, um bezerro e dois dálmatas mal-humorados, que são seguidos, no quintal, por um agitado bando de gansos ariscos.

Mudando para um assunto mais delicado, a sobrinha de Love Alice morreu, no inverno passado, e deixou um bebê recém-nascido chamado Roseanne. Love Alice e Junk irão pegar o trem de Paramus amanhã e vão trazer o bebê para casa. Estou imaginando uma menininha negra, de chapéu e sapatinhos cor-de-rosa, e a mão menor do que a ponta do polegar de Junk. A Sra. Hanley ficará muito feliz: o bebê vai deitar no seu peito.

Não sei se Wing e eu nos casaremos algum dia. Mas ele já vendeu o hotel e está construindo uma casa para nós em Cooper's Ridge; uma construção de tijolos com um forno de verdade e acessível através de uma estrada. Eu nunca estive tão gorda, e ele está com problemas de reumatismo. Contudo, nada disso importa quando fazemos amor, quando dormimos aconchegados na mesma cama de quatro colunas, onde Pauline e eu nascemos.

Dentre todas as coisas, a mais importante é que Wing e eu vamos a Kingston todo domingo para visitar papai. Em sete semanas, ele voltará para casa, em liberdade condicional, em troca de servir como testemunha do Estado. Quando puxamos as cadeiras e papai olha para mim pelo vidro duplo, essa ressurreição é a terceira maior bênção que já vi.

Big Ruse morreu em março, quando a neve derrubou o telhado do restaurante. Little Ruse reconstruiu o lugar. No caminho para casa, voltando de Kingston, Wing e eu sempre paramos lá para jantar: carne assada, linguiça ou carne enlatada com repolho.

Infelizmente, em Aurora, ainda existe a divisão entre negros e brancos. Sou igualmente culpada. Há muito tempo, Love Alice disse de forma apropriada: o que pensamos ser de um jeito muitas vezes não é. Não que eu fingisse, apenas não via. Talvez, nos próximos 100 anos, nós pelo menos saibamos a diferença.

Este livro foi composto na tipologia Adobe Garamond Pro, em corpo 11/14, e impresso em papel off-white no Sistema Cameron da Divisão Gráfica da Distribuidora Record.